KB109960

빛깔과 향기와 울림이 있는 한시

한시 쥬빌라떼

빛깔과 향기와 울림이 있는 한시

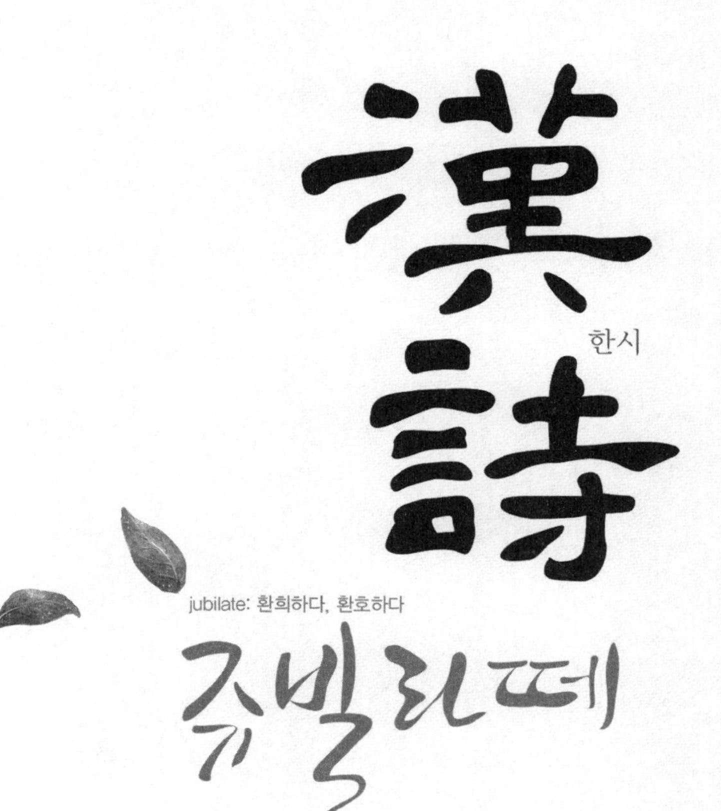

晴旲 최 탁 환 씀

나라연

머리말

한시는 동양 고전문학의 꽃입니다. 그래서 지금 읽어도 아름다운 빛깔과 진한 향기와 깊은 울림을 느낄 수 있습니다.

한시는 중국만의 문학이 아닙니다. 한시는 중국의 전통적 시가양식을 따라 지은 문학작품이긴 하지만 그 속에는 한자문화권 사람들의 공통된 정서가 녹아 있습니다. 특히, 우리 선조들이 지은 한시는 우리 민족의 정서와 애환이 고스란히 담겨 있습니다.

한시는 크게 고체시와 근체시로 나눕니다. 고체시는 당나라 시대 이전에 쓰인 자유로운 형식의 시이며, 근체시는 당나라 때부터 쓰이기 시작한 엄격한 형식의 시로 절구(起, 承, 轉, 結의 4구로 구성)와 율시(首, 頷, 頸, 尾聯으로 구성되며 각련 2구로 총 8구)가 있습니다. 근체시는 중국어의 특성인 4성聲을 고려하여 시구에 평측법平仄法과 압운법押韻法이란 규칙을 적용함으로써 음악적 효과를 낸 것입니다. 그러나 근체시의 운율은 현대인의 음악적 감각과는 거리가 멀므로 여기서는 한시의 운율은 접어두고, 시의 내용과 그 시를 쓴 작자의 의도 및 시대적

상황을 살펴보는 것으로 감상의 범위를 정하였습니다.

시를 읽는 것은 밥을 먹는 것과 같습니다. 밥을 먹으면 육신이 살찌듯 시를 읽으면 영혼이 풍요로워집니다. 그러므로 시를 전혀 읽지 않고 밥만 먹는 사람은 영혼이 메마르게 됩니다.

일타 선사는 영혼이 없는 육신은 시체이며, 육신이 없는 영혼은 귀신이라고 했습니다. 육신이 없는 귀신은 눈에 보이지도 않고 사람을 해치지도 않습니다. 그러나 살아서 돌아다니는 영혼이 없는 시체는 사람을 마구 해칩니다. 살인을 하고, 폭행을 하고, 강도를 하고, 도둑질을 하고, 사기를 치고, 부정을 저지르면서!

오늘날 우리 사회가 각박함을 넘어 살벌하기까지 한 것은 사람들이 영혼을 살찌우는 데 소홀하기 때문입니다. 영혼을 살찌우는 길은 자신의 내면을 밝혀 나가는 것이며, 거기에는 영혼을 시원하게 적셔줄 청량음료와 같은 시 읽는 일도 들어 있습니다.

이 시집에는 270수의 한시를 서경시, 서정시, 애정시 등 카테고리별로 수록하였습니다. 모쪼록 이 시집이 마음속에 쌓인 찌꺼기를 씻어내고 맑고 밝은 삶을 살아가는 데 도움이 되길 바랍니다.

2016년 8월 3일

광교산 기슭의 누옥에서 최탁환

차 례

제2장 내가 죽고 그대가 살아 … 041

제3장 홀로 드는 잠자리에 … 061

제4장 봄볕 같은 어머니 사랑 … 087

제5장 가난했을 때의 사귐 … 107

제6장 어제 핀 꽃 오늘은 지고 … 123

제7장 대붕이 날아 온 세상에 … 157

제8장 매화는 향기를 팔지 않고 … 173

제9장 파리가 너무 많아 … 197

제10장 금강 지나 변산 가는 길 … 211

제11장 천리 머나먼 고향 생각 … 235

제12장 젊은 아낙 울음소리 … 267

제13장 왜 사느냐면 웃지요 … 289

제14장 꽃이 웃고 버들 잠드니 … 313

제16장 까치둥지가 있는 마을 … 375

1장

손끝에 남은 임의 향기

장교가 되기 위해 입영하던 날이었습니다. 저녁안개가 엷게 깔린 부산진역 광장에 함께 근무하던 직장동료 네댓 명이 나를 배웅하려 나와 있었습니다. 나는 그들과 악수를 하며 작별의 인사를 나누었는데, 여자 친구 중 한 명이 내 손을 잡자 울먹였습니다. 나는 그 순간 그녀가 나를 좋아하고 있다는 것을 알았습니다. 그리고 그녀의 눈물 아롱진 얼굴이 사진처럼 선명하게 나의 뇌리 속에 들어와 박혔습니다. 그때 확성기에서 입영 장정들은 광장에 집결하라는 방송이 흘러나왔습니다. 나는 동료들 곁을 떠나 광장 가운데로 가 대오隊伍를 지은 뒤 헌병의 안내에 따라 플랫폼으로 들어갔습니다.

플랫폼에서는 군악대가 〈진짜 사나이〉를 비롯한 군가를 연신 연주하고 있었고, 장정들은 지정된 열차 칸에 승차하였습니다. 승차가 완료되자 서서히 움직이기 시작하던 열차는 이윽고 지축을 흔드는 기적을 토해내며 어둠속으로 질주하였습니다. 그날 이후 그녀와는 연락이 끊겼지만 그녀의 눈물 아롱진 얼굴은 내 가슴속에 오래도록 지워지지 않고 남아 있었습니다.

연꽃을 따는 노래

採蓮歌
채련가

맑은 가을 넓은 호수에 옥빛 물이 흐르는데	秋淨長湖碧玉流 추정장호벽옥류
연꽃 어우러져 으슥한 곳에 목란 배 매어 두고	荷花深處繫蘭舟 하화심처계란주
물 건너편에 있는 임에게 연밥을 던지다가	逢郎隔水投蓮子 봉랑격수투연자
저 멀리서 남들이 보아 한나절 부끄러웠네.	遙被人知半日羞 요피인지반일수

허난설헌(1347~1392, 본명: 초희)은 동생 허균과 함께 당대 이름난 시인인 이달에게서 시를 배웠는데, 시에 뛰어난 재능을 발휘하였습니다. 그녀는 15세에 시집을 갔는데 이 시는 그녀가 시집을 가기 전 한창 꽃다울 나이 때 쓴 것으로 채련가의 백미로 꼽힙니다.

아가씨는 가을 하늘빛이 잠겨 옥처럼 푸른 호수 위로 목란 배를 저어 나아가 연꽃잎이 어우러져 눈에 잘 띄지 않는 으슥한 곳에 배를 매어 두고 숨어서 임을 기다립니다. 조금 후 물 건너편에 사랑하는 임이 나타나 두리번두리번 자신을 찾는 모습이 연꽃잎 사이로 보입니다. 그러자 아가씨는 자신의 위치를 알리려고 얼른 연밥을 따서 물 건너편으로 던집니다. 하필이면 그때 저 멀리 있던 사람들이 그것을 보고 까르르 웃었습니다. 순진한 아가씨는 너무나 부끄러웠습니다. 그래서 한나절 동안 얼굴이 후끈거렸습니다.

말 못하고 헤어져 — 無語別 (무어별)

열다섯 살 아리따운 아가씨는	十五越溪女 (십오월계녀)
남부끄러워 아무 말 못하고 헤어졌네.	羞人無語別 (수인무어별)
돌아와 겹문을 꼭꼭 닫아걸고	歸來掩重門 (귀래엄중문)
배꽃 같은 달을 보며 눈물짓네.	泣向梨花月 (읍향이화월)

열다섯 살 꽃봉오리처럼 아리따운 아가씨는 길에서 좋아하던 도령을 만났으나 남이 볼까 부끄러워 아무 말도 못하고 집으로 돌아왔습니다. 그리고는 방 안으로 들어가 겹문을 꼭꼭 닫아걸고 창밖에 뜬 배꽃 같이 흰 달을 바라보며 눈물짓습니다. 사랑에 막 눈뜨기 시작한 사춘기 소녀의 마음을 익살스럽게 표현하였습니다.

임제(1549~1589)는 조선 중기의 시인으로 성격이 호방하고 활달하여 무엇에 얽매이는 것을 싫어했으며, 남녀간의 애정을 소재로 한 시를 많이 썼습니다. 그는 서북병마사로 임명되어 임지로 가던 길에 기생 황진이의 무덤에 들려 '청초 우거진 골에 자느냐 누웠느냐/ 홍안을 어디 두고 백골만 묻혔느냐/ 잔 잡아 권할 이 없으니 그를 슬퍼하노라'라는 추모시를 읊고 술을 올리며 제사를 지내는 파격적인 행동을 하여 임지에 도착하기도 전에 파직당했습니다.

대동강 노래

浿江歌
패 강 가

패강의 아가씨들 봄볕을 밟고 노닐며	浿江兒女踏春陽 패 강 아 녀 답 춘 양
강가에 늘어진 버들가지에 애간장이 타네.	江上垂楊正斷腸 강 상 수 양 정 단 장
"한없이 고운 버들실로 베를 짤 수 있다면	無限煙絲若可織 무 한 연 사 약 가 직
임을 위해 춤을 출 옷을 짓고 싶어요."	爲君裁作舞衣裳 위 군 재 작 무 의 상

대동강으로 봄 나들이 나온 아가씨들이 톡톡 튀어 오르는 봄볕을 밟고 거닐며, 새순이 파릇파릇 돋아난 버들가지를 보고 애간장을 태웁니다. 그리고 '고운 버들실로 베를 짤 수 있다면 임을 위해 춤을 출 옷을 짓고 싶다'며 봄바람에 들뜬 총각들을 유혹합니다.

임제는 황진이 무덤에 술을 올린 죄로 파직당하고도 평양의 기생집을 전전하다가 어느 날 눈이 번쩍 뜨이는 기생 한우寒雨를 만났습니다. 그는 한우가 따른 술잔을 들고 '북쪽 하늘 맑다 하여 우장 없이 길을 나니/ 산에는 눈 내리고 들에는 찬비로다./ 오늘은 찬비 맞으며 얼어 잘까 하노라'라고 한우를 유혹했습니다. 그러자 한우도 남루한 차림의 임제가 범상한 인물이 아님을 알아보고 '어이 얼어 자리 무슨 일로 얼어 자리/ 원앙침 비취금을 어디 두고 얼어 자리/ 오늘은 찬비 맞았으니 녹아 잘까 하노라'라고 화답하였습니다.

손끝에 남은 임의 향기

小樂府
소 악 부

수양버들 늘어진 시냇가 빨래터에서	浣紗溪上傍垂楊 완 사 계 상 방 수 양
백마 탄 임이 손잡고 사랑을 고백했지.	執手論心白馬郎 집 수 논 심 백 마 랑
석 달을 이어 처마에서 빗물이 떨어져도	縱有連簷三月雨 종 유 연 첨 삼 월 우
손끝에 남은 임의 향기 차마 씻으랴.	指頭何忍洗餘香 지 두 하 인 세 여 향

여인은 수양버들 하늘하늘 늘어진 시냇가 빨래터에서 빨래를 하고 있었습니다. 그때 백마 탄 사내가 다가와 여인의 손을 덥석 잡고 사랑을 고백했습니다. 여인은 얼굴이 새빨개지고 가슴이 마구 뛰었습니다. 사내는 여인의 마음을 뒤흔들어 놓은 채 백마를 타고 떠나갔고, 뒤이어 장마철이 다가와 석 달을 쉬지 않고 비가 쏟아져 내립니다. 여인은 손끝에 남아 있는 사내의 체취를 빗물에 씻어 버려야 한다고 수없이 다짐하지만 차마 씻지를 못합니다. 오히려 자신의 손을 잡고 사랑을 고백하던 그 사내가 자꾸만 그리워집니다.

이 시는 당시에 유행하던 고려의 속요俗謠를 이제현이 칠언절구로 바꾸어 그가 쓴 〈소악부〉에 실은 것으로 윤리적 죄책감과 타오르는 연정 사이에서 고뇌하는 여인의 심정이 잘 드러나 있습니다.

임을 그리는 노래　柳枝詞
류지사

봄바람은 실버들을 마구 흔드는데　搖蕩春風楊柳枝
요탕춘풍양류지

서쪽 호반 그림 같은 다리 너머로 해가 지네.　畫橋西畔夕陽時
화교서반석양시

꽃잎 어지러이 흩날리는 꿈같은 봄날　飛花搖亂春如夢
비화요란춘여몽

슬프다! 물가 방초 푸르러도 임은 오지 않네.　惆悵芳洲人未歸
추창방주인미귀

봄바람이 실버들을 살랑살랑 흔드는데 서쪽 호수 제방에 걸린 그림 같은 다리 너머로 해가 지고 있습니다. 그리고 눈부신 꽃잎들이 어지러이 떨어져 내리고 물가의 향기로운 풀들은 푸른빛을 더해 갑니다. 그러나 슬프게도 기다리는 임은 오지 않습니다. 아아, 애타게 기다리는 임은 지금 어디서 치마폭 가득 봄바람을 안고 있을까요.

이정구(1564~1635)는 조선 중기의 문신으로 관직생활이 순탄하여 병조와 예조판서, 그리고 우의정과 좌의정을 지냈습니다. 그래서 그는 관인적인 취향이 짙은 시를 씀으로써 사대부의 전범典範을 보였으며 장유, 이식, 신흠과 더불어 한문사대가로 불렸습니다.

임을 기다리며

李生窺墻傳
이 생 규 장 전

홀로 깁창에 기대앉아 수놓기 지루한데	獨倚紗窓刺繡遲 독 의 사 창 자 수 지
온갖 꽃떨기 속에서 황금꾀꼬리 지저귀네.	百花叢裏囀黃鸝 백 화 총 리 전 황 리
까닭 없이 남몰래 봄바람을 원망하며	無端暗結東風怨 무 단 암 결 동 풍 원
말없이 바늘을 놓고 임 그리워한다네.	不語停針有所思 불 어 정 침 유 소 사
길 위의 뽀얀 얼굴 저 도령은 누구신가?	路上誰家白面郎 노 상 수 가 백 면 랑
푸른 도포 큰 띠에 버들 빛이 얼비치네.	青衿大帶映垂楊 청 금 대 대 영 수 양
어찌하면 대청 안 제비집의 제비로 변하여	何方可化堂中燕 하 방 가 화 당 중 연
주렴을 스쳐 지나 담장 너머로 날아갈까.	低掠珠簾斜度墻 저 략 주 렴 사 도 장

이 시는 김시습의 한문소설집 《금오신화》에 수록되어 있는 〈이생규장전〉에 나오는 시입니다. 〈이생규장전〉은 송도 총각 이생과 양반집 최씨녀가 서로 시를 주고받으며 사랑하다가 결혼을 하여 행복하게 살던 중 홍건적의 난이 일어나 최씨녀는 죽고 이생만 살아 남았는데, 이생을 너무 사랑했던 최씨녀의 영혼이 저승으로 가지 못하고 환생하여 다시 이생과 열렬히 사랑하며 살다가 이승에 있을 기한이 다 지나자 백골만 남기고 홀연히 사라진다는 내용입니다.

이 시는 이생을 보고 반한 최씨녀가 이생을 그리워하는 장면을 묘사한 것입니다. 최씨녀는 온갖 꽃떨기 속에서 황금꾀꼬리 지저귀는 소리를 들으며 길이 잘 내려다보이는 깁창에 기대앉아 수를 놓고 있지만 지루합니다. 왜냐하면 오늘 따라 학당으로 공부하러 갈 이생이 나타날 시간이 지났는데도 나타나지 않기 때문입니다. 그래서 최씨녀는 까닭 없이 봄바람을 원망하며 바늘을 놓고 초조하게 이생을 기다립니다. 그 때 얼굴이 뽀얗고 키가 훤칠한 귀공자풍의 이생이 푸른 도포에 큰 띠를 두른 산뜻한 차림으로 길 위에 나타납니다. 최씨녀는 너무나 기뻐서 가슴이 콩닥콩닥 방망이질하고 얼굴이 후끈거립니다. 그렇지만 남녀가 유별이라 대문을 열고 쪼르르 이생에게 달려갈 수 없으니, 최씨녀는 대청 안 제비집의 제비로 변신해 주렴을 스치고 담장을 넘어 이생에게 달려가는 상상을 합니다.

제 시름 녹여줘요 竹枝詞 죽지사

제가 백 척 벼랑 밑 응달의 얼음이라면	儂如百尺陰崖氷 농 여 백 척 음 애 빙
그대는 양달의 장대 같은 햇살입니다.	爾似一竿陽曦勝 이 사 일 간 양 희 승
원하니 장대 같은 아침햇살 빌려 주시어	願借一竿朝陽暉 원 차 일 간 조 양 휘
백 척 벼랑 밑 응달 시름 녹여 주세요.	鎖我百尺陰崖凝 쇄 아 백 척 음 애 응

죽지사란 당나라 때 유우석이 기주자사로 있으면서 그 지방의 여인네들이 돌아가며 부르는 죽지라는 노래를 채집해 악부시(인정이나 풍습을 읊은 것으로 시구에 장단이 있음)로 만든 데서 유래합니다. 그 후 유우석의 '죽지사'는 많은 문인들 사이에서 널리 유행하였는데, 우리나라에서는 고려 말 이제현이 처음으로 시작하였습니다.

이 시는 민간에서 불리던 노래를 김시습이 칠언절구로 옮긴 것입니다. 자신을 응달의 얼음에 비유한 여인은 오래도록 혼자서 사모하는 사내를 향해 양달의 햇살처럼 뜨거운 사랑으로 얼음같이 차가운 자신의 시름을 녹여 달라고 애원합니다. 여성의 심벌같이 움푹 파인 벼랑에 남성의 상징 같은 햇살 장대를 내리꽂아 시름을 녹여 달라는 여인의 하소연이 너무나도 노골적이지 않습니까?

눈물짓는 노처녀

上元俚曲
상원리곡

정월 보름밤 둥근 달빛 지극히 밝은데
먼저 보면 아들 낳는다는 노인의 말에
무슨 일로 이웃한 남쪽 집 노처녀는
남에게 등 돌리고 말없이 눈물짓는가.

元宵月色劇淸圓
원소월색극청원
先見生男古老傳
선견생남고노전
底事南隣老處子
저사남린노처자
背人無語淚泫然
배인무어루현연

이 시는 대중가요 〈갑순이와 갑돌이〉의 원조 같습니다. 노처녀는 정월 보름밤 둥근 달을 먼저 보면 아들을 낳는다는 노인의 말에 등을 돌리고 자신을 두고 장가를 가버린 총각을 생각하며 눈물짓습니다.

김려(1766~1822)는 강이천의 비어飛語사건(강이천이 밀입국한 중국 신부 주문모에게 천주교 교리를 배우면서 요사스러운 말로 세상을 어지럽힌다는 혐의로 흑산도에 유배된 사건. 강이천은 4년 후 신유박해 때 참형되어 효시됨)에 연루되어 부령에 유배되었고, 그 사건을 재조사하는 과정에서 천주교도와 교분을 가졌다는 것이 밝혀져 다시 진해로 유배되었습니다.

그는 유배지에서 가난과 질병과 탐관오리들의 수탈로 고통 받는 백성들의 삶을 목격하고 그들과 어울려 친하게 지냈으며, 어민들에게 도움을 주기 위해 정약전의 《자산어보》에 버금가는 《우해이어보牛海異魚譜》를 만들었습니다. 이 시는 유배지에서 촌로들에게서 들은 이야기를 시로 옮긴 것입니다.

반달을 노래하다

詠半月
영반월

누가 곤륜산의 옥을 잘라내	誰斲崑山玉 수착곤산옥
직녀의 빗을 만들어 주었을까.	裁成織女梳 재성직녀소
견우가 떠나가고 난 뒤에	牽牛離別後 견우이별후
삐쳐서 푸른 하늘에 던져 버렸네.	謾擲碧空虛 만척벽공허

곤륜산 옥으로 만든 값비싼 빗을 주며 유혹해 몸과 마음을 가져가 놓고, 아무 말 없이 떠난 임에게 삐친 기생은 임이 준 빗을 허공에 던져 버렸습니다. 그러나 사랑했던 임을 차마 잊을 수 없어 밤하늘을 쳐다봅니다. 그런데 자신이 허공에 던져 버렸던 빗이 임의 이마를 닮은 반달이 되어 빙그레 웃으며 내려다보고 있습니다.

황진이는 서녀로 태어났으나 용모가 빼어나게 아름답고 머리도 총명하여 뭇 사내들의 연모의 대상이 되었습니다. 그녀는 15살 때 자신을 짝사랑하던 총각이 상사병으로 죽자 기생이 되었습니다. 그녀는 출중한 용모와 뛰어난 기예技藝로 살아 있는 부처라 불리던 지족 선사를 파계시키고, 벽계수와 뜨거운 연정을 나누는 등 당대의 이름난 문인과 유학자들을 매혹시켜 절개를 꺾었지만 화담 서경덕을 유혹하는 데는 실패하고 그의 제자가 되었습니다.

술 취한 임에게

贈醉客
증취객

술 취한 손님이 명주저고리 잡아당겨	醉客執羅衫 취객집라삼
명주저고리 손님 손끝에서 찢어졌어요.	羅衫隨手裂 나삼수수렬
명주저고리야 하나도 아깝지 않지만	不惜一羅衫 불석일나삼
다만 주신 은정 끊어질까 두렵답니다.	但恐恩情絶 단공은정절

이 시에는 뭇 사내를 상대해야 하는 기생의 애환이 짙게 배어 있습니다. 작자는 비록 기생이지만 아무에게나 몸을 허락하지는 않습니다. 그런데 술에 취한 손님이 자꾸 집적대며 달라붙다가 급기야 작자의 명주저고리를 잡아당겨 찢어 놓고 말았습니다. 그러나 작자는 값비싼 명주저고리를 찢은 손님을 원망하지 않습니다. 왜냐하면 그와 맺은 은정恩情이 끊어질까 봐 두렵기 때문입니다.

작자 이매창(1573~1610, 본명: 향금, 호: 계랑)은 부안의 기생으로 시와 거문고에 뛰어난 미인이었습니다. 그녀는 개성의 황진이와 더불어 조선의 명기名技로 쌍벽을 이루었습니다.

길 위의 발자국 路上有見
노상유견

비단 버선 신은 여인이 사뿐사뿐 걸어	凌波羅襪去翩翩 능파라말거편편
한번 중문으로 들어간 뒤 자취가 묘연하네.	一入重門便杳然 일입중문편묘연
애오라지 정이 많은 잔설이 남아 있어서	惟有多情殘雪在 유유다정잔설재
신발 자국 또렷이 담장 가에 찍혀 있네.	屐痕留印短墻邊 극흔류인단장변

이 시는 김홍도와 신위 같은 뛰어난 제자들을 길러낸 당대 제일의 화가 강세황(1713~1791)이 쓴 시답게 회화성이 뛰어납니다.

미모의 여인이 골목길을 걸어갑니다. 작자는 여인의 미모에 홀려 멀찌감치 뒤따라갑니다. 그런데 여인이 아담한 기와집의 중문 안으로 냉큼 들어간 뒤 다시는 나타나지 않습니다. 이 허전함! 그런데 담장 가 잔설 위에 여인의 발자국이 또렷하게 찍혀 있습니다.

작자는 아리따운 여인에게 말 한마디 건네 보지 못한 아쉬움에 허리를 구부리고 눈 위에 찍혀 있는 여인의 발자국을 내려다봅니다.

임의 마음

竹枝詞
죽 지 사

산 복숭아 붉은 꽃은 산마루에 흐드러졌고 山桃紅花滿上頭
산 도 홍 화 만 상 두

촉강의 봄물은 산을 어루만지며 흐르네. 蜀江春水拍山流
촉 강 춘 수 박 산 류

꽃은 붉어도 쉽게 시드니 임 마음을 닮았고 花紅易衰似郎意
화 홍 이 쇠 사 랑 의

흐르는 물은 끝없으니 내 시름을 닮았네. 水流無限似儂愁
수 류 무 한 사 농 수

여인은 산마루에 붉게 핀 복숭아꽃과 산기슭을 어루만지며 흐르는 강물을 바라보며, 꽃은 아름답게 피어났다가도 쉽게 시들어 버리는 것이 임의 마음을 닮았고, 흘러가는 물은 끝이 없으니 떠나간 임을 영영 잊지 못하는 자신의 시름을 닮았다고 합니다.

이 시도 민간에서 불리던 노래를 유우석이 악부시로 옮겨 놓은 것입니다. 가장 감동을 주고 생명력이 긴 노래는 민간에서 널리 그리고 오래도록 불리는 노래입니다. 왜냐하면 그런 노래 속에는 민중들의 애환과 고뇌가 꾸밈없이 녹아 있어 모든 사람들에게 공감을 불러일으키기 때문입니다. 공감이 없는 것엔 감동이 없습니다.

여우비 竹枝詞
죽지사

버들잎은 파릇파릇 강물은 잔잔한데	楊柳靑靑江水平 양류청청강수평
강가에서 부르는 도령의 노랫소리 들려요.	聞郞江上唱歌聲 문랑강상창가성
동쪽에는 해 뜨고 서쪽에는 비 내리니	東邊日出西邊雨 동변일출서변우
궂은 날이라 할지요 갠 날이라 할지요.	道是無晴還有晴 도시무청환유청

가슴이 봉긋하게 부풀기 시작하는 아가씨가 버들잎 파릇파릇하고 물결 잔잔한 강가에 나와 있습니다. 그때 강 저편에서 어떤 도령이 부르는 낭랑한 노랫소리가 싱그러운 봄 향기에 실려 옵니다. 그런데 얄궂게도 날씨가 동쪽에는 해가 뜨고 서쪽에는 비가 내려 갠 날인지 흐린 날인지 도무지 분간이 안 됩니다. 그 때문에 여우비 속에서 들려오는 도령의 노랫가락이 즐거운 듯도 하고 처량한 듯도 하여 아가씨의 마음 또한 기쁘기도 했다가 슬퍼지기도 합니다.

변승애에게

贈卞僧愛
증 변 승 애

단아하게 빗은 고운 눈썹에 흰 모시적삼	澹掃蛾眉白苧衫 담 소 아 미 백 저 삼
제비 지저귀듯 속마음 털어놓는 정겨운 말씨	訴衷情話燕呢喃 소 충 정 화 연 니 남
예쁜 그대 사나이 나이 몇이냐고 묻지 말라.	佳人莫問郞年幾 가 인 막 문 랑 년 기
오십 년 전에는 기껏 스물세 살이었으니.	五十年前二十三 오 십 년 전 이 십 삼

이 시는 늙은 작자가 젊은 여인 변승애에게 구애하는 것 같지만 실은 그 반대입니다. 늘 단아하게 빗은 머리에 하얀 모시적삼을 입고 작자 곁에서 먹을 갈아주고 잔심부름도 해주는 눈썹이 고운 젊은 변승애가 어느 날 제비가 재잘거리듯 맑고 정겨운 말씨로 작자를 사모한다며 속마음을 털어놓습니다.

보통 늙은이 같으면 이게 웬 떡이냐고 입이 쩍 벌어졌을 것입니다. 그러나 작자는 오십 년 전엔 자신의 나이가 기껏 스물셋이었지만 지금은 일흔세 살 노인이니, 젊고 유능한 다른 사내를 찾아보라고 여인을 달랩니다.

2장

내가 죽고 그대가 살아

이별 중엔 사별死別이 가장 고통스러운 것입니다. 그러나 사별은 누구나 겪어야 하는 고통입니다. 내가 일곱 살 되던 해 정월 대보름날 저녁, 앞산에서는 떠오르는 보름달을 맞아 달집을 태우며 울리는 꽹과리, 징, 북소리가 어우러져 한껏 신명이 올라 있었습니다. 그 시각 오래도록 병석에 누워 계시던 어머니는 나의 손을 잡으신 채로 이승을 하직하셨고, 아버지는 울부짖는 어린 나를 할머니 댁으로 보냈습니다. 그리고 장례식 날이었습니다. 상여가 떠나갈 때 내가 상여에 매달려 발버둥치며 울어대자 아버지는 나를 상여에서 떼어 내며 산이 무너지듯 큰 소리로 꺼이꺼이 통곡하셨습니다.

서정주 시인은 그의 시 〈푸르른 날〉에서 '네가 죽고서 내가 산다면/ 내가 죽고서 네가 산다면…' 이라고 했습니다. 사랑하는 한쪽이 죽고 나면 살아남은 한쪽은 죽은 사람이 아무리 그리워도 다시는 만날 수 없는 그 슬픔!

대동강에서의 이별

大同江
대 동 강

정지상

비가 그친 긴 둑에 풀빛이 짙었는데	雨歇長堤草色多 우 헐 장 제 초 색 다
남포에서 임 보내니 슬픈 노래 일어나네.	送君南浦動悲歌 송 군 남 포 동 비 가
대동강 물은 어느 때에나 다 마를까?	大同江水何時盡 대 동 강 수 하 시 진
이별의 눈물 해마다 푸른 물결에 더해지니.	別淚年年添綠波 별 루 년 년 첨 록 파

작자는 고향을 떠나는 사람들과 돌아오는 사람들로 붐비는 남포나루에 임을 배웅하려 나왔습니다. 비 그친 강둑엔 풀빛이 더욱 푸른데, 이윽고 임을 실은 배가 떠나갑니다. 작자는 뱃전에 서서 눈물 아롱진 얼굴로 웃으며 손을 흔드는 임을 바라보자니 슬픈 노래가 터져 나옵니다. 애달픈 이별의 눈물이 해마다 푸른 물결에 더해지니 대동강 물은 어느 때에나 다 마를지 모르겠다고 한 이 시는 남녀간의 사랑을 노래한 절창으로 오래 동안 널리 애송되었습니다.

정지상(?~1135)은 김부식과 쌍벽을 이루는 고려의 정치가이자 문장가입니다. 그는 서경(평양)에서 태어나고 자라나 송도(개성)로 가서 벼슬을 하였으므로 대동강 남포나루에서 배를 타고 남하하여 예성강을 거슬러 송도로 가는 뱃길을 많이 이용했을 것입니다. 그러니 남포나루에서 이별하는 장면을 수없이 목격했을 겁니다.

임을 보내며 送人 송인

뜰 앞에 잎 하나 떨어지니	庭前一葉落 정전일엽락
평상 밑에서 온갖 벌레들 슬피 우네.	床下百蟲悲 상하백충비
훌쩍 떠나는 임 붙잡을 수 없지만	忽忽不可止 홀홀불가지
유유히 어디로 가시려나요.	悠悠何所之 유유하소지
내 마음 세상 끝까지 그대를 좇아가고	片心山盡處 편심산진처
달 밝은 밤엔 홀로 그대 꿈을 꿀래요.	孤夢月明時 고몽월명시
남포에 봄 물결 푸르러지면	南浦春波綠 남포춘파록
돌아오겠다는 그 약속 잊지 말아요.	君休負後期 군휴부후기

여인은 뜰 앞에 낙엽이 지고 평상 밑에서 귀뚜라미가 슬피 우는 가을에 훌쩍 떠나가는 임을 붙잡을 수 없습니다. 여인은 그저 마음으로만 세상 끝까지 임을 따라가고, 달 밝은 밤엔 홀로 임의 꿈이나 꾸는 일 말고는 할 수 있는 게 아무것도 없습니다. 그렇지만 여인은 임을 원망하지 않습니다. 다만 남포에 봄 물결이 푸르러지면 돌아오겠다고 한 그 약속만은 꼭 지켜달라고 하소연할 뿐입니다.

대동강의 노래

浿江曲
패 강 곡

헤어지는 사람들 날마다 버들가지를 꺾어	離人日日折楊柳 이 인 일 일 절 양 류
천 가지를 다 꺾었어도 임을 잡지 못했네.	折盡千枝人莫留 절 진 천 지 인 막 류
붉은 소매 예쁜 아가씨들 흘린 눈물 얼만가.	紅袖翠娥多少淚 홍 수 취 아 다 소 루
안개 물결에 떨어지는 해 고금에 시름겹네.	烟波落日古今愁 연 파 락 일 고 금 수

작자는 이별하는 사람들이 날마다 버들가지를 꺾어 천 가지를 다 꺾었지만 임을 붙잡은 사람이 아무도 없다고 합니다. 그 때문에 붉은 소매 달린 옷을 입고, 임을 배웅하려 나온 예쁜 아가씨들 흘리는 눈물이 예로부터 지금까지 끊이지 않고 있으니 대동강의 안개 깔린 물결에 떨어지는 낙조落照가 시름겹다 합니다.

옛날에 정인情人과 이별할 때는 버들가지를 꺾어 주는 풍습이 있었습니다. 버들가지는 아무 데나 심어 놓아도 뿌리를 잘 내려 죽지 않고 살아납니다. 그래서 여인은 떠나는 임에게 버들가지를 꺾어 주며 자신도 임의 가슴속에 버들가지처럼 뿌리를 내리고 늘 살아 있기를 염원했습니다. 버들가지는 참으로 애틋한 이별의 정표였습니다.

소 판서와 헤어지며

奉別蘇判書世讓
봉 별 소 판 서 세 양

달빛 아래 오동잎 모두 지고	月下梧桐盡 월 하 오 동 진
서리 속에 들국화 노랗게 피었네.	霜中野菊黃 상 중 야 국 황
누각은 높아 하늘에 닿을 듯하고	樓高天一尺 누 고 천 일 척
임은 취했지만 술잔이 끝없이 오가네.	人醉酒千觴 인 취 주 천 상
흐르는 물은 거문고 소리에 어울려 차고	流水和琴冷 유 수 화 금 랭
매화꽃은 피리 소리에 들어 향기롭네.	梅花入笛香 매 화 입 적 향
내일 아침 서로 헤어지고 나면	明朝相別後 명 조 상 별 후
임에게 실은 정은 푸른 파도가 되어 끝이 없으리.	情輿碧波長 정 여 벽 파 장

달빛 아래 오동잎이 모두 지고 서리 속에 국화가 노랗게 핀 밤에 작자는 사랑하는 임과 마주 앉아 이별주를 나누고 있습니다. 이별주를 나누는 누각은 높아 하늘에 닿을 듯하고, 임은 이미 취했지만 술잔은 끝없이 오갑니다. 작자는 흐르는 물은 이별가를 연주하는 거문고 소리에 어울려 차고, 매화꽃은 연가를 부는 피리 소리에 들어와 향기로운 이 밤이 지나고, 내일 아침 헤어지면 임에게 실은 정은 푸른 파도가 되어 끝없는 그리움으로 출렁거릴 것이라고 합니다.

이 시에 나오는 소세양은 조선 성종~명종 시대를 산 문신으로 형조·호조·병조·이조 판서를 두루 거치고 우찬성까지 오른 고관대작입니다. 그는 율시律詩에 뛰어났으며 송설체松雪體(원나라 조맹부의 글씨체로 왕희지를 추종한 그의 필법은 군세고 아름다우며 결구가 정밀함) 글씨에도 일가견이 있었습니다.

소세양은 황진이와 한 달만 같이 살기로 하였습니다. 그는 한 달이 되기 하루 전날 누각에 올라가 황진이와 함께 이별주를 마셨는데, 황진이가 읊는 이 시를 듣고 나서 떠나려던 마음을 접고 황진이와 한참 더 살았다고 합니다.

권 판서와 이별하며 別權判書
별권판서

가시는 걸음걸음 편안히 가옵소서. 去去平安去
거거평안거

멀고 먼 만리 길은 아득하옵는데 長長萬里多
장장만리다

소수상강의 밤에는 달도 없으련만 瀟湘無月夜
소상무월야

외로운 기러기 울음소리 어찌하려오. 孤叫雁聲何
고규안성하

이 시는 의주 기생이 잠시나마 뜨겁게 사랑을 나누었던 서울의 지체 높은 권 판서와 이별하면서 읊은 시입니다. 기생은 정을 주고 떠나가는 권 판서가 너무 야속하지만 그래도 만리 머나먼 길에 가시는 걸음걸음이 편안하기를 기원합니다. 그리고 소수상강(권 판서가 서울로 돌아가는 길을 중국 호남성 남쪽에 있는 경치가 빼어난 소수瀟水와 상강湘江에 비유)의 밤에는 달(여관에 투숙한 나그네의 외로움을 달래줄 기생)도 없을 것이니, 그때 외로운 기러기가 되어 우는 자신이 생각나면 어찌 하겠느냐고 묻습니다. 이 얼마나 애절한 여인의 하소연입니까.

봄비

春雨
춘 우

이별이 아프고 아파 안방 문을 닫으니	離懷悄悄掩重門 이 회 소 소 엄 중 문
비단 소매엔 임의 향기 없고 눈물 자국뿐이네.	羅袖無香滴淚痕 나 수 무 향 적 루 흔
홀로 있는 깊은 방엔 임이 없어 쓸쓸한데	獨處深閨人寂寂 독 처 심 규 인 적 적
마당 가득 내리는 보슬비 황혼조차 가두네.	一庭微雨鎖黃昏 일 정 미 우 쇄 황 혼

작자는 떠나는 임을 배웅하고 방안으로 들어와 방문을 닫으니 이별이 아프고 아픕니다. 어느새 비단옷 소매엔 임의 향기는 사라지고 눈물 자국만 남았습니다. 홀로 있는 깊은 방엔 고독이 몰아치고 마당 가득히 내리는 보슬비는 황혼조차 거두어 컴컴해집니다.

이 시는 이매창이 18살 때 40대의 시인인 유희경과 만나 뜨거운 사랑을 나누다가 서울로 떠나가는 유희경을 배웅한 뒤 쓴 것입니다. 그녀는 유희경을 간절히 그리워하며 다음과 같은 시조도 남겼습니다.

이화우梨花雨 흩날릴 제 울며 잡고 이별한 임
추풍낙엽秋風落葉에 저도 나를 생각는가.
천리에 외로운 꿈만 오락가락 하노매라.

정포

양주 객사를 떠나며

題梁州客舍壁
제 양 주 객 사 벽

새벽 등불 화장기 지워진 얼굴을 비추는데	五更燈影照殘粧 오 경 등 영 조 잔 장
이별을 말하려 하니 애간장부터 끊어지네.	欲語別離先斷腸 욕 어 별 리 선 단 장
방문을 밀고 달빛 반이나 진 뜰로 나서니	落月半庭推戶出 낙 월 반 정 추 호 출
살구꽃 성긴 그림자 옷에 가득 드리우네.	杏花疎影滿衣裳 행 화 소 영 만 의 상

이 시는 정포(1309~1345)가 울주로 귀양을 갔다가 귀양에서 풀려나 개경으로 돌아가는 길에 양주(경남 양산) 객사에서 하룻밤을 묵고 새벽에 길을 나서며 같이 잤던 여인과의 이별을 노래한 것입니다.

새벽 등불에 비친 여인의 얼굴은 흐르는 눈물로 화장기가 지워졌습니다. 작자는 그런 여인에게 이제 떠나야겠다고 작별인사를 하려니 애간장이 끊어지는 듯합니다. 작자는 여인에게 겨우 작별을 고한 뒤 방문을 밀고 달빛이 반이나 진 뜰로 나섭니다. 그때 달빛 아래 하얗게 핀 살구꽃 성긴 그림자가 옷에 가득 어른거립니다.

이별을 원망하며

怨別離
원 별 리

임을 사랑해도 붙잡을 수 없음은	愛君無術可得留 애 군 무 술 가 득 유
가슴 가득 품은 풍운의 뜻 때문이라네.	滿懷都是風雲期 만 회 도 시 풍 운 기
남아의 공명은 응당 이룰 날 있겠지만	男兒功名當有日 남 아 공 명 당 유 일
여자의 고운 얼굴은 얼마나 갈까.	女子盛麗能幾時 여 자 성 려 능 기 시

울주에 유배되었던 정포는 유배에서 풀려 나자 고려에서는 벼슬할 길이 없어 원나라로 가 벼슬할 뜻을 품고 연경으로 떠났는데, 이 시는 그때 자신을 배웅하던 여인의 심정을 읊은 것 같습니다.

여인은 사랑하는 임이 가슴 가득 풍운의 뜻을 품고 떠나기 때문에 차마 붙잡을 수 없습니다. 여인은, 떠나는 임은 반드시 공명을 이룰 날이 있겠지만 기다리는 자신의 고운 얼굴은 얼마 가지 않아 늙을 것이니, 그렇게 되면 입신출세한 임은 자신을 버리고 더 젊고 예쁜 여자를 얻을 것이란 생각에 이별이 더욱더 슬퍼집니다.

원나라로 간 정포는 원나라 승상의 호감을 사서 황제에게 추천되었지만 벼슬이 내려지기 전에 37세의 나이로 죽었습니다.

벗과 이별하고 | 贈別友人 (증별우인)

문을 나서 먼 길 가는 벗을 전송하는데	出門送遠人 (출문송원인)
열 걸음도 못 가서 세 번을 돌아보네.	十步恒三顧 (십보항삼고)
이별의 슬픔을 달래려고 서성거리는데	惆愴獨徘徊 (추창독배회)
모든 가을 산이 어둑어둑 저물고 있네.	千山秋欲暮 (천산추욕모)

송정백은 임진왜란 때 김해부사가 도망가 버린 김해성을 지키다 전사한 우리나라 최초의 의병장 송빈의 큰아들입니다. 그는 성균관 진사였으나 현실정치에 참여하지 않고 초야에 묻혀 살았습니다.

선조는 백성과 도성을 버리고 북쪽 의주로 도망친 자신보다 백성들로부터 더 추앙받는 의병장들을 시기하였으며, 행여나 그들이 역모를 꾸밀까 봐 전전긍긍하였습니다. 그러던 때 하필이면 충청도에서 이몽학이 반란을 일으켰고, 의병장 김덕령은 반란을 진압하기 위해 출동하였습니다. 그런데 도중에서 반란이 진압되었다는 전갈을 받은 김덕령은 군사를 되돌렸습니다. 그러자 누군가가 김덕령이 이몽학과 내통했다며 무고를 했고, 선조는 기다렸다는 듯이 김덕령을 사형에 처했습니다. 이름난 전라도 의병장인 김덕령이 사형에 처해지자 의병에 가담했던 많은 사람들은 신변에 위험을 느끼고 불안해 하였는데, 이 시에는 그런 정황이 잘 드러나 있습니다.

작자는 자신을 찾아왔다 문을 나서 먼 길 떠나는 벗을 배웅하고 있습니다. 그의 벗은 의병활동에 가담한 사람입니다. 그래서 머지않아 닥쳐올 신변의 위험을 예감하고 열 걸음도 못 가서 세 번이나 뒤돌아 봅니다. 그렇게 불안해 하며 떠나는 벗을 보내고 나니 작자는 가눌 길 없는 슬픔이 밀려옵니다.

작자는 이별의 슬픔을 달래려고 마당을 서성이는데 모든 가을 산이 어둑어둑 저뭅니다.

● 왕유

원이를 안서로 보내며

送元二使之安西
송 원 이 사 지 안 서

위성에 아침 비가 내려 가벼운 먼지 적시니	渭城朝雨浥輕塵 위 성 조 우 읍 경 진
객사에는 파릇파릇 버들 빛이 새롭구나.	客舍靑靑柳色新 객 사 청 청 유 색 신
권하노니 그대여! 다시 한 잔 비우시게나.	勸君更盡一杯酒 권 군 갱 진 일 배 주
서쪽 양관으로 가는 길엔 아는 이 없을 테니.	西出陽關無故人 서 출 양 관 무 고 인

작자는 변방인 안서(지금의 중국 신강성 지련산 북쪽에 있는 도시)로 벼슬살이를 떠나는 벗을 배웅하려고 장안(지금의 서안)에서 위성(옛 진나라 수도였던 함양. 서역으로 가는 사람을 전송하던 장소로 버들이 많아 유성이라고도 함)까지 먼 길을 함께 걸어와 위성에서 하룻밤을 같이 묵었습니다. 그리고 아침에 일어나니 비가 내려 사막에서 날아온 먼지가 말끔히 씻긴 객사의 버들 빛이 파릇파릇 새롭습니다.

작자는 이제 곧 서쪽 양관(감숙성 돈황에서 남서쪽으로 70여km 떨어진 곳에 위치한 관문으로 타클라마칸 사막 남쪽의 곤륜산맥을 넘어 인도 방면으로 가는 관문)을 향해 길을 떠날 벗에게 이별주를 권하며 아쉬움을 달랩니다. 위성에서 양관을 거쳐 안서로 가는 아득히 멀고 먼 길은 이국땅이나 다를 바 없는 낯설고 물선 길! 작자는 그 험난하고 위험한 길로 벗을 혼자 보내려니 가슴이 짠하고 콧등이 시큰합니다.

벗을 보내며

送友人
송우인

● 이백

푸른 산은 성 북쪽에 가로누워 있고	青山橫北郭 청산횡북곽
맑은 물은 성 동쪽을 감싸고 흐르는데	白水遶東城 백수요동성
이제 이곳에서 그대 한번 떠나가면	此地一爲別 차지일위별
뿌리 뽑힌 다북쑥처럼 만리 길을 떠돌겠지.	孤蓬萬里征 고봉만리정
뜬 구름은 떠나가는 그대 마음이고	浮雲遊子意 부운유자의
지는 해는 그대 보내는 나의 마음인데	落日故人情 낙일고인정
이윽고 손 흔들며 이곳을 떠나가니	揮手自玆去 휘수자자거
말도 이별 슬퍼 소리 내어 우는구나.	蕭蕭班馬鳴 소소반마명

작자는 먼 길을 가는 벗이 뿌리 뽑힌 다북쑥이 가을바람에 이리저리 나뒹굴 듯 떠돌 것을 생각하니 가슴이 먹먹해집니다. 또 뜬 구름은 떠나가는 벗의 마음 같고, 지는 해는 벗을 보내는 자신의 마음 같아 가슴이 미어지는데, 이윽고 말 등에 올라앉은 벗이 손을 흔들며 떠나갑니다. 그러자 벗을 태우고 가는 말도 여기까지 함께 온 말 무리와 헤어져 홀로 가는 것이 서러운 듯 구슬피 웁니다.

봉은사 스님과 헤어지며 奉恩寺僧軸 봉은사승축

삼월이라 광릉에는 꽃이 산에 만발한데	三月廣陵花滿山 삼월광릉화만산
비 갠 강의 돌아갈 뱃길은 흰 구름 속에 있네.	晴江歸路白雲間 청강귀로백운간
배 가운데서 등 돌리고 봉은사를 가리키니	舟中背指奉恩寺 주중배지봉은사
두견새 서너 울음에 스님이 빗장을 거네.	蜀魂數聲僧掩關 촉혼수성승엄관

작자는 봉은사에서 스님과 작별하고 나루터로 나와 배를 탔습니다. 비 갠 강엔 흰 구름이 덮여 돌아갈 뱃길이 보이지 않습니다. 작자는 배 위에서 등을 돌리고 봉은사 절문 쪽을 가리킵니다. 그곳엔 작자가 배를 타고 떠나는 걸 보기 위해 나와 있던 스님이 배가 떠나가자 두견새 서너 울음 속에서 절문 빗장을 걸어 닫고 있습니다.

봉은사奉恩寺는 서울 강남구 수도산修道山 아래 있는 사찰로 조선시대 승과시험을 치르던 곳인데, 이 절에서 서산대사와 사명대사가 등과登科하였습니다. 또 김정희는 이 절에서 구족계를 받고 죽기 3일 전에 '판전版殿'이란 현판을 썼는데 지금껏 전해오고 있습니다.

분성에서의 이별 盆城贈別
분 성 증 별

연자루 앞 청자 빛 하늘에는 제비가 날고 燕子樓前燕子飛
연 자 루 전 연 자 비

꽃잎은 무수히 떨어져 옷자락에 달라붙는데 落花無數惹人衣
낙 화 무 수 야 인 의

서로 이별하는 아쉬움 봄바람에 심어 놓고 東風一種相離恨
동 풍 일 종 상 리 한

봄이 떠나듯 객이 돌아가니 애간장이 타네. 腸斷春歸客又歸
장 단 춘 귀 객 우 귀

김안국(1478~1543)은 조선 중종 때 문신이자 학자로 성리학의 실천적 면을 중시하였습니다. 그는 조광조 일파가 숙청된 기묘사화 때 파직되자 고향 이천으로 낙향해 후진을 가르쳤습니다. 그 후 재기용된 그는 예조판서와 병조판서, 대제학 등 요직을 거쳤습니다.

이 시는 김안국이 예조참의로 있던 1511년 분성(김해도호부가 있던 성)의 호계虎溪 위에 있는 연자루에서 일본 사신 붕중弸仲을 전송하며 읊은 시로 떠나가는 객을 위해 예를 다하고 있습니다.

작자는 강남에서 돌아온 제비들이 연자루 앞을 날고, 흐드러졌던 꽃잎이 무수히 떨어지며 옷자락에 달라붙는데, 이별의 아쉬움을 봄바람에 심어 놓고 봄이 떠나듯이 객이 돌아가니 애간장이 탄다고 노래합니다. 상대를 감동시키고도 남을 송별시가 아닙니까.

깨진 거울 破鏡
파 경

오리 모양 향로에 불은 꺼지고 밤이 깊었는데	睡鴨薰消夜已闌 수 압 훈 소 야 이 란
꿈을 깨니 빈 방 머리맡 병풍에 냉기가 도네.	夢回虛樓寢屛寒 몽 회 허 루 침 병 한
매화나무 가지 끝에 걸린 어여쁜 조각달은	梅梢殘月娟娟在 매 초 잔 월 연 연 재
아내가 승천할 때 가져간 반쪽 거울 같네.	猶作當年破鏡看 유 작 당 년 파 경 간

작자는 병을 치료하려고 오리처럼 생긴 향로에 약재를 넣어 끓이며 그 김을 쐬다가 잠이 들었습니다. 얼마나 잤을까? 으스스한 기운에 눈을 뜨니 머리맡에 세워 둔 병풍에 냉기가 감돌고, 홀로 자는 밤이 너무나 외롭습니다. 작자는 방문을 열고 마당으로 나가 뜰 앞 매화 가지에 걸려 있는 눈썹처럼 어여쁜 조각달을 바라봅니다. 그때 문득 조각달이 아내가 자신과 사별할 때 둥근 거울을 두 조각 낸 뒤 이별의 정표로 저승까지 가져간 반쪽 거울이란 생각이 듭니다.

17세기 대표적 위항시인인 최대립은 역관譯官 출신으로 성격이 호방하고 익살스러웠으며 홀로된 계모를 극진히 모신 효자였습니다.

● 김정희

아내의 죽음을 슬퍼하며　配所輓妻喪
배소만처상

어찌하면 저승의 중매쟁이에게 하소연하여　那將月姥訟冥司
나장월모송명사

다음 생에는 우리 부부 바꾸어 태어나서　來世夫妻易地爲
내세부처역지위

내가 죽고 그대는 천리 먼 곳에서 홀로 살아　我死君生千里外
아사군생천리외

그대로 하여금 나의 이 비통함을 알게 할까.　使君知我此心悲
사군지아차심비

이 시는 김정희가 육지에서 아득히 떨어진 외딴 섬 제주도에 유배되었을 때 아내의 죽음을 알리는 부고를 받고 쓴 것입니다.

억울한 귀양살이로 실의에 빠져 있던 추사에게 아내의 죽음은 청천벽력과 같은 것이었습니다. 그런데 그 소식도 아내가 죽은 지 한 달이 지난 뒤에야 들을 수 있었습니다. 추사는 귀양을 간 지아비 생각에 하루도 마음 편할 날이 없었을 아내가 그 때문에 병을 얻어 죽었을 것이라고 생각하니 터져 나오는 울음을 참을 수 없었습니다. 그는 목 놓아 울면서 저승의 중매쟁이에게 "다음 생에는 서로 역할을 바꾸어 태어나서 자신이 먼저 죽고 아내가 홀로 살아 남아 지금 자신이 겪는 이 슬픔을 아내가 알게 해 달라"고 부탁합니다.

소쩍새 울음을 들으며

聽杜鵑用盡眉鳥韻
청두견용진미조운

피 토하고 몸 뒤쳐 나무들을 옮겨 가며	流血飜身樹樹移 유혈번신수수이
앞소리 '촉'은 높게 뒷소리 '도'는 낮게	前聲乍亮後聲低 전성사량후성저
모든 것이 돌아감만 못하니 돌아가자고	萬事不如歸去好 만사불여귀거호
창 너머서 밤새도록 애타게 울어 대네.	隔窓終夜盡情啼 격창종야진정제

귀촉도란 말은 촉나라가 멸망하자 돌아갈 나라가 없어진 것을 슬퍼하던 충신이 죽어 그 혼이 소쩍새가 되어 밤마다 피를 토하듯 '촉도(촉나라로 돌아가자) 촉도' 하며 울었다는 전설에서 유래합니다.

이 시는 허균이 너무도 사랑하던 누나 허난설헌의 가련한 죽음 앞에서 피를 토하듯 통곡하며 쓴 것이 아닐까 추측해 봅니다.

허난설헌은 뛰어난 시재詩才였지만 남편의 심한 외도로 허구한 날 독수공방으로 지내야 했고, 시어머니로부터는 심한 구박을 당했으며, 설상가상으로 어린 아들과 딸을 잃었고, 친정오빠 허봉이 귀양 가는 일까지 겹치자 슬픔과 좌절을 이기지 못하고 27세의 나이로 요절하였습니다. 그러니 허균에게는 그런 누나의 죽음이 얼마나 애통했겠습니까. 만약 허난설헌의 시대 분위기가 신사임당의 시대 분위기 같았다면 그녀의 시혼詩魂은 활짝 꽃피었을 것입니다.

3장

홀로 드는 잠자리에

아내를 정읍역에 태워다 주고 돌아오는 길이었습니다. 호남선 철로 위에 놓인 연지육교를 지나며 코스모스 나부끼는 플랫폼에 혼자 동그마니 서서 열차를 기다리는 아내의 모습을 바라보니 애처롭기 짝이 없었습니다. 아린 마음으로 관사에 도착해 현관문을 열고 들어서니 아내의 헌 신발이 가지런히 놓여 있었습니다. 나는 아내의 신발을 보는 순간, 중위 때 나와 결혼하여 대령이 되어 연대장을 하는 지금까지의 그 길고도 힘들었던 길을 이렇게 작은 발로 불평 없이 함께 와 주었구나 하는 생각이 들어 콧잔등이 찡했습니다.

사랑은 상대방에 대한 연민憐愍입니다. 즉, 사랑은 상대방을 염려하고 근심하며 마음 아파하는 가운데서 싹트고 자라납니다. 그러므로 자기중심의 이기적인 사랑은 사랑이 아닌 집착이며, 쾌락만을 쫓는 사랑은 천박한 욕정에 불과합니다.

여인의 원망 閨怨
규원

달 밝은 누각에 가을 깊고 옥 병풍 허전한데	月樓秋盡玉屛空 월루추진옥병공
서리 내린 갈대 섬에 저녁 기러기 내려앉네.	霜打蘆洲下暮鴻 상타로주하모홍
거문고 아무리 타도 그리운 임은 오지 않고	瑤琴一彈人不見 요금일탄인불견
연꽃만 들판의 못 가운데서 시들어 떨어지네.	藕花零落野塘中 우화영락야당중

허난설헌은 15세에 김성립과 결혼하였습니다. 시댁은 고조로부터 남편에 이르기까지 5대가 내리 문과에 급제한 명문가였으나 남편은 주색에 빠져 기방妓房을 전전하느라 집에 들어오지 않는 날이 대부분이었습니다. 이 시는 그런 남편을 기다리며 쓴 것입니다.

작자는 달 밝은 누각에 옥 병풍을 둘러놓고 서리 내린 갈대 섬에 기러기 떼 쌍쌍이 짝을 지어 내려앉는 광경을 바라봅니다. 작자는 자신도 저 기러기들처럼 임과 짝을 지어 다정하게 살고 싶지만 그렇지 못해 괴롭습니다. 작자는 괴로운 심사를 달래려고 거문고를 타며 임을 기다립니다. 그러나 아무리 거문고를 타며 임을 기다려도 임은 오지 않고 연꽃만 들판의 못 가운데서 시들어 떨어집니다.

강사에 계시는 임에게 寄夫江舍讀書
기부강사독서

제비는 비스듬한 처마에 쌍쌍이 날아들고	燕掠斜簷兩兩飛 연략사첨양양비
떨어지는 꽃잎 어지러이 비단옷 어루만지네.	落花撩亂拍羅衣 낙화요란박라의
침실엔 눈길 가는 것마다 춘정이 애끓는데	洞房極目傷春意 동방극목상춘의
풀 푸른 강남의 임은 돌아오지 않는구나.	草綠江南人未歸 초록강남인미귀

외도가 심한 남편 때문에 생과부가 된 젊은 작자는 허구한 날 독수공방으로 지냅니다. 작자는 처마 밑 제비집으로 쌍쌍이 날아드는 제비들을 바라보며 짝을 두고도 홀로 사는 자신의 처지를 한탄합니다. 그때 어지럽게 떨어져 내리는 꽃잎들이 작자의 얇은 비단옷을 애무하듯 어루만지니 기분이 야릇해집니다. 작자는 방안으로 들어가 침실의 이부자리를 비롯해 눈길이 가 닿는 것들을 바라보며 오래전 남편과 같이했던 잠자리를 떠올립니다. 그 순간 불현듯 온몸에서 뜨거운 욕정이 솟구쳐 오릅니다. 작자는 풀 푸른 강남에서 낭군이 돌아와 감미롭게 포옹해 주지 않는 것이 원망스럽습니다.

이 시는 매우 노골적이고 유탕流蕩하지만 조선시대 가부장적이고 남성우월적인 환경 속에서 자신을 죽이고 살아야 했던 젊은 여인의 누를 길 없는 욕정을 대담하고 솔직하게 토로하였습니다.

묏버들 가려 꺾어 折楊柳 절양류

묏버들 가려 꺾어 먼 곳 임께 보내오니	擇折楊柳寄千里 택절양류기천리
뜰 앞에 심어 놓고 날마다 살펴보옵소서.	人爲試向庭前種 인위시향정전종
모름지기 밤 사이 새잎 난 것 보시거든	須知一夜生新葉 수지일야생신엽
파리하고 수심에 찬 이 몸인 듯 여기소서.	憔悴愁眉是妾身 초췌수미시첩신

선조 7년(1574)에 함경도 병마절도사의 보좌관으로 임명된 최경창이 서울을 떠나 병마절도사가 주재하고 있는 경성으로 가던 길에 홍원에 들려 묵게 되었습니다. 그때 관기官妓 홍랑과 하룻밤을 같이 지냈는데 홍랑은 당시 최고의 시인이며 피리의 고수인 최경창에게 한눈에 반했고, 최경창 역시 거문고 연주의 일인자인 홍랑에게 매료되었습니다. 다음날 최경창이 길을 나섰으나 홍랑은 관기의 신분이라 최경창을 따라나설 수 없었습니다.

한 달 후, 홍랑은 천리 멀고 험한 길을 혼자서 걸어 경성의 최경창을 찾아왔고, 그들은 꿈속 같은 사랑을 나누었습니다. 그러나 그것은 여섯 달 남짓, 최경창은 조정의 부름을 받고 서울로 돌아가야 했습니다. 홍랑은 이별이 너무나도 애석하여 최경창을 따라 나서 경성에서 영흥까지 천 삼백 리 길을 함께 걸었습니다. 그러나 영흥에서부터는 '양계의 금(여진족 침입을 막기 위해 함경도 사람은 이 도계를 넘어 평안도로 갈 수 없게 한 법령)'에 의해 더 이상 따라갈 수 없게 되었습니다.

홍랑이 사랑하는 임을 눈물로 보내고 귀가하는 길에 함관령(함흥과 홍원 간 고개)에 이르자 날이 저물고 비가 부슬부슬 내렸습니다. 홍랑은 북받치는 슬픔에 길가의 묏버들 가지를 꺾으며 시조 한 수를 읊었습니다.

'묏버들 가려 꺾어 보내노라 임의 손에/ 주무시는 창밖에 심어두고 보옵소서/ 밤비에 새잎이 나면 이 몸이라 여기소서.'

뒷날 홍랑은 이 시조와 버들가지를 최경창에게 보냈고 최경창은 이를 한시로 옮겼습니다. 그리고 3년 후 홍랑은 최경창이 중병에 걸렸다는 소식을 듣고 천릿길을 달려 한양의 최경창 집으로 와 병구완을 하였고, 최경창은 건강을 회복하였습니다. 그러나 최경창은 사헌부로부터 명종비의 국상 중에 한양출입이 금지된 북방의 기생을 불러들였다는 죄로 탄핵받아 파직되었고 홍랑은 다시 홍원으로 돌아갔습니다. 그 후 최경창은 복직되어 종성부사를 지내는 등 북쪽 변방을 오랫동안 전전하다 성균관 직강 발령을 받고 서울로 돌아오던 길에 왕십리 부근에서 객사하였습니다. 홍랑은 최경창의 부음을 듣고 달려와 사내들이 넘보지 못하게 얼굴을 흉하게 훼손한 뒤 최경창의 무덤 옆에 움막을 짓고 삼 년간 시묘를 살았으며, 임진왜란이 일어나자 최경창의 유작과 유품을 정리해 종적을 감추었습니다. 그로부터 7년 후 임진왜란이 끝나자 홍랑은 해주최씨 문중을 찾아와 최경창의 유작과 유품을 돌려준 뒤 최경창의 묘 앞에서 목숨을 끊었습니다. 그러자 해주최씨 문중에서는 홍랑을 가문의 일원으로 받아들여 최경창 부부의 합장묘 아래 장사지내 주었습니다.

버들가지를 꺾어 折楊柳 절양류

맑은 물에 스치는 늘어진 버들가지	垂楊拂淥水 수양불녹수
불어오는 봄바람에 곱게 흔들리자	搖艷東風年 요염동풍년
버들 꽃은 옥문관에 흩날리는 눈처럼 희고	花明玉關雪 화명옥관설
버들잎은 금창에 서린 안개처럼 따사롭네.	葉暖金窗煙 엽난금창연
어여쁜 여인은 긴 시름에 잠긴 채	美人結長想 미인결장상
버들 꽃을 대하니 마음이 처량해져	對此心凄然 대차심처연
버들가지 더위잡고 봄빛을 꺾어다가	攀條折春色 반조절춘색
멀리 용정의 임에게 부쳐 볼까 하네.	遠寄龍庭前 원기용정전

이백은 성당盛唐이라 불리던 태평성대에 종지부를 찍게 만든 안녹산의 난이 일어나자 아들과 자식을 언제 죽을지도 모르는 전쟁터에 내보내고 날마다 가슴 졸이는 여인들의 심정을 읊은 시를 많이 썼습니다. 그는 그런 시를 통해서 위정자들이 하루 빨리 전쟁을 끝내고 백성들이 안심하고 살 평화로운 시대를 열도록 촉구하였습니다.

여인은 눈이 녹아 흐르는 맑은 시냇물에 드리운 버들가지가 산들산들 불어오는 봄바람에 흔들리며 하얗게 버들 꽃을 흩날리자 그 버들 꽃이 옥문관(감숙성 돈황현에 있는 관문)에 흩날리고 있을 차가운 눈과 같다고 생각합니다. 여인은 자신이 있는 이곳은 남쪽이라 금창(여인의 방) 안에 안개가 서릴 만큼 따뜻하여 버들잎이 싱그럽지만 낭군이 있을 용

정(흉노족의 궁성이 있는 곳)은 아직도 추위가 가시지 않았을 것이라 생각하니 흉노의 동태를 감시하며 추위에 떨고 있을 낭군이 가련해집니다. 그래서 여인은 버들가지 더위잡고 따뜻한 봄빛을 꺾어 멀리 용정에 있는 임에게 보내 주고 싶습니다.

여인의 정-1

閨情-1
규정

약속해 놓고 어찌 이리 늦게 오시나.	有約來何晚 유 약 래 하 만
뜰에 핀 매화꽃 떨어지려 하는데.	庭梅欲謝時 정 매 욕 사 시
문득 나뭇가지 위의 까치 소리 듣고서	忽聞枝上鵲 홀 문 지 상 작
거울 보며 부질없이 눈썹을 그리네.	虛畵鏡中眉 허 화 경 중 미

조선 중기의 여류시인인 이옥봉은 신사임당, 허난설헌과 더불어 조선의 삼대여류시인으로 불립니다. 그녀는 옥천군수를 지낸 이봉의 서녀로 태어났으며 어릴 때부터 글과 시에 뛰어난 재능을 보였습니다. 그러나 서녀였기 때문에 정실부인이 될 수 없어 조원의 소실小室로 들어갔습니다. 그런데 그녀가 쓴 시 한 편이 필화사건의 빌미가 되어 조원이 화를 당하게 되자 친정으로 쫓겨났습니다.

친정으로 쫓겨난 작자는 남편이 오기로 한 날짜가 지났는데도 오지 않아 애타게 기다리고 있습니다. 그 사이 뜰 앞의 매화꽃이 피었다 떨어지려고 합니다. 더욱 초조해진 작자는 나뭇가지 위에서 까치가 울 때마다 행여나 임이 오시는가 싶어 거울 앞에 앉아 눈썹을 그립니다. 그러나 여인은 곧 그것이 부질없는 짓임을 압니다.

여인의 정-2 闺情-2

규 정

평생을 헤어져 사는 한스러움 병이 되어	平生離恨成身病 평 생 이 한 성 신 병
술로도 못 달래고 약으로도 못 고쳐요.	酒不能療藥不治 주 불 능 료 약 불 치
얼음 밑 물처럼 이불 속에서 흘리는 눈물	衾裏泣如氷下水 금 리 읍 여 빙 하 수
밤낮으로 항상 흘려도 남들은 몰라요.	日夜長流人不知 일 야 장 류 인 부 지

젊은 나이에 시댁에서 쫓겨나 친정으로 온 작자는 남편과 평생을 헤어져 홀로 살 것을 생각하니 앞이 캄캄합니다. 작자는 남편에게 사랑받지 못하는 것도 견디기 어려운 일인데 이러다가 남편에게 영영 잊히면 어쩌나 초조합니다. 작자는 마침내 시댁에서 쫓겨난 것이 한이 되어 마음의 병이 들었습니다. 그리고 그 마음의 병은 술로도 고칠 수 없고, 약으로도 고칠 수 없이 깊고 중합니다. 그런데도 남편은 작자의 그런 심정을 아는지 모르는지 찾아오지 않습니다. 그리움이 고칠 수 없는 병이 되어 버린 작자는 얼음 밑으로 흐르는 물처럼 소리 나지 않게 이불 속에서 밤이나 낮이나 눈물을 흘립니다. 그러나 작자의 슬픔을 알아주는 사람은 아무도 없습니다.

남편 운강에게 贈雲江
증운강

요즈음도 편안하게 계시는지 여쭈옵니다. 近來安否問如何
근래안부문여하

달빛이 깁창에 비치니 저는 한에 사무칩니다. 月到紗窓妾恨多
월도사창첩한다

만일 꿈에 제 혼이 찾아간 발자취를 남겼다면 若使夢魂行有跡
약사몽혼행유적

임의 집 앞 돌길 반은 모래가 됐을 거예요. 門前石路半成沙
문전석로반성사

작자는 아무리 기다려도 오지 않은 임을 기다리다 지쳐 혼자서 임에게 요즘 잘 계시는지 안부를 여쭈어 봅니다. 그리고 달빛이 깁창에 비치는 밤에 홀로 앉아 임을 기다리니 한이 사무친다고 하소연합니다. 또 밤마다 꿈속에서 자신의 혼이 임을 찾아가는데, 만약 혼에게 발이 달렸다면 임의 집 앞 돌길은 혼이 디딘 발에 닳아 반은 모래가 되었을 것이라고 말합니다. 얼마나 간절한 그리움입니까.

사랑은 달콤하기만 한 것이 아닙니다. 진실한 사랑은 달콤한 시간보다는 상대를 그리워하고, 상대를 기다리며 애태우고, 상대의 안위安危를 근심하는 시간이 더 많습니다. 그러므로 사랑은 아픈 것이며 아파야 사랑인 것입니다. 상대를 염려하고 걱정하는 마음 없이 말초적 쾌락만을 추구하는 사랑은 사랑이 아닌 욕정입니다.

여인의 슬픔

闺怨
규 원

서쪽 바람 살랑살랑 오동 가지 흔드는데	西風摵摵動梧枝 서 풍 색 색 동 오 지
푸른 하늘 아득히 기러기는 더디 나네.	碧落冥冥雁去遲 벽 락 명 명 안 거 지
녹창에 비스듬히 기대 자주 잠 못 드는데	斜倚綠窓仍不寐 사 의 녹 창 잉 불 매
눈썹 같은 초승달이 서쪽 못에 잠기네.	一眉新月下西池 일 미 신 월 하 서 지

양사언(1517~1584)은 문인이자 서예가로 안평대군, 김구, 한호(석봉)와 더불어 조선의 4대 서예가로 불립니다. 특히 그가 지은 시조 〈태산이 높다 하되〉는 오늘날까지 널리 애송되고 있습니다.

이 시는 양사언의 소실이 쓴 것입니다. 작자는 서쪽에서 불어오는 바람이 오동나무 가지를 살랑살랑 흔들고, 벽락碧落(푸른 하늘) 아득히 기러기 떼가 천천히 날아가는 밤에 녹창綠窓(아녀자가 거처하는 방)에 기대앉아 눈썹 같은 초승달이 서쪽 못에 잠기는 새벽녘이 될 때까지 임을 기다리느라 잠 못 드는 밤이 많다고 합니다.

이 시엔 일부다처제가 용인된 조선시대에 천한 신분으로 태어나 양반집 사내의 소실로 살아가는 여인의 비애가 짙게 배어 있습니다.

서로 그리워하는 꿈 — 相思夢 (상사몽)

서로가 그리워도 꿈에서나 만나게 되어	相思相見只憑夢 상사상견지빙몽
제가 그대에게 갈 때 그대는 제게 오지요.	儂訪歡時歡訪儂 농방환시환방농
꿈꾸는 시각 서로 달라 어긋나게 오가니	願使遙遙他夜夢 원사요요타야몽
동시에 꿈을 꾸어 길 가운데서 만나요.	一時同作路中逢 일시동작로중봉

상사화라는 꽃이 있습니다. 우리말로는 '무릇'이라고 부릅니다. 이 꽃은 잎이 진 뒤에 꽃대가 올라와 붉은 꽃을 피우고, 꽃이 지고 나면 다시 잎이 나오기 때문에 꽃과 잎은 영원히 서로 만날 수 없습니다. 그래서 이루어질 수 없는 사랑을 이 꽃에 비유합니다.

작자는 그리운 사람을 현실에서는 만날 수 없고 꿈속에서나 만날 수 있습니다. 그런데 작자는 자신이 임을 찾아가는 꿈을 꿀 때는 임이 꿈꾸지 않고, 임이 자신을 찾아오는 꿈을 꿀 때는 자신이 꿈꾸지 않아 꿈속에서조차 서로 만날 수 없는 것을 안타까워합니다. 그래서 작자는 서로 같은 시간에 꿈을 꾸어 자신은 임에게로 가고, 임도 자신에게로 오다가 길 가운데서 만나자고 합니다.

봄날의 원망 春怨

춘원

대나무 숲엔 춘정에 들뜬 새들이 재잘대는데	竹院春心鳥語多 죽원춘심조어다
깁창도 열지 않고 화장 남은 얼굴로 눈물지며	殘粧含淚倦窓紗 잔장함루권창사
아름다운 거문고 들고 상사곡 연주를 끝내니	瑤琴彈罷相思曲 요금탄파상사곡
봄바람에 꽃잎이 떨어지고 제비들 비껴나네.	花落東風燕子斜 화락동풍연자사

이 시는 이매창이 정인情人이었던 유희경을 그리워하며 쓴 것입니다. 비록 신분은 천민이었으나 당대에 문명을 떨치던 시인 유희경과 부안에서 만나 나눈 사랑은 순수하고 뜨거웠습니다. 그러나 기생 신분으로 언제까지나 유희경과 같이 살 수는 없었습니다.

이매창은 유희경이 서울로 떠난 뒤 그가 너무나 그리웠습니다. 그래서 대나무 숲에서 새들이 재잘거리는 소리에 춘정이 들떠 창문도 열지 않고 화장기 남은 얼굴로 눈물지며 거문고를 들고 상사곡을 연주합니다. 한참 후 연주를 끝내자 격정적으로 일어나던 그리움이 가라앉고 봄바람에 꽃잎이 떨어지고 제비들 비껴나는 모습이 보입니다.

이별했던 곳에서　　　贈別 증별

문밖으로 나와 오래도록 우두커니 서 있는데　　　出門悄延佇 출문초연저
기러기 소리 구름 밖에서 아득히 끊어지네.　　　雲外斷鴻聲 운외단홍성
지난날 임과 헤어졌던 이곳은 어떠한가.　　　如何曾別處 여하증별처
사랑하던 임 떠나가고 애틋한 정만 남았네.　　　人去但留情 인거단유정

작자는 문밖으로 나와 가을 찬바람을 맞으며 오래도록 우두커니 서서 밤하늘을 바라보고 있는데, 떠나간 임 소식이 끊기듯 기러기 소리 구름 밖에서 아득히 끊어집니다. 지금 작자가 서있는 자리는 지난날 임과 헤어졌던 자리입니다. 사랑하는 임은 떠나가고 애틋한 정만 남은 자리에서 작자는 가눌 길 없는 그리움에 젖습니다.

작자 홍산주는 19세기 초 조광진, 안일개, 최염아와 더불어 시와 서예로 평양 기방을 누비던 풍류객이었습니다.

창가의 버드나무

奩體
염 체

아리따운 창가의 고운 버드나무는
옛날 우리 님이 손수 심으셨는데
버들가지 이미 휘늘어져 치렁치렁하건만
긴 세월 우리 님은 돌아오지 않네.

婀娜綺窓柳
아 나 기 창 류
昔時郎自栽
석 시 낭 자 재
柳帶已堪結
유 대 이 감 결
長年郎不廻
장 년 낭 불 회

여인은 아리따운 창가에 임이 손수 심어 놓은 버드나무를 바라보고 있습니다. 버드나무는 이미 크게 자라나 푸른 실가지를 치렁치렁 드리우고 있습니다. 그런데 임은 아직도 돌아오지 않고 있습니다. 여인은 임이 자기를 잊어버려서 돌아오지 않는가 싶어 원망스럽기도 하고, 또 한편으로는 임에게 무슨 말 못할 사정이 생겨 못 돌아오는 것이 아닌가 싶어 근심스럽기도 합니다. 이처럼 기다림은 이런 원망 저런 걱정이 구름처럼 일어나게 하여 피를 말립니다.

최기남(1586~1669)은 중인문학을 대표하는 위항시인입니다. 집안이 가난했던 그는 선조의 딸 정숙옹주의 남편인 신익성(신흠의 아들)의 집에 궁노宮奴로 들어갔다가 신흠에게 시에 대한 재능을 인정받아 사대부 시인들과 교우하며 문명文名을 떨쳤습니다.

그 사람을 그리며

懷人
회 인

산천이 첩첩이 막혔으니 슬픔 어찌 견딜까 山川重隔更堪悲
산 천 중 격 갱 감 비

머리 돌려 하늘가를 진종일 바라보네. 回首天涯十二時
회 수 천 애 십 이 시

고요하고 쓸쓸한 산창에 달빛이 밝은 밤 寂寞山窓明月夜
적 막 산 창 명 월 야

한번 그리움이 가시자 다시 밀려오는 그리움. 一相思了一相思
일 상 사 료 일 상 사

작자는 그리운 사람과의 사이에 산과 강이 첩첩으로 막혀 견딜 수 없는 슬픔을 느끼며, 그리운 사람이 있는 곳을 향해 머리를 돌리고 진종일 바라보다가 고요하고 쓸쓸한 산창에 달빛이 밝은 밤을 맞이하였습니다. 작자는 밤이 오자 잠시 그리움이 가시는가 싶다가도 다시 해일처럼 밀려오는 그리움으로 잠을 이루지 못합니다.

청학(1570~1654)은 조선 중기의 승려로 성은 홍씨이고 이름은 현주입니다. 그는 전남 고흥 출신으로 13세 때 가지산 보림사로 출가하였습니다. 이 시에서 그가 그토록 그리워하는 사람은 그의 어머니가 아닐까 싶습니다. 그는 묘향산 청허선사 밑에서 득도하였으며, 임진왜란으로 쇠퇴한 조선 불교의 중흥에 헌신하였습니다.

아내의 원망 征婦怨
정 부 원

그대 한번 떠나간 뒤 여러 해 소식이 없으니	一別年多消息稀 일 별 년 다 소 식 희
수자리서 살았는지 죽었는지 누가 알겠어요.	塞垣存沒有誰知 새 원 존 몰 유 수 지
오늘 아침 비로소 겨울옷을 아들 편에 보내니	今朝始寄寒衣去 금 조 시 기 한 의 거
눈물로 전송하고 돌아올 때 뱃속의 아이라오.	泣送歸時在腹兒 읍 송 귀 시 재 복 아

여인은 수자리 나간 남편의 소식이 감감하여 죽었는지 살았는지 그저 답답할 뿐입니다. 그래도 추운 겨울이 닥쳐오니 남편에게 보낼 옷(옛날에는 군대에서 병사들의 옷을 보급해 주지 않고 각개병사의 집에서 옷을 지어 보냄)을 지어 아들에게 관청에 가서 부치고 오게 하였습니다. 그런데 그 옷을 부치려 가는 아들은 남편과 헤어질 때 뱃속에 들어 있던 아이입니다. 그러니 아들은 얼굴 한 번 본 적이 없는 아버지의 옷을 부치러 가는 것입니다. 남편이 군대에 끌려간 지 10년이 넘도록 홀로 아이를 키우며 사는 여인의 슬픔이 뼈에 사무칩니다.

정몽주는 이 시에서 양반도 아니고 그렇다고 해서 양반의 재산인 노비도 아닌 죄로 군역과 부역과 납세의 무거운 짐을 모두 짊어져야 했던 고려 말기 평민들의 고통을 적나라하게 폭로하고 있습니다.

아내의 정

閨情
규 정

김극겸

겨울옷을 부치려 해도 부칠 길 없는데　未授三冬服
미 수 삼 동 복

한밤중까지 헛되이 다듬이질 재촉하네.　空催半夜砧
공 최 반 야 침

은빛 호롱불은 이내 마음을 닮았는가?　銀缸還似妾
은 항 환 사 첩

눈물이 다 마르니 심지가 타들어 가네.　淚盡却燒心
루 진 각 소 심

여인은 수자리 나간 남편에게 겨울옷을 부치려고 해도 남편이 살았는지 죽었는지 알 수 없고, 설사 살아 있다 하더라도 어느 곳에서 근무하고 있는지 모르니 옷을 부칠 길이 없습니다. 그래도 여인은 오직 남편이 죽지 않고 살아 있기를 바라면서 한밤중까지 남편의 옷을 열심히 다듬이질하고 있습니다. 여인은 오랫동안 남편을 기다리며 너무 많은 눈물을 흘렸기에 호롱불 기름이 다 타고 나면 심지가 타 들어가듯 가슴만 새까맣게 타들어갈 뿐 눈물이 나지 않습니다.

신이규

다듬이질 노래

搗衣曲
도의곡

낭군의 키 채 크지도 못한 채로 — 郎君身未長 (낭군신미장)

변방으로 떠나간 지 어언 삼 년 — 出塞今三年 (출새금삼년)

자 들고 넓고 좁음 헤아려 옷을 지으며 — 持尺疑寬窄 (지척의관착)

쓸쓸한 등불 아래 잠 못 이루네. — 寒燈坐不眠 (한등좌불면)

여인은 키도 채 크지 못한 어린 나이로 끌려가 변방의 국경을 지키는 낭군에게 옷을 지어 보내려고 합니다. 그런데 3년이 지난 지금 낭군의 키가 얼마나 컸는지 알 수 없습니다. 그래서 자를 들고 어림짐작으로 마름하여 희미한 등불 아래서 밤새워 옷을 짓습니다.

여인의 어린 낭군은 군대에 갈 나이가 아님에도 돈과 연줄로 수자리를 빠진 누군가를 대신해서 끌려갔습니다. 그러니 가난하고 힘없는 여인의 가슴이 얼마나 아프겠습니까. 많이 가져서 지켜야 할 것이 많은 자가 나라를 지키지 않는다면 가진 것이 없어 지킬 것도 없는 자가 무엇 때문에 목숨 바쳐 나라를 지키려고 하겠습니까. 나라를 지탱할 수 있게 하는 바탕은 노블레스 오블리주입니다.

겨울옷 다듬이질 소리

子夜吳歌
자야오가

● 이백

장안에는 조각달이 하나 떠 있고	長安一片月 장안일편월
집집마다 겨울옷 다듬이질 소리	萬戶擣衣聲 만호도의성
가을바람이 쉬지 않고 불어 오니	秋風吹不盡 추풍취부진
모든 여인이 옥문관을 생각하네.	總是玉關情 총시옥관정
어느 날에나 오랑캐를 쳐부수고	何日平胡虜 하일평호로
낭군님 먼 전장에서 돌아오려나.	良人罷遠征 양인파원정

이 시는 이백의 〈자야오가〉 네 수 가운데 셋째 수입니다. 장안의 밤하늘에는 조각달이 외롭게 떠 있고 가을바람이 싸늘하게 불어옵니다. 그러자 집집마다 여인들이 옥문관 넘어 변방으로 수자리 나간 낭군을 생각하며 추위가 닥치기 전에 겨울옷을 지어 낭군에게 보내려고 밤늦도록 다듬이질을 합니다.

여인들은 다듬이질을 하면서 어느 날에나 오랑캐를 다 쳐부수고 낭군님이 전쟁터에서 돌아오게 될까 긴 한숨을 내쉽니다. 이 시는 낭군을 애타게 기다리는 여인의 마음을 빌어서 전쟁이 끝나고 평화가 오기를 염원하고 있습니다.

밤에 우는 까마귀 烏夜啼
오 야 제

누런 구름 낀 성 언저리에 깃들은 까마귀들 黃雲城邊烏欲棲
황 운 성 변 오 욕 서

날아 돌아와 가지 위에서 까악 깍 짖어 대자 歸飛啞啞枝上啼
귀 비 아 아 지 상 제

베틀 위에 앉아 비단을 짜고 있던 진천녀가 機中織錦秦川女
기 중 직 금 진 천 녀

안개처럼 푸른 사창 너머로 무어라 중얼대다 碧紗如煙隔窓語
벽 사 여 연 격 창 어

멀리 간 낭군 생각에 구슬퍼져 북을 멈추고 停梭悵然憶遠人
정 사 창 연 억 원 인

홀로 드는 잠자리에 눈물이 비 오듯 흐르네. 獨宿空房淚如雨
독 숙 공 방 루 여 우

이 시도 수자리 나간 낭군을 그리워하는 여인의 심정을 노래한 것입니다. 베틀 위에 앉아 비단을 짜던 진천녀(전진의 제3대 왕인 부견苻堅 때 진천녀가 남편을 그리워하는 시를 비단에 원형으로 빙빙 돌려 써서 보냈는데, 그 내용이 너무나 슬프고 한스러웠음. 이후 진천녀란 말은 남편을 그리워하는 여인의 통칭이 됨)는 성곽 언저리에 깃들어 사는 까마귀들이 누런 구름 낀 해질녘에 날아 돌아와 나뭇가지 위에서 까악 깍 우짖어 대자, 그 우짖음이 낭군의 소식을 전하는 말 같아 중얼중얼 대답을 합니다. 그러다가 낭군 생각에 마음이 구슬퍼져 베 짜기를 멈추고 홀로 잠자리에 드니 북받치는 그리움에 눈물을 비 오듯 흐릅니다.

숨어 사는 임 생각에

贈別
증 별

한스러운 이별 삼 년이 지났는데	恨別逾三歲 한 별 유 삼 세
핫옷 입고 홀로 추위를 막겠지.	衣裘獨禦冬 의 구 독 어 동
가을바람이 짧은 귀밑털에 불면	秋風吹短鬢 추 풍 취 단 빈
찬 거울에 야윈 얼굴이 비치겠지.	寒鏡入衰容 한 경 입 쇠 용
나그네 꿈 먼지바람을 만났으니	旅夢風塵際 여 몽 풍 진 제
이별의 시름 길목마다 더해지겠지.	離愁關塞重 이 수 관 새 중
서성이며 멀고 가까운 일 생각하니	徘徊思遠近 배 회 사 원 근
흐르는 눈물이 방안에 가득하네.	流淚滿房櫳 류 루 만 방 농

임벽당 김씨는 유여주의 아내입니다. 유여주는 중종 때 과거시험을 보지 않고 학문과 덕행이 뛰어난 사람을 천거해 관리로 등용하는 제도인 현량과에 선발되어 벼슬길에 나갔으나 중종 14년에 남곤, 홍경주 등 훈구파가 조광조 등 개혁주도세력인 신진사류를 모함하여 대대적으로 숙청하는 기묘사화가 일어나자 고향 비인으로 내려가 숨어 살았습니다. 이 시는 임벽당 김씨가 학문과 덕행을 두루 갖추고도 훈구세력의 모함으로 쫓겨나 궁벽한 산골에서 숨어 사는 남편의 곤고困苦한 처지를 가슴 아파 하며 쓴 것입니다.

작자는 남편과 이별한 지 3년이 지났습니다. 작자는 남편이 헛간처럼 허술한 초막에서 핫옷 한 벌로 귀밑털을 파고드는 가을 서릿바람을 견딜 것이라 생각하고, 찬 거울에 비치는 얼굴은 몹시 야위었을 것이라고 생각합니다. 또 장부의 크나큰 꿈이 먼지바람(개혁을 목숨 걸고 반대한 훈구세력들이 일으킨 기묘사화)을 만나 가족과도 이별하고 사는 시름이 살아가는 길목마다 더해질 것이라고 생각합니다. 그러자 마음이 아파서 그냥 앉아 있을 수 없습니다. 작자는 일어나 방안을 이리저리 서성거리며 흐르는 눈물을 주체하지 못합니다.

눈물로 옷깃 적시며

鄭瓜亭
정 과 정

그리워 날마다 눈물로 옷깃 적시며	憶君無日不霑衣 억 군 무 일 부 점 의
봄 산의 두견새 울듯 슬피 우옵니다.	政似春山蜀子規 정 사 춘 산 촉 자 규
옳았느냐 글렀느냐 묻지 마옵소서.	爲是爲非人莫問 위 시 위 비 인 막 문
이내 마음 새벽달과 새별만이 아옵니다.	只應殘月曉星知 지 응 잔 월 효 성 지

이 시는 임금을 그리워하는 신하가 임금이 자신을 불러주기를 기다리며 읊은 십구체 향가를 이제현이 칠언절구로 옮긴 것입니다.

고려 의종 때 문신인 정서鄭敍(호: 과정)는 인종 임금의 아내인 공예태후 동생의 남편으로 인종의 총애를 받았습니다. 그러나 의종이 즉위한 뒤 정함과 김존중이 정서가 의종의 아우를 왕으로 추대하려는 역모에 가담했다고 참소하여 정서는 동래로 유배를 떠나게 되었습니다. 그때 왕이 머지않아 다시 부르겠다고 약속하였습니다. 그러나 유배를 온 정서는 아무리 기다려도 왕으로부터 소식이 없자 거문고를 잡고 날마다 봄 산의 두견새처럼 슬피 울며, 자신이 역모에 가담하지 않았다는 것은 오직 새벽달과 새별만이 안다고 하소연하는 노래를 불렀습니다. 정서는 20년을 그렇게 기다리다가 정중부가 무신의 난을 일으킨 뒤에야 비로소 유배에서 풀려났습니다.

4장

봄볕 같은 어머니 사랑

말씀은 하시지 않았지만 아버지는 나에 대한 기대가 컸습니다. 그래서 도저히 안 되는 가정형편임에도 나를 대구의 고등학교에 보내주셨습니다.

내가 장군으로 승진했을 때는 이미 아버지가 돌아가신 뒤였습니다. 나는 승진 인사 차 아버지의 산소에 들렀습니다. 평소의 불효가 가슴에 사무쳤습니다. 그런데도 아버지는 반갑다고 자줏빛 산도라지 꽃이 핀 손을 흔들어 주시고, 맥문동 잎 턱수염을 바람으로 쓰다듬으며 웃으셨습니다. 밀가루 포대 천으로 지은 핫바지를 입고, 해진 양말 구멍으로 기어들던 가난에 주눅 든 채 홀아비로 사시던 내 어릴 적의 아버지 모습을 떠올리며 눈시울을 붉히자 솔향기 짙은 음성으로 그때는 누구나 다 어렵게 살았다며 위로해 주셨습니다.

그날 나는 "나무가 고요히 있고자 하나 바람이 멈추지 않고, 자식이 효도하고자 하나 어버이가 기다려주지 않는다"는 한시외전의 시를 수없이 되뇌며, 싱그러운 신록 속에서 새들이 지저귀는 산길을 내려왔습니다.

길 떠나는 아들의 노래 遊子吟 유자음

인자하신 어머니 바늘과 실을 드시고	慈母手中線 자모수중선
먼 길 떠나갈 아들의 옷을 기우시네.	遊子身上衣 유자신상의
떠날 시각 다가올수록 더 촘촘히 꿰매심은	臨行密密縫 임행밀밀봉
아들이 늦게 돌아올까 불안해서라네.	意恐遲遲歸 의공지지귀
누가 말했나! 짧은 풀 같은 아들 마음으로	誰言寸草心 수언촌초심
봄볕 같은 어머니 사랑 갚을 수 있다고.	報得三春輝 보득삼춘휘

아들이 먼 길을 떠나는 날, 어머니는 바늘과 실을 들고 아들이 입고 갈 옷을 다시 한 번 여기저기 꿰맵니다. 어머니는 아들이 떠날 시간이 가까이 다가올수록 혹시나 아들이 오랫동안 돌아오지 못하면 어쩌나 불안해집니다. 그래서 옷을 더욱 촘촘히 꿰맵니다. 그러나 짧은 풀 같은 아들의 마음으로 그 풀을 키우는 봄볕 같은 어머니의 마음을 어찌 알겠습니까? 세상에 부모의 마음을 다 알고 그 은혜에 보답할 수 있는 자식이 몇이나 있겠습니까. 그러니 자식이 아무리 효도를 한다고 해도 효도는 늘 모자라는 것입니다.

● 섭이중

아들을 배웅하는 어머니

遊子吟
유자음

원추리가 집 섬돌 아래 자라나 있지만 — 萱草生堂階 (훤초생당계)
아득히 먼 하늘 끝으로 떠나는 아들을 — 遊子行天涯 (유자행천애)
문설주에 기대어 바라보는 자애로운 어머니 눈엔 — 慈親倚門望 (자친의문망)
원추리 꽃 따위는 보이지도 않는다네. — 不見萱草花 (불견훤초화)

아들이 먼 길을 떠나는 날입니다. 아들은 방안에서 어머니에게 작별의 큰절을 올립니다. 그리고 섬돌을 밟고 내려와 마당을 가로지르고 사립문을 나서서 들길을 따라 점점 더 멀어져 갑니다. 어머니는 방안에서 나와 문설주에 기대 발돋움한 채 아득히 멀어져 가는 아들의 뒷모습을 눈 한번 깜빡이지 않고 바라보고 있습니다. 그러니 섬돌 아래 피어 있는 노란 원추리 꽃 따위는 보일 리가 없습니다. 그런데 아들은 어머니의 이런 마음을 알기나 할까요.

어머니와 헤어지며

泣別慈母
읍 별 자 모

인자하신 어머니 백발 되어 임영에 계시는데	慈親鶴髮在臨瀛 자 친 학 발 재 임 영
이 몸 홀로 서울을 향해 떠나가는 심정이여!	身向長安獨去情 신 향 장 안 독 거 정
고개 돌려 어머니 계신 북촌을 바라다보니	回首北村時一望 회 수 북 촌 시 일 망
흰 구름이 날아 내리고 저무는 산이 푸르네.	白雲飛下暮山青 백 운 비 하 모 산 청

신사임당(1504~1551, 본명: 인선)은 조선 제일의 여류시인이며 그림과 글씨, 자수에도 능하였습니다. 그녀는 임영(강릉)의 오죽헌에서 태어나 19세 때 파주의 이원수와 결혼하였으며, 가부장적 남성우월주의 사회에서도 당당하게 자신의 예술적 재능을 활짝 꽃피웠을 뿐만 아니라 현모양처로서 모든 여성의 귀감이 된 분입니다.

이 시는 사임당이 친정 임영에 갔다가 시집인 서울로 돌아가는 길에 쓴 것입니다. 백발의 인자하신 어머니를 홀로 두고 천리 머나먼 서울로 떠나는 사임당은 발걸음이 떨어지지 않습니다. 그녀는 대관령에 올라서자 멀리 흰 구름이 날아 내리고 저무는 산이 푸른 북촌의 친정집을 내려다봅니다. 그리고 어머니 살아생전에는 다시 뵐 수 없을 것 같은 예감이 들어서 눈시울을 붉힙니다.

어머니를 생각하며 思親
사 친

첩첩 산봉우리 너머 천리 머나먼 고향	千里家山萬疊峰 천 리 가 산 만 첩 봉
가고 싶은 마음 언제나 꿈속에 있네.	歸心長在夢魂中 귀 심 장 재 몽 혼 중
한송정 물가에는 외로이 둥근 달이 뜨고	寒松亭畔雙輪月 한 송 정 반 쌍 륜 월
경포대 앞으로는 한 줄기 바람 스쳐 부네.	鏡浦臺前一陣風 경 포 대 전 일 진 풍
모래밭 흰 갈매기는 모였다 흩어지고	沙上白鷺恒聚散 사 상 백 로 항 취 산
물마루엔 고기잡이배가 이리저리 오가네.	波頭漁艇各東西 파 두 어 정 각 동 서
언제면 임영으로 가는 길 다시 밟고 가	何時重踏臨瀛路 하 시 중 답 임 영 로
색동옷 입고 어머니께 바느질 배워볼까.	綵服斑衣膝下縫 채 복 반 의 슬 하 봉

부모는 기쁠 때나 슬플 때나 자식을 그리워하고 걱정합니다. 그러나 대부분의 자식들은 자신이 편안하게 살 때는 부모 생각을 않다가 고난에 처해서야 비로소 부모 생각을 하는 경우가 많습니다.

작자는 효심이 지극하여 날마다 고향에 계시는 어머니를 그리워하고 근심했습니다. 그래서 작자는 태백준령의 첩첩 산봉우리 너머 천리 머나먼 고향 생각에 잠기는 일이 많았는데, 한송정 물가엔 하늘에 뜬 둥근 달이 물속에도 떠 있고, 경포대엔 한 줄기 시원한 바람이 불어오고, 모래밭엔 갈매기들이 모였다 흩어지고, 물마루엔 고깃배들이 이리저리 오가는 아름다운 풍경 속에서 색동옷 입고 어머니에게 바느질 배우던 어린 시절이 떠오를 때마다 인자하신 어머니 생각에 눈물짓곤 했습니다. 훌륭한 자식이 훌륭한 부모가 되는 법입니다. 사임당은 효심이 지극한 훌륭한 자식이었기에 율곡을 대학자로 키워낸 훌륭한 어머니가 될 수 있었습니다.

늙으신 부모 걱정

憂親老
우 친 노

오경의 찬바람이 새벽 등불에 부는데	五夜寒風吹曉燈 오 야 한 풍 취 효 등
서쪽 정원 겹겹 나무에는 달 그림자가 짙네.	西庭月影樹層層 서 정 월 영 수 층 층
세월 아낄 줄 모르는 사이 인생은 늙어	光陰不惜人生老 광 음 불 석 인 생 노
효자의 심정은 살얼음을 밟는 것 같네.	孝子心如履薄氷 효 자 심 여 리 박 빙

청한당 김씨(1853~?)는 예조로부터 정문旌門(충신, 효자, 열녀들을 표창하기 위해 그 집 앞에 세운 붉은 문)이 내려진 효부였습니다. 그녀는 금부도사를 지낸 김순희의 딸로 어릴 때부터 엄격한 가정교육을 받았으며, 15세 때 이현춘과 결혼하였습니다. 그러나 2년 후 남편이 사망하자 시부모를 극진히 모시고 20여 년을 살다가 시집부모와 친정부모가 모두 세상을 떠나자 스스로 목숨을 끊었습니다.

작자는 찬바람이 등불을 스치며 불고 서쪽 정원의 우거진 나무에 달 그림자가 짙게 드리운 이른 새벽, 세월이 아까운 줄 모르고 살아오는 사이 어느덧 늙었음을 불현듯 깨닫습니다. 그리고 자신보다 더 늙으신 부모님의 건강이 좋지 못함을 생각하니 살얼음을 밟는 것 같은 불안감이 들고, 불효를 저지른 것 같은 죄책감이 듭니다.

나무 닭을 만들어

五冠山
오 관 산

나무토막 깎아 조그만 가짜 닭을 만들어 木頭雕作小唐鷄
목 두 조 작 소 당 계

모탕 받침에 얹어 시렁 위에서 살게 하리라. 箸子砧來壁上棲
저 자 침 래 벽 상 서

이 닭이 꼬끼오 꼬꼬댁 울며 때를 알리면 此鳥膠膠報時節
차 조 교 교 보 시 절

사랑하는 어머니 그제야 저승에 보내리라. 慈顏始似日平西
자 안 시 사 일 평 서

이 시는 고려 문종 때 오관산 아래서 어머니를 극진히 모시며 살았던 문충이 지은 '목계가木鷄歌'를 이제현이 한시로 바꾼 것입니다.

아들은 나무토막을 깎아 조그만 가짜 닭을 만들어 벽에 붙은 시렁 위에 올려 놓고, 이 가짜 닭이 '꼬끼오 꼬꼬댁' 울면 그때 비로소 사랑하는 어머니를 저승으로 보내 드리겠다고 합니다.

애완용 개는 길러도 부모 모시는 것은 꺼려하고, 심할 경우 치매기 있는 부모를 여행지에 데리고 가서 버리기까지 하는 오늘의 세태를 보면 문충의 효도가 더욱 가슴 뭉클하게 다가옵니다. 인과응보는 분명하니 내가 부모에게 불효하는데 어찌 자식이 나에게 효도하겠습니까?

이제현

겨울 죽순을 따서

孟宗冬筍
맹종동순

맹종은 집 가 눈 속에서 새 죽순이 돋자
죽순을 따 어머니 마음 위로해 드렸네.
오직 자손들에게 효도를 다하게 한다면
하늘과 땅의 감응이 절로 분명하리라.

雪中新筍宅邊生
설중신순택변생
摘去高堂慰母情
적거고당위모정
但使子孫能盡孝
단사자손능진효
乾坤感應自分明
건곤감응자분명

작자는 맹종(중국 삼국시대 오나라의 이름난 효자)이 겨울에 어머니가 즐겨 드시는 죽순이 없는 것을 한탄하자 눈 속에서 죽순이 돋아 나왔다는 고사를 인용한 뒤, 자손이 효도를 다하면 하늘과 땅의 감응이 분명하다고 강조합니다. 효도란 별 것이 아닙니다. 효도란 부모가 좋아하는 것을 해드리고 싫어하는 것을 하지 않는 것입니다. 그렇게 하면 집안이 화목해지고 온갖 복이 다 들어오게 됩니다.

어리석은 사람은 부모가 살아 계실 때는 불효를 저지르고, 부모가 돌아가신 뒤에는 부모의 시신을 명당에 묻어 복을 받으려고 합니다. 또 일이 원하는 대로 풀리지 않거나 집안에 흉사가 닥치면 조상의 뼈를 무덤에서 꺼내들고 명당이란 곳을 찾아다닙니다. 그러나 명당은 땅에 있지 않고 자손들의 효도하는 마음자리에 있습니다.

섣달그믐날 밤에

除夜
제 야

벽 중간에 걸린 등잔불빛에 잠은 오지 않고	半壁殘燈照不眠 반 벽 잔 등 조 불 면
객사의 밤 깊어 가니 마음이 구슬퍼지네.	夜深處館思凄然 야 심 처 관 사 처 연
어머니 보살펴 드리고 안부 여쭈어야 하건만	萱堂定省今安否 훤 당 정 성 금 안 부
내일 아침 백발 어머니 또 한 살을 보태시네.	鶴髮明朝又一年 학 발 명 조 우 일 년

병자호란 때 윤집(1606~1637)은 인조가 피신해 있는 남한산성이 적에게 포위된 위급한 상황에서 최명길이 화의를 주장하자 이를 극렬히 반대했습니다. 그 후 인조가 삼전도에서 청나라 태종에게 항복하자 윤집은 오달제, 홍익한(이들을 삼학사라 함)과 청나라 수도 심양으로 끌려가 모진 고문을 당한 뒤 서문 밖에서 처형되었는데, 이 시는 윤집이 심양에 구금돼 있던 섣달그믐날 밤에 쓴 것입니다.

작자는 홀어머니를 두고 만리 머나먼 적국으로 끌려왔으니 밤이 깊어도 잠이 오지 않고 한없이 구슬퍼집니다. 그는 자식이면 당연히 어머니를 곁에서 보살펴 드려야 하는데도 안부마저 전할 수 없는 처지를 한탄합니다. 더구나 내일 아침이면 백발의 어머니는 또 한 살을 더 보태시겠지만 자신은 죽을 날이 하루 더 가까워집니다. 작자는 홀어머니를 두고 먼저 죽는 불효를 생각하니 목이 멥니다.

● 오달제

어머니를 생각하며 思親詩
사 친 시

바람에 날린 티끌처럼 남북을 떠도는 부평초	風塵南北各浮萍 풍 진 남 북 각 부 평
이번 길 서로 헤어지는 길임을 뉘 아뢰겠나.	誰謂相分有此行 수 위 상 분 유 차 행
떠나던 날은 두 아들 함께 어머니께 절했는데	別日兩兒同拜母 별 일 양 아 동 배 모
돌아올 땐 한 자식만 마당에서 서성거렸겠지.	來時一子獨趨庭 내 시 일 자 독 추 정
어머니 가르침 뿌리치고 떠난 자식이건만	絶去已負三遷敎 절 거 이 부 삼 천 교
바늘 들고 빈 골목 향해 걱정하며 우시겠지.	泣線空巷寸草情 읍 선 공 항 촌 초 정
새로 닦은 변방 길엔 서산으로 해가 지는데	關塞道修西景暮 관 새 도 수 서 경 모
이생 어느 길로 다시 돌아가 편히 모실까.	此生何路再歸寧 차 생 하 로 재 귀 령

오달제(1609~1637)는 인조 때 후금(뒤에 국호를 청으로 개칭)과 사신을 교환하자 주화파 최명길을 탄핵하는 상소를 올렸고, 병자호란을 맞아 조정이 남한산성으로 들어갔을 때도 화의和議에 극력 반대했습니다. 그 뒤 인조가 청나라에 항복하자 심양으로 끌려가 죽임을 당했는데, 이 시는 청나라로 끌려가는 길에 쓴 것입니다.

작자는 심양으로 끌려가는 사실을 차마 어머니에게 아뢸 수 없어 다른 핑계를 대고 동생과 함께 작별인사를 올렸습니다. 그리고 몇 날 며칠을 발이 부르트게 끌려가고 있는데 변방의 새로 닦은 길에 해가 저뭅니다. 작자는 자신을 배웅하고 돌아간 동생이 왜 혼자 왔느냐고 묻는 어머니 말씀에 제대로 대답하지 못하고 마당을 서성거리는 모습을 떠올립니다. 그래서 아직도 자신이 청나라로 끌려갔다는 사실을 모르는 어머니가 오래도록 돌아오지 않는 자신을 걱정하며 날마다 빈 골목길을 바라보고 눈물지을 것을 생각하니 가슴이 아립니다. 더구나 평소에 어머니의 가르침을 받들며 제대로 효도도 못했는데 이렇게 끌려가 죽임을 당하면 이생에선 다시 어머니를 모시고 효도할 길이 없으니 북받치는 슬픔을 주체할 수 없습니다.

어머니의 편지를 받고 　近得(근득)

근래에 어머니 편지를 받아보니	近得慈親信 근 득 자 친 신
노쇠한 나이에 질병이 걸리셨네.	衰年病疾嬰 쇠 년 병 질 영
내가 귀양 가는 것 참기 어려웠을 줄 아나	極知難我送 극 지 난 아 송
무엇으로 어머니 상심을 위로해 드리랴.	何以慰傷心 하 이 위 상 심
해지는 성에 까마귀들 어지럽게 우짖고	日暮城鴉亂 일 모 성 아 란
날이 차지자 마구간의 말이 우는데	天寒櫪馬鳴 천 한 력 마 명
떠도는 구름은 아무 뜻 없이	浮雲無意緒 부 운 무 의 서
아득히 먼 동쪽으로 흘러가네.	杳杳只東征 묘 묘 지 동 정

김만중(1637~1692)은 조선 현종과 숙종 때의 문신입니다. 그는 두 번 귀양을 갔는데, 첫 번째는 김수항(병자호란 때 주화파 최명길과 맞선 척화파의 영수 김상헌의 손자)의 처벌이 부당하다는 상소를 올렸다가 왕의 노여움을 사 선천(김만중은 여기서 어머니를 위한 소설 《구운몽》을 지음)으로 3년간 유배되었고, 두 번째는 선천의 유배에서 풀려난 다음해 다시 탄핵을 받아 남해 노도로 유배되어 그곳에서 병사했는데, 이 시는 그의 어머니가 살아 계시던 때 첫 번째 유배지 선천에서 쓴 것입니다.

작자는 유배지 선천에서 어머니가 병에 걸리셨다는 편지를 받았습니다. 그러나 귀양살이를 하는 몸이라 어머니에게 갈 수 없으니 안타까울 뿐입니다. 작자는 일찍 남편을 잃은 어려운 살림살이 속에서도 헌신적으로 자신을 뒷바라지해 준 어머니가 자신이 귀양 간 것이 참기 어려워 병이 드셨으니 무엇으로 위로해 드려야 할지 망연합니다. 작자는 해 저문 성에서 까마귀들 어지럽게 우짖고 차가운 마구간에서 말이 우는 을씨년스런 분위기 속에서 어머니가 계신 동쪽 하늘로 뜻 없이 흘러가는 구름을 하염없이 바라봅니다.

돌아가신 형님 생각 燕巖憶先兄
연암억선형

우리 형님 얼굴과 수염은 누구를 닮았나. 我兄顔髮曾誰似
아형안발증수사

돌아가신 아버지 생각날 때는 형님을 뵈었네. 每憶先君看我兄
매억선군간아형

이제 형님 생각이 나면 어디에서 뵈옵나. 今日思兄何處見
금일사형하처견

의관을 갖추고 내 모습 냇물에 비춰 봐야지. 自將巾袂映溪行
자장건몌영계행

이 시는 《열하일기》의 저자이며 실학의 선구자인 박지원이 자신의 형님 박희원이 별세하자 형님을 그리워하며 쓴 것입니다.

작자는 형님이 아버지의 얼굴 모습을 많이 닮아서 아버지가 보고 싶을 때는 형님을 찾아뵈면 되었다고 합니다. 그런데 이제 형님이 돌아가셨으니 아버지가 보고 싶거나 형님이 보고 싶을 때는 하는 수 없이 형님을 닮은 자신이 두건을 쓰고 도포를 차려입은 뒤 시냇가로 가서 냇물에 자신의 모습을 비추어 보아야겠다고 합니다.

봄날 형제에게 부침 春日寄昆季
춘일기곤계

여관 처마의 빗소리마저 듣기 괴로운데	旅牕簷雨苦難聽 여창첨우고난청
하물며 다시 때때옷 입고 춤출 수 있겠는가.	況復萊衣隔鯉庭 황부래의격리정
마음은 저녁구름과 함께 돌아가고 싶은데	心與暮雲歸不駐 심여모운귀부주
시름겨워 봄 술에 취하니 깨지를 않네.	愁隨春酒醉無醒 수수춘주취무성
강산을 떠도는 오늘 머리가 먼저 희었는데	江山此日頭先白 강산차일두선백
골육들은 언제 다시 나를 만나 반기려나.	骨肉何時眼更靑 골육하시안갱청
벼슬길 험한지 평탄한지 일찍 겪어 아는데	宦路險夷曾歷試 환로험이증력시
이 몸은 천지간에 하나의 부평초로구나.	是身天地一浮萍 시신천지일부평

강회백(1357~1402)은 고려 말기의 문신입니다. 그는 사헌부 대사헌으로 재직하고 있을 때 정몽주가 이성계를 따르는 정도전, 조준 등을 탄핵하자 대관臺官(사헌부에 속한 대사헌 이하 지평까지의 벼슬)들을 이끌고 탄핵에 동조하였습니다. 그 후 정몽주가 이방원에게 피살되자 진양으로 유배되었는데, 이 시는 그 때 쓴 것으로 보입니다.

작자는 유배지 여관에서 지붕 위에 떨어지는 빗소리를 들으며, 이제는 부모님이 안 계시니 노래자老萊子(중국 춘추시대 초나라의 현인이며 중국 24효자 중의 한 사람. 그는 나이 70세에도 색동옷을 입고 어린아이처럼 장난치고 춤추며 부모님을 기쁘게 해드림)처럼 때때옷 입고 부모님 앞에서 춤출 수 없고, 또 강산을 떠도는 귀양길에 머리가 희었지만 자신을 반겨줄 골육을 언제 다시 만날지 알 수 없어 슬픕니다. 작자는 저녁구름과 함께 형제들이 기다리는 집으로 돌아가고 싶은 생각이 간절해도 돌아갈 수 없는 처지가 안타까워 봄 술에 취했는데 깨지를 않습니다. 작자는 벼슬길 평탄하지 않은 줄 알면서도 벼슬길에 나서 천지간에 뿌리 없는 부평초가 된 것이 후회스럽습니다.

형제 잃은 한 恨(한)

강성엔 흰 이슬이 푸른 오동잎에 떨어지는데	江城白露隕靑梧 강 성 백 로 운 청 오
외로운 밤 등잔불 아래 질화로를 안고 있네.	獨夜殘燈擁土爐 독 야 잔 등 옹 토 로
한평생에 우애롭던 형제들은 모두 다 죽고	棣蕚百年同氣盡 체 악 백 년 동 기 진
온 세상에 부질없는 이 한 몸 남아 외롭구나.	萍蓬四海一身苦 평 봉 사 해 일 신 고
창자 끊어질 듯 소쩍새 피를 토하며 울 땐	腸摧杜宇啼時血 장 체 두 우 제 시 혈
인어의 눈물방울 같은 맑은 눈물이 솟는구나.	淚迸鮫人別後珠 루 병 교 인 별 후 주
질병과 가난이 흰 머리털을 재촉하는데	疾病艱難催鬢髮 질 병 간 난 최 빈 발
생김새와 모습이 굴원보다 나을 것이 없네.	形容勝似屈原無 형 용 승 사 굴 원 무

이민구(1589~1670)는 병자호란 때 강도검찰부사江都檢察副使로 왕(인조)을 강화도로 안전하게 피난시킬 책임을 맡았습니다. 그러나 청나라 군대가 먼저 강화도로 가는 길을 막아버리는 바람에 왕은 황급히 남한산성으로 피신하였으며, 그 죄로 이민구는 아산에 유배되었다가 다시 영변으로 옮겨져 7년 동안 귀양살이를 했습니다.

작자는 강성의 오동잎에 흰 이슬(백로는 24절기의 하나로 9월 8일경임)이 내리는 외로운 밤에 질화로를 안고 회한에 젖어 있습니다. 한평생 우애롭던 형제들은 전란의 와중에 모두 죽고 자신만 구차하게 살아 남았다는 생각과 왕을 강화도로 피난시키지 못해 청나라 황제 앞에 나아가 세 번 절하고 아홉 번 이마를 땅에 찧으며 항복하게 만든 대죄를 지었다는 생각을 하니 한이 뼈에 사무칩니다. 그래서 작자는 창자가 잘린 듯 피를 토하며 우는 소쩍새 소리를 들을 때마다 인어의 눈물방울 같은 맑은 눈물(진정한 참회의 눈물)이 솟아나옵니다. 또한 오랜 귀양살이로 병들고 백발이 성성해진 자신의 모습을 보니 굴원(중국 전국시대 초나라 좌상을 지냈으나 모함을 받아 쫓겨난 뒤 9년 동안 상강 일대를 떠돌다 멱라강에 투신 자결함. 그는 유명한 〈어부사〉를 남기는 등 중국문학사에 우뚝 선 거목임)의 모습보다 나을 것이 없습니다.

5장

가난했을 때의 사귐

좋은 벗은 지음知音이란 고사의 백아와 종자기처럼 서로 말하지 않아도 마음이 통하는 벗, 관포지교管鮑之交란 고사의 관중과 포숙처럼 친구의 잘못을 모두 이해하고 감싸주는 주는 벗, 타성에 젖은 친구 장의(후에 진나라 재상이 됨)에게 심한 모멸감을 주어 가슴속 분노의 뇌관을 터뜨려 줌으로써 분발케 하여 새사람이 되게 한 소진(조나라 재상)과 같은 벗입니다.

그런데 세상엔 좋은 벗만 있는 것이 아닙니다. 동문수학한 손빈의 실력을 시기하여 그를 앉은뱅이로 만들어 버린 방연(손빈과 함께 귀곡자에게 병법을 배운 뒤 위나라 혜왕에게 가서 장군이 되었음. 그 뒤 혜왕이 손빈을 불러들이자 방연은 자신보다 뛰어난 손빈을 시기하여 무릎 뼈를 부수는 형벌을 받게 함. 뒤에 방연은 제나라 위왕의 군사軍師가 된 손빈에게 포위되자 목을 찔러 자결함)처럼 질투심이 많은 나쁜 벗도 있습니다. 그래서 먹을 가까이하면 검은 물이 들고 인주를 가까이하면 붉은 물이 드니 이웃은 가려서 살고 벗은 가려서 사귀라고 한 것입니다. 특히, 공명심에 불타는 자는 벗으로 사귀지 않는 것이 좋습니다. 그런 자는 배신을 밥 먹듯이 합니다.

가난했을 때의 사귐 貧交行
빈교행

손바닥 뒤집으면 구름이요 엎으면 비가 되니	飜手作雲覆手雨 번수작운복수우
이처럼 변덕스러운 자들을 어찌 다 헤아리랴.	紛紛輕薄何須數 분분경박하수수
그대 관포의 가난했던 때 사귐을 모르는가.	君不見管鮑貧時交 군불견관포빈시교
요즘 사람들은 이 도리를 흙같이 버려 버리네.	此道今人棄如土 차도금인기여토

이 시는 안녹산의 난을 피해 전전하던 작자가 손익에 따라 우정을 손바닥 뒤집듯이 하는 수많은 사람들의 행태를 보고, 그들에게 관중과 포숙의 우정을 상기시키기 위해서 쓴 것입니다.

관중은 포숙의 도움으로 제나라의 재상이 된 뒤에 "나는 지난날 가난하게 살 때 포숙과 함께 장사를 했는데 이익 가운데 내 몫을 많이 가져도 포숙은 나를 탐하는 자라고 말하지 않았고, 세 번이나 벼슬길에 올랐다가 추방되었어도 나에게 못나고 어리석다고 말하지 않았으며, 세 번 전쟁터에 나가 패했어도 나를 비겁하다고 말하지 않았다. 세상에서 나를 낳아 길러주신 분은 부모님이지만 어떤 경우에라도 나를 이해해준 사람은 포숙뿐이다"라고 말했습니다.

● 두보

벗이 오던 날 客至

객지

집 남쪽과 집 뒤쪽에 온통 봄물이 넘쳐도	舍南舍北皆春水 사남사북개춘수
오직 갈매기 떼만 날마다 찾아올 뿐이라	但見群鷗日日來 단견군구일일래
꽃잎 떨어진 길 손님 위해 쓸어본 적 없는데	花徑不曾緣客掃 화경부증연객소
오늘 비로소 그대를 위해 사립문을 열었지.	蓬門今始爲君開 봉문금시위군개
소반의 저녁밥은 장터가 멀어 맛이 없고	盤飧市遠無兼味 반손시원무겸미
가난해 술독의 술은 오래된 지게미 술이지만	樽酒家貧只舊醅 준주가빈지구배
그대 이웃 늙은이와 함께 마셔도 괜찮다면	肯與隣翁相對飮 긍여린옹상대음
울 너머로 노옹을 불러 남은 술잔을 비우세.	隔籬呼取盡餘杯 격리호취진여배

오랜만에 마음이 딱 맞는 벗을 만나 세상 돌아가는 이야기를 나누고, 시국에 대한 견해를 주고받고, 학문을 논하고, 시를 읊고, 가정의 대소사를 의논하고, 나아가 어릴 적 추억을 함께 더듬으며, 한잔 술을 나누는 것보다 더한 즐거움이 있겠습니까. 그래서 공자는 《논어》 첫머리에 "배우고 익히니 기쁘지 아니한가. 먼 곳으로부터 벗이 찾아와 주니 이 또한 기쁘지 아니한가?"라고 했습니다.

벗과 함께 술을 마시며 | 山中與幽人對酌 (산중여유인대작) ● 이백

벗과 마주 앉아 술을 마시니 산에는 꽃이 피고	兩人對酌山花開 (양인대작산화개)
한잔 마시고 또 한잔 마시고 거듭 한잔 마셔	一盃一盃複一盃 (일배일배복일배)
나는 취해서 졸리니 그대는 그만 돌아갔다가	我醉慾眠君且去 (아취욕면군차거)
내일 아침 술 생각나면 거문고를 안고 오게나.	明朝有意抱琴來 (명조유의포금래)

작자는 자신처럼 어지러운 세상을 피해 산속에 숨어사는 벗과 꽃그늘 아래 마주 앉아 한잔 또 한잔, 다시 한잔 술을 마십니다. 마음이 딱 맞는 허물없는 사이가 아니고서는 이렇게 대취大醉하여 고주망태가 될 때까지 거문고를 타고 노래를 부르고 덩실덩실 춤도 추며 술을 마실 수 없습니다. 더구나 술에 취해 졸리니 오늘은 그만 돌아갔다가 내일 다시 오라고 스스럼없이 말할 수 없습니다.

우정은 손익을 따지지 않는 순수한 마음에서 우러나오는 것이며, 손익을 따지며 사귀는 것은 우정이 아닌 거래입니다. 그러므로 세상에 형님 동생 하며 밥과 술을 같이 먹을 친구는 부지기수이지만 정작 어려울 때 도와줄 친구는 손가락으로 꼽기조차 어렵습니다.

벗에게 가는 길

壽胡隱君
수호은군

물을 건너 다시 물을 건너	渡水復渡水 도수부도수
꽃구경하고 꽃구경하며 돌아오니	看花還看花 간화환간화
봄바람은 강둑길에 살랑거리고	春風江上路 춘풍강상로
어느새 그대 집에 당도하였네.	不覺到君家 불각도군가
젊은 나이는 얼마 가지 않고	盛年無幾時 성년무기시
나도 모르는 사이 늙어 버렸으니	奄忽行欲老 암홀행욕노
오직 목숨이 끝나지 않길 바라며	但願壽無窮 단원수무궁
우리 서로 오래도록 의지하세.	與君長相保 여군장상보

이 시의 작자는 화창한 봄날 벗이 보고 싶어 시냇물을 건너고 다시 또 건너고, 꽃구경을 하고 또 꽃구경을 하며 쉬엄쉬엄 봄바람 살랑거리는 강둑길을 돌아 벗의 집에 당도하였습니다. 그리고 반겨주는 벗과 마주 앉아 술잔을 기울이며 벗을 바라보니 젊은 날은 짧아 어느덧 늙어 버렸습니다. 문득 인생의 허무함을 느낀 작자는 벗에게 서로 의지하면서 오래도록 죽지 않고 살자고 당부합니다. 늙은이들의 외로운 죽음이 늘어가는 요즘 세태에 늘그막까지 의지가 되어줄 든든한 벗이 있다면 얼마나 큰 위안이 되겠습니까.

고계(1336~1374)는 원나라 말기와 명나라 초기의 시인으로 그의 시풍은 맑고 깨끗한 것이 특징입니다. 그는 명나라 태조 주원장이 어린 손자에게 황제의 자리를 넘겨주는 데 걸림돌이 된다고 여기는 건국공신과 측근 2만여 명을 죽이는 공포정치(주원장은 빈천한 출신으로 황제가 된 뒤 명문 출신의 공신들과 측근들이 황제의 자리를 넘볼지 모른다는 의심에 가득 차 황실호위부대에게 그들을 감시하도록 명하고 조금이라도 의심이 드는 자는 가차 없이 처형하였음)를 감행할 때 궁중의 비사秘事를 시로 썼다가 허리를 잘리는 형을 받고 39세의 나이로 죽었습니다.

배적과 함께 술을 마시며 酌酒與裴迪
작주여배적

그대 술 한잔 들고 마음 푸시게.	酌酒與君君自寬 작주여군군자관
사람 정 바뀌고 뒤집히는 것 물결 같으니	人情飜覆似波瀾 인정번복사파란
평생지기도 칼날 쥔 것처럼 위태롭고	白首相知猶按劍 백수상지유안검
먼저 영달하면 옛 친구 비웃기 마련,	朱門先達笑彈冠 주문선달소탄관
이름 없는 잡초야 가랑비도 흡족하지만	草色全經細雨濕 초색전경세우습
꽃이 피려고 하면 봄바람이 차갑다네.	花枝欲動春風寒 화지욕동춘풍한
뜬 구름 같은 세상일 물어 무얼 하나.	世事浮雲何足問 세사부운하족문
세속일 잊음만 못하니 안주나 더 드시게.	不如高臥且加餐 불여고와차가찬

왕유는 출세한 친구에게 심한 모욕을 당해 괴로워하는 배적을 불러 함께 술을 마시며, 천박한 자의 우정이란 대개가 속물스러운 것이니 그것에 마음 상해 하지 말고 오히려 그것을 덕성을 기르는 밑거름으로 삼으라고 격려합니다.

열매를 맺지 않는 나무는 심지 말아야 하듯 의리 없는 자와는 사귀지 말아야 하며, 부귀해졌다고 빈천했을 때를 잊고 우쭐대는 자와는 상종하지 말아야 합니다.

봄날 백련사 나들이 春日遊白蓮寺
춘일유백련사

조각구름 개이자 우중충하던 하늘 깨끗해지고 片片晴雲拭瘴天
편편청운식창천

냉이 밭에 호랑나비가 팔랑팔랑 날아다닐 때 薺田蝴蝶白翩翩
제전호접백편편

우연히 집 뒤에 딸린 나무꾼의 길을 따라서 偶從屋後樵蘇路
우종옥후초소로

숲을 헤치고 나가니 까끄라기 보리밭머리네. 遂過原頭穬麥田
수과원두광맥전

후미진 마을 봄날에 아는 노인이 왔다면서 窮海逢春知老至
궁해봉춘지노지

외진 마을이라 벗이 없었던 각승은 좋아했네. 荒村無友覺僧賢
황촌무우각승현

또 도연명을 만난 듯 스스럼없이 보아주며 且尋陶令流觀意
차심도령류관의

나에게 〈산경표〉 일이 편을 설명해 주었네. 與說山經一二篇
여설산경일이편

작자는 구름이 걷혀 하늘이 화창하게 맑고, 냉이밭에 호랑나비가 팔랑팔랑 날아다니는 봄날, 집 뒤로 난 나무꾼 길을 따라 숲을 헤치고 까끄라기 보리밭 머리를 지나 벗이 있는 마을로 왔습니다. 그러자 후미진 마을 사람들은 아는 노인이 왔다며 좋아하고, 외진 마을이라 벗할 사람이 없었던 각승은 도연명을 만난 듯 좋아합니다. 그리고 〈산경표〉 일이 편을 펴 놓고 신나게 설명해 줍니다.

이 시는 정약용과 혜장선사의 우정을 엿볼 수 있는 시입니다. 혜장선사는 강진읍 동문 밖 밥집 골방에서 4년째 기거하는 정약용의 처지를 매우 안타깝게 여겨 백련사에 딸린 암자인 고성암(강진읍 보은산 우두봉 아래 위치)의 보은산방을 정약용의 거처로 내주었고, 정약용은 거기서 9개월 동안 머문 뒤 제자 이청의 집으로 옮겨 기거하였습니다. 그 후 귀양 8년째 되던 해 외가인 해남윤씨 집안의 도움으로 백련사와 가까운 다산초당으로 거처를 옮긴 정약용은 혜장선사가 40세로 입적할 때까지 6년 동안 수시로 백련사 혜장선사(정약용보다 열 살 아래)를 찾아가 유교와 불교에 대한 깊이 있는 담론을 나누었는데, 이 시는 그 시기에 쓴 것입니다.

팔월십팔일 밤에

八月十八日夜
팔 월 십 팔 일 야

● 이행

평생 사귀던 벗들은 모두 쇠락하고
백발 된 내 몸과 그림자만 서로 보네.
높은 다락에 달빛 밝은 오늘밤에는
피리 소리 구슬퍼서 듣기 힘드네.

平生交舊盡凋零
평 생 교 구 진 조 령
白髮相看影與形
백 발 상 간 영 여 형
政是高樓明月夜
정 시 고 루 명 월 야
笛聲凄斷不堪聽
적 성 처 단 불 감 청

작자는 평생 동안 사귀던 벗들이 이제는 모두 죽거나 병들어 만날 수 없으니 백발이 된 자신의 몸과 그림자만 서로 마주본다고 합니다. 그래서 높은 다락에 달빛이 밝은 오늘밤에는 어디선가 들려오는 피리 소리가 너무나도 구슬퍼 듣기 힘들다고 합니다.

이행(1478~1534)은 조선 중종 때 좌의정을 지낸 문신이며 이름난 시인으로 박은과는 절친한 친구 사이였습니다. 박은이 유자광(예종 때는 남이 장군을 죽이는 옥사에 앞장섰고, 연산군 때는 무오사화와 갑자사화를 주도하여 수많은 선비들을 죽이고 귀양 보냈으며, 중종반정 때는 궁궐 문을 열어 주어 반란군이 궁궐에 진입할 수 있게 도와줌으로써 최고의 품계인 대광의 자리에까지 오른 조선 제일의 간신. 후에 경상도 평해로 유배되어 그곳에서 죽었으며, 두 아들과 두 손자도 유배되어 집안이 몰락함.)의 간교함을 상소했다가 갑자사화 때 스물여섯 살의 나이로 참수되자 이행은 박은의 친구였다는 죄목으로 거제도에 유배되었습니다. 그 후 이행은 벼슬길이 순탄하여 영화를 누렸으나 죽은 박은과의 우정을 잊지 못했습니다.

벗을 그리워하는 심정과 고독감이 폐부肺腑를 찌르는 이 시는 이행이 권신 김안로(아들이 효혜공주와 결혼하여 중종의 사위가 된 뒤 자주 권력을 남용하다가 탄핵을 받아 귀양을 감. 그러나 일 년만에 풀려나 세자를 보호한다는 구실로 실권을 장악하게 되자 정적을 무자비하게 처형하고 축출하는 공포정치를 실시하였으며, 급기야 중종의 제2계비인 문정왕후까지 폐위하려 하자 중중이 밀명을 내려 체포한 뒤 사약을 내림)의 전횡을 비판하다가 평안도 함종으로 귀양 가 그곳에서 병을 얻어 죽기 직전에 쓴 것입니다.

삶과 죽음 함께하자

題天磨錄後
제천마록후

● 이행

책에서 보는 천마산 빛이	卷裏天磨色 권리천마색
아직도 아렴풋이 눈앞에 펼쳐지네.	依依尙眼開 의의상안개
이 사람 지금은 이미 가고 없으니	斯人今已矣 사인금이의
옛길도 나날이 아득해지네.	古道日悠哉 고도일유재
영통사엔 부슬부슬 비가 내리고	細雨靈通寺 세우영통사
만월대엔 석양빛이 비껴 있었지.	斜陽滿月臺 사양만월대
삶과 죽음 함께하자 약속했는데	死生曾契闊 사생증계활
쇠약한 몸 백발로 혼자 서성이네.	衰白獨俳徊 쇠백독배회

작자는 벗 박은과 함께 천마산으로 유람 갔을 때 쓴 〈천마록〉을 꺼내 읽으며 그때 본 풍경을 떠올려 보지만 아렴풋하기만 하고, 저승으로 가고 없는 벗의 모습도 아물아물해졌습니다. 작자는 비가 내리는 영통사와 석양빛이 비껴 날던 만월대를 벗과 함께 거닐던 추억을 더듬으며 자신만 백발이 되도록 살아 있는 것을 슬퍼합니다.

권필

구용의 옛집 앞을 지나며

城山過具容古宅
성산과구용고택

성산 남쪽에 있는 그대의 집	城山南畔是君家 성산남반시군가
작은 마을에 희미한 외길이 꼬불꼬불했지.	小巷依依一逕斜 소항의의일경사
덧없는 세상 십년에 인간사 바뀌었는데	浮世十年人事變 부세십년인사변
봄은 부질없이 산 가득 꽃을 피웠네.	春來空發滿山花 춘래공발만산화

이 시는 마포에 살던 권필이 어느 봄날 벗인 구용(저도현감을 지냄. 26세에 요절)이 살았던 성산 남쪽의 마을을 지날 때 쓴 것입니다.

다정했던 벗 구용이 살았던 마을은 겨우 서너 집이 모여 사는 아주 작은 마을입니다. 그래서 꼬불꼬불한 마을 길은 다니는 사람이 드물어 토끼 길처럼 희미하게 나 있습니다. 벗이 죽은 지 십 년! 그 덧없는 세월에 인간사는 많이 바뀌었어도 봄이 오면 산 가득히 꽃이 피는 것은 변함이 없습니다. 작자는 꽃이 피는 봄이 와도 돌아오지 않는 벗을 그리워하며 벗이 살았던 마을을 지나갑니다.

둔촌과 이별하며	對贈遁村告別 대 증 둔 촌 고 별
잘못된 시국에 강개해 눈물로 옷깃 적시며	慷慨僞時淚滿襟 강 개 위 시 루 만 금
집 떠나 헤매어도 효성은 저승까지 닿았네.	流離孝懇達幽陰 유 리 효 간 달 유 음
한산은 멀고멀어 구름과 안개 속에 막혔는데	漢山迢遞雲煙阻 한 산 초 체 운 연 조
나현은 굽이굽이 휘돌아 푸른 수풀 짙구나.	籮峴盤回草樹深 나 현 반 회 초 수 심
하늘이 앞뒤 쌍마의 갈기를 점지했으니	天占後先雙馬鬣 천 점 후 선 쌍 마 렵
누가 그대와 나의 마음 둘이라 하겠는가.	誰知君我兩人心 수 지 군 아 양 인 심
바라건대 대대로 길이길이 이와 같이 하여	願言世世長如此 원 언 세 세 장 여 차
모름지기 나누는 정이 더더욱 두텁게 하세.	須使交情利斷金 수 사 교 정 이 단 금

이 시는 고려 말 신돈의 전횡을 비판하다가 멸문의 화를 당할 위기에 처한 친구 이집(호: 둔촌)을 4년 동안 자기 방 다락에 숨겨 주었던 최원도(호: 천곡)가 신돈이 주살誅殺된 후 고향 한산(지금의 서울시 강동구 둔촌동 일대)으로 돌아가는 이집에게 써준 것입니다.

최원도는 잘못된 시국에 강개해 눈물로 옷깃을 적시며, 늙으신 아버지를 등에 업고 낮에는 숨고 밤에는 걸어 개경에서 영천 자신의 집까지 찾아온 이집의 효성에 감동하였습니다. 그래서 자신의 목숨은 물론 삼족이 죽임을 당할 위험을 무릅쓰고 이집을 그의 방 다락에 숨겨 주었으며, 이 비밀을 지키기 위해 최원도의 부인은 스스로 혀를 깨물어 벙어리가 되었고, 몸종 제비는 자결하였습니다. 그리고 2년 후 이

집의 부친(이당)이 별세하자 최원도는 자신이 죽으면 묻히려고 잡아둔 명당(최원도 어머니 묘소 아래쪽에 위치)에 이집의 부친을 아무도 몰래 장사 지내 주었습니다. 이집이 최원도의 방 다락에 숨어 지낸 지 4년이 지났을 때 권력을 전횡하던 신돈이 주살되자 이집은 고향으로 돌아가게 되었습니다. 최원도는 나현의 푸른 숲길을 굽이굽이 돌아 멀고멀어 구름과 안개 속에 막혀 있는 한산으로 돌아갈 이집을 배웅하며 '그대와 나는 하늘이 점지해준 벗인데 누가 그대의 마음과 내 마음이 둘이라 하겠는가. 우리의 우정이 길이길이 이어지게 하고 더더욱 두텁게 하자'고 다짐하였습니다.

지금도 광주이씨와 영천최씨 가문의 후손들은 같은 날 이집의 부친 묘소와 최원도의 모친 묘소에 시제를 올리며 선조의 아름다웠던 우정을 기리고 있습니다. 또 비밀을 지키려고 자결한 제비의 무덤에도 음식과 술을 올리고 그녀의 거룩한 충절을 기립니다.

6장

어제 핀 꽃 오늘은 지고

인생에 있어서 부귀와 영화를 누리는 삶보다는 후회와 회한을 남기지 않는 삶이 더 현명하고 행복한 삶입니다.

장군으로 승진한 뒤 별 하나 어깨에 달았다고 교만해져 목에 힘을 주고 다녔는가 하면 별 하나 더 달아보겠다고 설치다가 그것이 좌절되기도 하였습니다. 돌이켜보면 군인의 덕목은 오로지 국가를 위해 헌신하는 것임에도 불구하고 높은 계급과 막강한 자리에 연연했으니 참으로 부끄럽습니다.

《주역》〈계사전 하〉에 "덕이 없으면서 지위가 높고(德薄而位尊), 아는 것이 적으면서 큰 일을 도모하고(知小而謀大), 힘이 없으면서 책임이 무거우면(力小而任重) 재앙이 미치지 않는 이가 드물다"고 하였습니다. 고금을 통해 자신의 능력은 도외시하고 출세하기에 급급하여 남을 해치고 아첨하여 높은 자리에 올랐다가 오욕의 구렁텅이로 떨어진 자들이 그 얼마입니까.

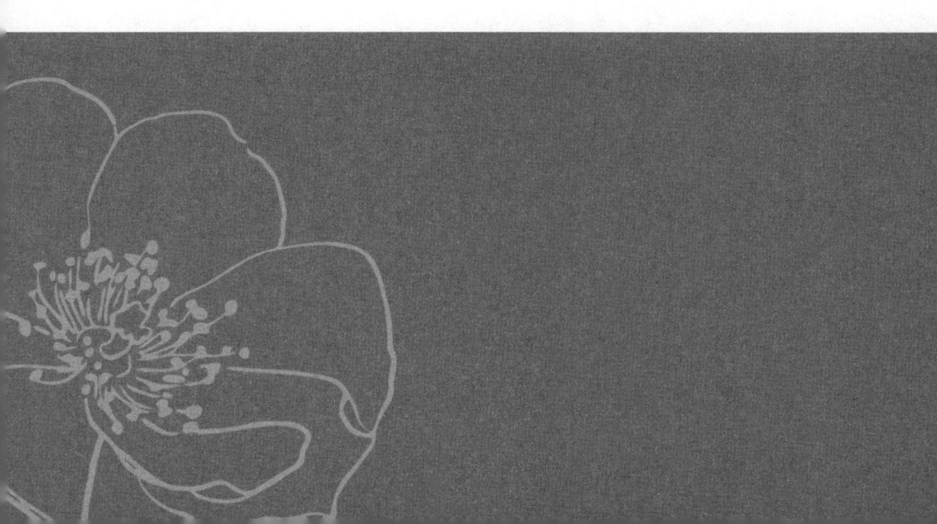

어젯밤 비에

偶吟
우 음

어젯밤 비에 꽃이 피더니
오늘 아침 바람에 꽃이 지네.
가련하다 한 봄의 일이여!
비바람 속에 왔다 가는구나.

花開昨夜雨
화 개 작 야 우
花落今朝風
화 락 금 조 풍
可憐一春事
가 련 일 춘 사
往來風雨中
왕 래 풍 우 중

이 시는 작자 송한필이 자신의 운명을 꽃이 피고 지는 것에 빗대어 쓴 것입니다. 송한필은 조선 중기의 학자이자 문장가로 그의 형 익필과 함께 문명文名을 떨쳤으며, 율곡 이이가 성리학에 대해서 자신과 논의할 만한 사람은 이들 형제밖에 없다고 할 정도였습니다.

송한필의 아버지 송사련은 1521년(중종16)에 신사무옥을 일으킨 장본인이었습니다. 송사련은 기묘사화 때 조광조 일파를 두둔하였다는 혐의로 파직된 좌의정 안당의 아들 안처겸이 기묘사화의 주역인 심정, 남곤 등을 제거할 음모를 꾸미고 있다고 고변하였습니다. 그로 인해 안당, 안처겸, 안처근의 3부자를 비롯해 권전, 이정숙, 이충건 등 수많은 선비들이 처형되었으며, 송사련은 고변을 한 공로로 30여 년간 권세와 부귀를 누렸습니다. 그런데, 1586년(선조19)에 안당의 후손이 신사무옥은 송사련의 무고誣告에 의한 것이라고 주장하며 재심을 요구하였습니다. 그러자 조정에선 사건을 다시 조사하였는데, 그 결과 송사련이 있지도 않은 일을 꾸며서 고변한 것으로 밝혀졌습니다. 그러자 송사련의 가족은 모두 노비가 되어 전국 각지로 뿔뿔이 흩어져 갔으며 그 후의 송한필 행적은 알 수 없습니다.

작자는 어젯밤 비에 꽃이 피듯 부귀영화가 찾아오더니 오늘 아침 바람에 꽃이 지듯 부귀영화가 사라져 버렸다고 합니다. 남을 해쳐서 누리는 부귀영화가 얼마나 가겠습니까. 남을 해친 악행은 반드시 부메랑이 되어 돌아와 자신을 해치고 마는 것입니다.

갰다 흐렸다	乍晴乍雨 사 청 사 우
잠시 갰다가 비가 내렸다가 도로 개니	乍晴乍雨雨還晴 사 청 사 우 우 환 청
하늘의 이치도 이런데 하물며 세상 인심이야!	天道猶然况世情 천 도 유 연 황 세 정
나를 칭찬하다 곧바로 나를 헐뜯고	譽我便是還毁我 예 아 편 시 환 훼 아
명예를 마다 하다가 스스로 명예를 구하네.	逃名却自爲求名 도 명 각 자 위 구 명
봄은 꽃이 피고 지는 것을 상관하지 않으며	花開花謝春何管 화 개 화 사 춘 하 관
산은 구름이 오가는 걸 가지고 다투지 않네.	雲去雲來山不爭 운 거 운 래 산 부 쟁
세상 사람들에게 말하노니 반드시 기억하라.	寄語世人須記認 기 어 세 인 수 기 인
기쁨을 취할 곳 평생 어디에도 없음을.	取歡無處得平生 취 환 무 처 득 평 생

김시습은 세조의 왕위찬탈을 비판하고 불의한 왕 밑에선 결코 벼슬을 하지 않겠다며 결기를 보이던 사람들이 슬그머니 세조를 왕으로 옹립한 세력들에게 빌붙어 그들을 찬양하며 벼슬하는 꼴을 보고 진한 비애를 느낍니다. 그래서 변덕스런 세상 인심을 한탄하며 봄은 꽃이 피고 지는 것을 상관하지 않고, 산은 구름이 오고가는 것을 가지고 다투지 않듯이 순리에 맞게 살아야지 순리를 어기고 평생 기쁨을 취할 수 있는 곳은 이 세상 어디에도 없다고 충고합니다.

왕위를 찬탈한 세조는 공을 세운 측근들에게 무소불위의 권력과 막대한 부를 나누어 줌으로써 벼슬아치는 물론 백성들에게 정의롭게 살면 사육신처럼 삼대가 멸망하고, 불의한 권력에 빌붙어야 부귀영화를 누릴 수 있다는 것을 생생하게 보여주었습니다.

그 결과 불의를 저질러 부귀영화를 누리는 것을 조금도 부끄럽게 여기지 않는 풍조가 만연하게 되었으며, 그러한 풍조가 4대에 걸쳐 장기간 누적되자 마침내 자신의 할머니 인수대비를 때려 숨지게 하고, 자신의 아버지(성종) 후궁인 엄씨와 정씨를 직접 죽여 까마귀밥으로 산에 내다버리고, 수많은 신하들을 파리 죽이듯 죽이고, 궁궐 옆 백성들의 마을을 통째로 빼앗아 사냥터를 만들고, 세조가 세운 원찰인 원각사를 임사홍(스스로 채홍준사란 벼슬자리를 만들어 전국의 미녀와 좋은 말을 골라 연산군에게 바친 간신)이 전국에서 뽑아 올린 미녀들의 숙소로 만들어 날마다 그곳에서 황음무도荒淫無道한 짓을 저지르며 미쳐 날뛴 희대의 폭군 연산이 출현하게 된 것입니다.

최치원

접시꽃 　 蜀葵花
촉규화

쓸쓸하고 황량한 밭 옆에	寂寞荒田側 적막황전측
탐스런 꽃송이 여린 가지를 눌렀네.	繁花壓柔枝 번화압유지
향기는 매화꽃비 지나 희미해지고	香經梅雨歇 향경매우헐
그림자는 보리바람 맞아 기우뚱하네.	影帶麥風欹 영대맥풍의
차나 말 탄 사람 누가 보아줄까.	車馬誰見賞 차마수견상
벌이나 나비들만 엿볼 뿐이네.	蜂蝶徒相窺 봉접도상규
태어난 곳 천하니 스스로 부끄럽고	自慚生地賤 자참생지천
사람들이 버려 두니 그저 한스럽네.	堪恨人棄遺 감한인기유

작자는 쓸쓸하고 황량한 밭을 무너져 가는 신라에 비유하고, 탐스럽게 피어나 여린 가지를 눌리고 있는 접시꽃을 학문과 경륜을 두루 갖춘 자신에 비유했습니다. 그리고 향기는 매화꽃비 지나 희미해지고 그림자는 보리바람을 맞아 기우뚱해졌다는 표현으로 자신이 주장하는 개혁이 힘을 받지 못함을 은유했습니다. 또한 차나 말을 탄 사람 누가 보아 줄까, 벌이나 나비들만 엿볼 뿐이란 말로 왕이나 귀족들은 자신을 알아주지 않지만 백성들은 자신을 알아준다고 하였습니다. 그러나 태어난 곳이 천하니 스스로 부끄럽고 사람들이 버려 두니 그저 한스럽다는 말로 진골귀족으로 태어나지 못해 무너져 가는 나라를 새롭게 일으켜 세울 계책을 지니고서도 그것을 쓸 수 있는 기회를 얻지 못하는

한을 에둘러 표현했습니다.

신라의 골품제도는 태어나면서부터 부모의 신분을 이어받는 신분 고착제였습니다. 그러므로 신분이 낮은 계층에겐 아무리 능력이 뛰어나도 신분상승의 길이 열리지 않았고 성골과 진골 같은 계층은 아무리 무능해도 고위관직과 부를 대대로 이어갈 수 있었는데, 이런 모순으로 백성들의 불만이 누적되고 갈등이 비등해 신라는 멸망하였으며 기득권층인 진골 귀족들도 동시에 몰락하였습니다.

달이 밝자 꽃은 지고

對月惜花
대월석화

꽃이 막 피어날 땐 달은 아직 차지 않고 花正開時月未圓
화정개시월미원

보름달이 환한 후엔 꽃은 이미 져버렸네. 月輪明後已花殘
월륜명후이화잔

가련하구나. 세상일은 모두 이와 같으니 可憐世事皆如此
가련세사개여차

어찌하면 활짝 핀 꽃 둥근 달과 함께 볼까. 安得繁花對月看
안득번화대월간

작자는 꽃이 피어날 때는 달이 아직 차지 않고, 보름달이 떠오를 때는 꽃이 이미 져버린 것을 안타까워합니다. 이처럼 인생에 있어서도 좋은 기회가 왔을 땐 아직 준비가 되어있지 않고, 준비를 마쳤을 땐 이미 기회가 지나가 버린 경우가 허다합니다. 그러므로 항상 준비가 되어 있어야 스쳐 가는 기회를 제때에 잡을 수 있습니다.

권벽(1520~1593)은 벼슬길에 나가 청류선비들과 교유했으나 이들이 을사사화에 연루되어 화를 당하자 모든 교유를 끊고, 벼슬살이하는 동안엔 자식의 혼사마저 부인에게 맡기고 가사에 일체 관여하지 않았으며 손님도 맞지 않고 시 짓기에만 몰두하였는데, 이 시는 기회를 잡지 못하고 보낸 세월에 대한 회한을 읊은 것입니다.

평택 가는 길에 平澤途中
평택도중

말도 지친 긴 여정에 아는 사람 드문데	倦馬長途相識稀 권마장도상식희
바람 부니 버들 솜 봄옷에 날아드네.	風吹柳絮入春衣 풍취류서입춘의
사방을 떠돌면서 이룬 것이 무엇인가.	旅遊南北成何事 여유남북성하사
백발이 머리 가득해도 돌아가지 못하네.	白髮滿頭猶未歸 백발만두유미귀

누구든 인생을 관조할 나이가 되어 지난날을 뒤돌아보면 후회와 회한이 있습니다. 작자도 인생의 긴 여정에서 아무것도 이룬 것이 없는데 백발만 가득해진 것을 한탄하고 있습니다. 그러나 인생에서의 성취란 꼭 부와 권세와 명예를 얻는 것만이 아닙니다. 그보다 더 큰 성취는 스스로에게 만족한 삶을 산 것입니다.

노자가 "만족할 줄 알면 평생 욕됨이 없고 멈춰야 할 때를 알아 제때 멈추면 일생 후회할 일이 없다"고 한 것처럼 인생에 있어서 커다란 후회와 사무치는 회한을 남기지 않는 것이 부귀영화를 쫓다 오욕의 구렁텅이에 빠지는 것보다 훨씬 더 성공한 삶입니다.

대은암을 지나며 — 大隱巖 (대은암)

문 앞에 들끓던 수레와 말 연기처럼 사라지고	門前車馬散如烟 (문전거마산여연)
재상의 번화했던 날은 백년이 못 돼 다했구나.	相國繁華未百年 (상국번화미백년)
깊숙한 동네는 괴괴하게 한식을 지내는데	深巷寥寥過寒食 (심항요요과한식)
노란 산수유만 옛 담장 곁에 만발하였구나.	茱萸花發古墻邊 (수유화발고장변)

작자는 남을 해쳐 일세를 떵떵거리며 살던 재상의 대궐 같던 집도 백년이 못 가 폐허가 된 채 괴괴한 기운이 감도는 것을 보며, 권세란 담장 가에 노랗게 피어난 산수유만도 못함을 절감합니다.

대은암은 남곤이 살았던 옛집입니다. 남곤은 심정, 홍경주 등과 함께 기묘사화를 일으켜 개혁을 통해 왕도정치를 이루려던 조광조와 수많은 신진사류들을 무참하게 죽인 뒤 좌의정을 거쳐 곧 영의정이 되었으며, 그의 집 대문 앞은 뇌물을 싣고 온 말과 수레로 들끓었습니다. 그는 만년에 자기가 쓴 글이 훗날 자신의 죄를 드러내는 증거가 되는 것이 두려워 마당에 쌓아놓고 모두 불살라 버렸습니다. 그런다고 그의 죄가 없어지겠습니까? 그는 죽은 뒤 모든 관직이 삭탈되었으며 후대 사람들로부터 손가락질 대상이 되었습니다.

반평생 공명 찾아

甘露寺次惠素韻
감로사차혜소운

속세의 나그네 이르지 못하는 곳 俗客不到處
속객부도처
올라오니 마음이 맑아지네. 登臨意思淸
등임의사청
산 모습은 가을이라 더욱 좋고 山形秋更好
산형추갱호
강물 빛은 밤이라 오히려 밝네. 江色夜猶明
강색야유명
흰 새는 높이 날아가 버렸고 白鳥高飛盡
백조고비진
외로운 배만 홀로 가벼이 가네. 孤帆獨去輕
고범독거경
부끄럽네! 달팽이 뿔처럼 좁은 세상에서 自慙蝸角上
자참와각상
반평생을 공명 찾아 헤매었으니. 半世覓功名
반세멱공명

이 시는 김부식이 감로사(개성 북쪽 오봉산에 있는 절)에 올랐을 때 혜소 스님이 지은 시에서 운韻을 빌려와 쓴 시입니다.

작자는 속세의 나그네가 이르기 어려운 감로사에 올라오니 마음이 맑아집니다. 산 모습은 단풍이 곱게 물든 가을이라 더욱 좋고, 절 아래 강물 빛은 밤이라서 오히려 더 밝게 보이는데, 흰 물새들 높이 날아 가버린 강엔 외로운 배가 홀로 가벼이 떠 가고 있습니다. 그때 문득 작자는 달팽이 뿔처럼 좁디좁은 세상에서 공명을 좇아 허겁지겁 반평생을 보낸 자신의 삶이 부끄러워집니다.

김부식은 권력이 가문에 의해서 독점되고 상속되는 문벌귀족들의 우두머리였습니다. 그는 문벌귀족들의 전횡을 개혁하려는 지방의 신진세력들인 정지상, 백수한, 묘청 등과 깊은 갈등관계에 있었습니다. 신진세력들은 북방의 금나라를 쳐서 광활했던 고구려의 강역을 되찾고, 왕을 황제로 칭하는 등 자주적인 국가 건설을 주장하며 서경으로 천도하여 문벌귀족들의 세력을 약화시키려고 하였습니다.

그런데 서경천도의 뜻을 정하고 서경에 대화궁까지 짓게 했던 인종이 김부식을 비롯한 문벌귀족들의 끈질긴 반대를 버티지 못하고 서경천도의 뜻을 접자 위험에 처하게 된 신진세력들은 묘청을 중심으로 서경에서 반란을 일으키고 대위국을 세웠습니다. 이때 진압군 원수가 된 김부식은 개성에 있던 정지상을 참수한 뒤 군사를 이끌고 서경으로 달려가 반란군을 진압하였습니다.

그 후 김부식은 모화사상慕華思想(중국의 문물과 사상을 흠모하여 따르려는 사상)에 바탕을 둔 사대적인 역사서 《삼국사기》를 저술하였는데, 이 역사서로 말미암아 내몽고, 요녕성, 길림성, 흑룡강성 등 광활한 지역을 아울렀던 우리 민족의 역사 강역이 한반도로 쪼그라들게 되었습니다.

고원역에서 高原驛 고원역

백년 세월 뜬 구름 인생이 오십 줄에 드니	百歲浮生逼五旬 백세부생핍오순
기구한 인생길에 왕래할 인연이 적구나.	崎嶇世路少通津 기구세로소통진
도성 떠난 삼 년 세월에 무엇을 이루었던가?	三年去國成何事 삼년거국성하사
귀향하는 만리 길에 오로지 이 한 몸뿐,	萬里歸家只此身 만리귀가지차신
산새는 길손 향해 다정하게 지저귀고	林鳥有情啼向客 임조유정제향객
들꽃은 말없이 나그네를 붙잡는구나.	野花無語笑留人 야화무어소류인
머릿속 머무는 시마가 시 짓기를 재촉하니	詩魔催處來相惱 시마최처래상뇌
근심할 것은 없으나 몸이 고달프고 괴롭네.	不待窮愁已苦身 부대궁수기고신

이 시는 작가 김극기가 벼슬에 뜻을 두지 않고 살다가 나이 오십 줄에 접어들었을 때 서울을 떠나 3년 동안 방랑하던 중 함경도 고원역에서 쓴 것입니다.

작자는 부평초 같은 인생길에 왕래할 인연도 별로 없고, 3년 동안 떠돌며 이루어 놓은 것도 없어 귀향하는 만리 길에 오직 자기 한 몸뿐임을 한탄합니다.

그러나 작자는 마냥 한탄만 하진 않습니다. 왜냐하면 인간 세상에선 아무도 자신을 알아주지 않지만 산새들은 자신을 향해 다정하게 노래해 주고, 들꽃들은 말없이 웃으며 자신의 발걸음을 붙잡아 주기 때문입니다. 그래서 작자는 머릿속에 머무는 시마詩魔가 어서 시를 지으라고 재촉하는 것 말고는 근심할 것이 없습니다. 다만 정처 없이 떠도는 방랑객이어서 날마다 발등이 붓고 발바닥이 부르트게 걷느라 몸이 고달파서 괴로울 뿐입니다.

작자는 시마가 시 짓기를 재촉하는 것과 몸이 고달픈 것 외는 인생길에 회한이 없으니 멋진 인생을 산 것입니다.

● 권필

송강의 묘지를 지나며 過松江墓有感
과송강묘유감

빈산에 낙엽 지고 부슬부슬 비가 내리는데 空山木落雨蕭蕭
공산목락우소소

재상도 풍류도 덧없어 이리 쓸쓸하구나. 相國風流此寂廖
상국풍류차적료

슬프다! 술 한잔 다시 올리기 어려우니 惆悵一杯難更進
추창일배난갱진

지난날의 그 노래가 오늘 아침 일이구나. 昔年歌曲卽今朝
석년가곡즉금조

이 시는 권필이 경기도 고양에 있던 송강 정철의 묘지(후에 송시열의 주도로 충북 진천군 문백면 봉죽리로 이장)를 지나가며 지은 시입니다.

정철은 선조 때 우의정으로 정여립의 모반사건을 다스리고, 동인세력을 철저히 몰아낸 뒤 좌의정이 되었습니다. 그러나 선조에게 광해군을 왕세자로 책봉할 것을 건의하였다가 미움을 사 파직된 뒤 귀양을 갔습니다. 그는 임진왜란이 일어나자 선조의 부름을 받고 다시 조정에 나갔으나 얼마 못 가 동인의 모함으로 물러나 강화도에서 만년을 냈습니다.

작자는 이렇게 파란 많은 일생을 보낸 정철의 묘소에 들려 술 한잔을 올리면서 정철이 살아생전에 '한잔 먹세 그려/ 또 한잔 먹세 그려/ 꽃 꺾어 산가지 놓고/ 무진무진 먹세 그려/ 이 몸 죽은 후면 지게 위에 거적 덮여…'라고 읊었던 사설시조 〈장진주사〉를 떠올리며 인생의 무상함을 토로하고 있습니다.

압구정에서

鴨鷗亭
압 구 정

거친 언덕에 말을 매고 홀로 서성이니	荒皐繫馬獨徘徊 황 고 계 마 독 배 회
상당군의 이름난 정자도 풀이 무성하네.	上黨名亭亦草萊 상 당 명 정 역 초 래
물은 기세 좋게 동쪽 골짜기에서 나오고	水勢全傾東峽出 수 세 전 경 동 협 출
산 모양은 한양을 감싸안고 도는구나.	山形盡抱漢陽廻 산 형 진 포 한 양 회
이제 새삼스레 강가의 갈매기를 보며	至今猶見江鷗在 지 금 유 견 강 구 재
그 옛날 촉나라 혼의 슬픈 울음을 듣네.	從古猶聞蜀魂哀 종 고 유 문 촉 혼 애
해 저무는 물안개 너머 눈길이 끝난 곳	日暮烟波徒極目 일 모 연 파 도 극 목
사육신 사당 아래가 더욱 그리워지네.	六臣祠下更悠在 육 신 사 하 갱 유 재

이 시는 조선 말기 충청도 회인과 공주에 거주하며 학문과 교육에 힘쓰던 이상수(1820~1882)가 서울의 도성으로 가던 길에 압구정(서울 강남구 압구정동에 있던 정자)에 들려서 쓴 것입니다.

압구정은 세조의 계유정난을 도와 왕위찬탈에 공을 세우고, 이어 단종복위를 꾀하던 사람들을 참혹하게 죽이고 세조의 왕위를 반석 위에 올려놓은 상당군 한명회가 하늘을 나는 새도 떨어뜨릴 권세를 누리다가 만년에 갈매기와 벗하며 살겠다고 지은 정자입니다.

작자는 황량한 언덕 아래 말을 매놓고 이름난 압구정으로 올라갑니다. 400여 년 전 무소불위의 권력을 휘두르며 온갖 영화를 누리던 상당군의 정자도 지금은 풀이 무성합니다. 정자에 올라 주변경관을 둘러보니 산들이 서울의 도성을 감싸안았고 동쪽에서 흘러나오는 한강 위로 갈매기들이 우짖으며 날고 있습니다. 그때 문득 작자의 귀에 왕위를 빼앗기고 새가 되었다는 촉나라 왕 두우杜宇처럼 슬피 우는 단종의 울음소리가 들립니다. 작자는 한강 하류 물안개 너머 노량진 언덕에 세워진 사육신의 사당을 바라보며, 불의에 무릎 꿇지 않고 대의를 지키다 죽어간 그들을 그리워합니다.

권력은 무상한 것! 한명회는 성종 5년에 영의정에서 해임되었으며, 이어 압구정에서 사사로이 명나라 사신을 접대한 일로 모든 관직이 삭탈되었습니다. 그 후 연산군이 즉위하자 연산군 어머니 윤씨의 죽음에 관련된 혐의로 그의 시신은 무덤에서 꺼내져 토막이 났으며, 백골이 된 머리는 도성 안 네거리에 효수되었습니다.

보은산방에서

題寶恩山房
제 보 은 산 방

우두봉 아래 자리한 작은 선방에는	牛頭峰下小禪房 우 두 봉 하 소 선 방
대나무가 낮은 담장 위로 쓸쓸히 솟았네.	竹樹蕭然出短牆 죽 수 소 연 출 단 장
바람이 도우니 바닷물 골짝 절벽까지 이르고	裨海風潮連斷壑 비 해 풍 조 연 단 학
현성 밥 짓는 연기 겹겹 산등성 사이 깔렸네.	縣城煙火隔重岡 현 성 연 화 격 중 강
둥근 나무그릇에 담은 죽 스님과 함께 먹고	團團菜榼隨僧粥 단 단 채 합 수 승 죽
대충 꾸려온 경전함과 나그네 여장을 푸네.	草草經函解客裝 초 초 경 함 해 객 장
어느 곳이든 청산이면 머물지 못할손가.	何處靑山未可住 하 처 청 산 미 가 주
벼슬하던 날의 꿈 어느덧 아득해졌네.	翰林春夢已微茫 한 림 춘 몽 이 미 망

이 시는 다산 정약용이 혜장선사가 마련해 준 보은산방(강진 우두봉 아래 있는 고성암에 딸린 건물)으로 이사를 오던 날 쓴 것입니다.

작자가 도착한 보은산방은 낮은 담장이 둘러쳐져 있고, 담장 뒤엔 키 큰 대나무들이 쓸쓸히 솟아 있으며, 산방 아래 골짜기에는 바람이 불 때마다 쏴아 쏴 소리를 내며 바닷물이 밀려들어 옵니다. 작자는 방 안으로 들어가기 전 현성(강진읍성)에서 저녁밥 짓는 연기가 겹겹이 엎드린 산등성이 사이로 희뿌옇게 깔리는 것을 내려다보며 잠시 회한에 젖습니다. 그리고 방안으로 들어가 혜장선사와 마주 앉아 둥근 나무그릇(바리때)에 담긴 죽을 나누어 먹은 뒤 대충 꾸려온 경전함(책을 담은 상자)을 풀어 정리하며 어느 곳이든 푸른 산이 있으면 머물지 못하겠느냐고 스스로를 위로합니다.

작자 정약용은 어진 군주이던 정조의 총애를 받으며 당대의 실학자답게 한강에 배를 연결한 다리를 놓고, 수원에 화성을 축성하는 등 나랏일에 열정을 쏟으며 꿈에 부풀었던 지난날이 이제는 아득한 옛일로 허망하게 느껴집니다.

옛 궁궐의 궁녀

行宮
행궁

황폐하여 쓸쓸한 옛날 궁궐에	寥落古行宮 요락고행궁
모란꽃 외로이 붉게 피었고	宮花寂寞紅 궁화적막홍
그곳에 있는 흰머리 늙은 궁녀	白頭宮女在 백두궁녀재
한가롭게 앉아 현종 얘기하네.	閒坐說玄宗 한좌설현종

이 시는 안녹산의 난으로 황폐해진 궁궐의 뜰에 붉은 모란꽃이 외로이 피어 있는 날, 흰 머리 늙은 궁녀가 어린 궁녀를 앞에 놓고 현종이 양귀비와 방탕하게 놀아나는 바람에 나라가 멸망하게 되었다는 이야기를 한가롭게 하고 있는 모습을 읊은 것입니다.

문학의 역할 중 하나는 공정성과 균형성을 갖추고 그 시대 사회상을 사실대로 후세에 남기는 것입니다.

작자 원진(779~831)도 그러한 신념 아래 60년 전쟁으로 고통 받는 농민들의 애환을 그린 〈전가사田家詞〉와 고객을 속이고 폭리를 취하는 상인을 고발한 〈고객악估客惡〉을 비롯한 수많은 풍자시를 남겼습니다.

● 이하

한나라 궁궐을 지나며

經漢殿
경한전

새벽 국화에 맺힌 눈물방울 같은 찬 이슬	曉菊泣寒露 효국읍한로
둥글부채에서 이는 바람처럼 슬프구나.	似悲團扇風 사비단선풍
서늘한 가을 한나라 궁전을 지나가니	秋凉經漢殿 추량경한전
반첩녀가 시들은 꽃처럼 눈물짓고 있네.	班子泣衰紅 반자읍쇠홍
아예 황제의 수레 타길 사양하지 않았다면	本無辭輦意 본무사련의
어찌 빈 궁에 갇히는 신세가 되었겠는가.	豈見入空宮 기견입공궁
허리 치마끈에 찼던 진주구슬은 끊어지고	腰裙佩珠斷 요군패주단
종이 재만 솔 그늘에서 나비처럼 날리네.	灰蝶生陰松 회접생음송

이 시는 당나라 종실의 후예인 이하(790~816)가 한나라 성제(제11대 황제)의 후궁 반첩녀가 갇혔던 장신궁을 지나며 읊은 시입니다.

성제는 반첩녀를 너무 총애하여 큰 연(輦: 황제가 타는 수레)을 만들어 행차할 때 그녀를 옆자리에 태우고 다니려고 했습니다. 그러자 반첩녀는 “옛날 현명한 군주는 외출할 때 명신을 옆자리에 앉히고 다녔습니다. 폐하께서 소첩과 함께 나란히 연을 타고 외출하신다면 폐하의 덕망과 명성에 누를 끼치게 될까 두렵습니다”라며 사양하였습니다.

반첩녀는 성제의 총애를 받았지만 결코 본분을 망각하지 않았고 검소하고 겸손하게 생활하였습니다. 그런데 어느 날 궁에 조비연 자매가 들어오면서 성제는 조비연 자매와 주색놀음에 빠져 황후를 폐위하고 반첩녀를 장신궁에 가두었습니다. 그리고 조비연 자매는 낭창거리는 몸매로 성제의 총애를 독차지한 채 갖은 패악을 부리다가 10년 후 성제가 죽자 궁궐에서 쫓겨나 굶어 죽었습니다.

작자는 서늘한 가을날, 반첩녀의 혼이 시들은 꽃처럼 눈물짓고 있는 한나라 궁전 앞을 지나가며, 새벽에 핀 국화꽃잎 위에 눈물방울처럼 맺혀 있는 찬이슬과 둥글부채에서 일어나는 바람에 슬퍼합니다. 작자는 반첩녀가 황제와 함께 수레 타길 사양하지 않았다면 장신궁에 갇히지 않았을 것이고 치마끈에 찬 진주구슬도 끊어지지 않았을 것이라 생각하니 마음이 애통해집니다. 그래서 소나무 그늘 아래서 종이를 태워 날리며 반첩녀의 혼을 위로합니다.

송악산에서

松山
송 산

송산을 둘러싸고 실개천이 휘도는데	松山繚繞水縈回 송 산 료 요 수 형 회
즐비한 붉은 대문들은 이끼만 짙푸르네.	多少朱門盡綠苔 다 소 주 문 진 록 태
다만 봄바람이 비를 몰아쳐 지나가니	唯有東風吹雨過 유 유 동 풍 취 우 과
성 곳곳에는 살구꽃이 활짝 피었네.	城南城北杏花開 성 남 성 북 행 화 개

작자는 멸망한 고려의 도읍지 개성을 찾았습니다. 실개천이 송악산을 휘돌아 흐르는 곳에 즐비하게 늘어선 고려시대 권문세족들의 고래등 같은 집의 붉은 대문엔 이제 이끼만 짙푸릅니다. 고려의 권문세족들은 나라의 기둥과 대들보와 서까래를 갉아먹는 좀벌레들이었습니다. 나라야 망하든 말든 오로지 개인의 영달을 위해 온갖 부정과 비리를 저지르던 그들은 조선의 개국과 함께 모두 몰락하고 말았습니다. 작자는 새 왕조 조선이 개국되어 봄바람에 비가 몰아치듯 고려의 권문세족들을 몰아내고 나니 백성들의 희망이 개성 곳곳에서 살구꽃처럼 활짝 피어나고 있다고 노래합니다.

변중량(?~1398)은 고려 말 조선 초의 문신이며 태조 이성계의 형 이원계의 사위입니다. 그는 조선이 개국된 뒤 우부승지에 올랐으나 제1차 왕자의 난 때 정도전 일파로 몰려 참살되었습니다.

저물녘 송도 문루를 지나며

暮過松都門樓
모과송도문루

● 이만배

쓸쓸한 연기는 옛 성곽을 두르고	寒煙繞舊郭 한연요구곽
초승달은 텅 빈 누각을 비추네.	新月入處樓 신월입처루
말을 멈추고 가을 풀에 마음 아파하는데	駐馬傷秋草 주마상추초
물은 흥망에 개의치 않고 절로 흐르네.	興亡水自流 흥망수자류
눈 위의 달빛은 전 왕조의 빛이요	雪月前朝色 설월전조색
차가운 종소리는 옛 나라 소리이네.	寒鐘故國聲 한종고국성
남쪽 누각은 시름겹게 홀로 서 있고	南樓愁獨立 남루수독립
남은 성 안엔 저녁연기 피어나네.	殘郭暮煙生 잔곽모연생

작자는 저물녘에 송도 문루를 지나다 말을 멈추고서 쓸쓸한 연기가 옛 성곽을 두르고, 초승달이 텅 빈 누각을 비추며, 가을 풀이 시들어 가는 쇠락한 고려의 도읍지를 바라보며 마음 아파합니다. 또 작자는 시름겹게 홀로 서 있는 남쪽 누각에 올라서서 인간 세상의 흥망성쇠와는 무관하게 한결같이 흐르는 물을 바라보며, 전 왕조의 흔적은 눈 위의 달빛에나 남아 있고, 옛 나라의 소리는 차가운 종소리에서나 들을 수 있음에 인간사 무상함을 뼈저리게 느낍니다.

고려도 망하기 전에 새롭게 태어나려는 몸부림이 없었던 것이 아닙니다. 공민왕은 신돈(?~1371)를 중용하여 권문세족들이 백성들로부터 빼앗은 토지를 돌려주고, 권세가의 강압에 의해 노비가 된 백성들을 풀어주려는 개혁정책을 펼쳤습니다. 그러나 권문세족들은 개혁에 강력히 반발하였고, 그들은 왕과 신돈 사이를 이간질해 신돈을 죽였으며, 설상가상 홍건적이 송도까지 쳐들어오자 왕이 안동으로 피난 가는 혼란 속에서 개혁은 흐지부지되었습니다. 그 후 송도로 돌아온 공민왕은 신하의 손에 시해되었으며 이로써 개혁은 완전히 물 건너가고 고려는 급속히 패망의 길로 내달았습니다.

백마강 회고 | 白馬江懷古 백마강회고

백마강 물결 소리 만고의 수심이라	白馬波聲萬古愁 백마파성만고수
사나이 흘러내리는 눈물 감당할 수 없네.	男兒到此涕堪流 남아도차체감류
처음에는 '위국산하'가 보배라고 하더니	始誇魏國山河寶 시과위국산하보
결국은 '오강자제'의 수치를 당했구나.	終作烏江子弟羞 종작오강자제수
해는 무너진 성가퀴 위로 지고 까마귀 우는데	廢堞有鴉啼落日 폐첩유아제낙일
늦가을 황량한 누대엔 춤추는 기녀도 없네.	荒臺無妓舞殘秋 황대무기무잔추
삼국을 할거하던 영웅들 다 사라지고	分三割據英雄盡 분삼할거영웅진
서풍에 손님 떠나보내는 작은 배만 보이네.	但看西風送客舟 단간서풍송객주

작자는 백마강 물결 소리가 만고의 수심이라 흘러내리는 눈물을 감당할 수 없습니다. 작자는 중국 춘추전국시대 위나라의 무후가 서강을 건너가며 주변의 험준한 산하를 보고 천연요새로서 나라를 지킬 보배라고 하였듯이 백제 성왕도 삼 면이 백마강으로 둘러싸여 있고, 깎아지른 절벽의 부소산이 있는 사비(지금의 부여)를 나라를 지킬 천연의 요새로 여기고 웅진(지금의 공주)에서 이곳으로 천도하였으나, 항우가 오강에서 패배의 수치를 이기지 못하고 자결하였듯이 백제도 이곳을 지키지 못하고 패망한 것을 슬퍼합니다.

또한, 작자는 무너진 성가퀴 위로 해가 지고 까마귀들이 소란스럽게 우짖는 늦가을 그 많던 삼천궁녀는 다 어디로 갔는지 누대엔 춤추는 기녀 한 명 없고, 삼국을 할거하던 백제의 영웅들도 다 사라지고 보이는 것이라고는 서풍에 손님 떠나보내는 작은 배뿐이라고 합니다.

처능(1617~1680)은 조선 후기의 승려이자 보기 드문 문장가로 쌍계사에서 득도하였습니다. 그는 현종이 척불정책을 펼치자 상소를 올려 그 부당성을 적극적으로 항변하며 호불護佛에 앞장섰습니다.

황학루에 올라	黃鶴樓 황 학 루
옛 사람들 황학 타고 이미 떠나 버려	昔人已乘黃鶴去 석 인 이 승 황 학 거
이 땅에 부질없이 황학루만 남았구나.	此地空餘黃鶴樓 차 지 공 여 황 학 루
황학은 한번 떠나 다시 오지 않고	黃鶴一去不復返 황 학 일 거 불 부 반
흰 구름은 천년을 유유히 떠도누나.	白雲千載空悠悠 백 운 천 재 공 유 유
맑은 개울 건너 한양의 숲 또렷하고	晴川歷歷漢陽樹 청 천 력 력 한 양 수
향기 풀 앵무새 섬에 우북이 자랐구나.	芳草萋萋鸚鵡洲 방 초 처 처 앵 무 주
날은 저무는데 고향이 어디던고?	日暮鄕關何處是 일 모 향 관 하 처 시
안개 낀 수면 위로 시름이 뜨는구나.	煙波江上使人愁 연 파 강 상 사 인 수

● 최호

황학루는 중국 호북성 무한시武漢市 장강長江 가 황학산에 있는 누각으로 호남성의 악양루, 강서성의 등왕각과 더불어 강남의 3대 이름난 누각이며, 황학루라고 이름한 유래는 이렇습니다.

'황학루가 있는 근처에서 신씨라는 사람이 주막을 운영하고 있었다. 어느 날 선인仙人이 지나다가 그 주막에 들려 벽에다 황학 한 마리를 그렸는데 꼭 살아서 춤을 추듯 생동감이 넘치고 아름다웠다. 이 사실이 소문나자 황학 그림을 보려고 오는 사람들로 주막이 번창하였다. 그로부터 10년이 지난 뒤 황학을 그린 선인이 다시 나타나 그림 속의 황학을 타고 구름 위로 날아가 버렸다. 그러자 신씨는 그 주막 자리에 황학과 선인을 기념하는 황학루를 지었다.'

작자는 전해오는 이 이야기를 바탕으로 시를 썼습니다. 작자는 이 시에서 번창하던 인생의 황금기도 지나가기 마련이며, 한번 지나간 황금기는 다시 오기 어렵다는 것을 말하고 있습니다.

이백도 읽고 감탄했다는 이 시는 당시唐詩 중에서 제일로 꼽힙니다. 작자 최호(381~450)는 중국 북위(남만주에서 몽골지방에 걸쳐 살았던 유목민족인 선비족이 세운 나라)의 관료였습니다. 그는 한인 명문가 출신으로 고위직에 있었는데 한인이란 자부심이 대단히 강했습니다. 그는 태무제가 국사편찬의 책임을 맡기자 한인은 중화라며 숭상하고 주변 민족은 오랑캐라며 멸시하는 역사서를 편찬하였습니다. 그러자 이를 보고 분개한 태무제가 그를 주살하였습니다.

부벽루에 올라 浮碧樓
부 벽 루

지난번 영명사를 지나다가	昨過永明寺 작 과 영 명 사
잠시 부벽루에 올랐었네.	暫登浮碧樓 잠 등 부 벽 루
텅 빈 성엔 조각달 하나 걸려 있고	城空月一片 성 공 월 일 편
바위는 천년 구름 속에 늙었네.	石老雲千秋 석 노 운 천 추
기린 말은 떠나간 채 돌아오지 않는데	麟馬去不返 인 마 거 불 반
천손은 어느 곳에 노닐고 있는가?	天孫何處遊 천 손 하 처 유
길게 휘파람 불며 돌계단에 기대니	長嘯依風磴 장 소 의 풍 등
산은 푸르고 강물은 절로 흐르네.	山青江自流 산 청 강 자 류

이색(1328~1396)은 20세에 원나라로 가서 국자감 생원이 되어 공부하던 중 23세 되던 해 부친상을 당하자 귀국하였는데, 이 시는 귀국길에 평양 금수산 영명사(부벽루 서편 기린굴 위쪽에 자리 잡고 있음)를 지나다가 잠시 부벽루에 올랐을 때 쓴 것입니다.

작자는 조각달 하나 외롭게 걸려 있는 텅 빈 성에서 비바람과 서리에 시달린 바위가 금이 간 채 천년을 흘러가는 구름 속에서 늙어 가는 것을 바라봅니다. 작자는 고구려의 시조 동명성왕 주몽이 타고 떠난 기린마와 천손天孫 동명성왕은 어느 곳에 가서 노닐고 있기에 아직까지도 돌아오지 않을까 애달파하며 돌계단에 기대어 길게 휘파람을 붑니다. 그런데 자신의 이런 마음을 아는지 모르는지 산은 마냥 푸르기

만 하고 강물은 쉬지 않고 흘러가고 있습니다.

이색은 위화도에서 회군한 이성계가 우왕을 쫓아내자 조민수와 함께 창왕을 옹립해 이성계 일파의 세력 확대를 견제했습니다. 그러나 이성계 일파가 다시 실권을 잡게 되자 유배되어 장산, 함창 등지를 전전하였으며, 정몽주가 선죽교에서 피살되자 다시 금주(서울 금천), 여흥(경기 여주), 장흥 등지로 유배지를 옮겨 다녔습니다. 그러던 중 왕이 된 이성계가 그를 한산백에 봉하였습니다. 그러나 그는 나가지 않고 여흥으로 돌아가던 길에 쓸쓸히 객사하였습니다.

힘은 산을 뽑고

力拔山
역 발 산

힘은 산을 뽑고 기운은 세상을 덮어도	力拔山兮氣蓋世 역 발 산 혜 기 개 세
때 불리하니 오추마도 달리지 않는구나.	時不利兮騅不逝 시 불 리 혜 추 불 서
오추마가 달리지 않으니 어찌해야 할꼬.	騅不逝兮可奈何 추 불 서 혜 가 내 하
우여, 우여, 그대를 어찌 해야 할꼬.	虞兮虞兮奈若何 우 혜 우 혜 내 약 하

항우는 할아버지 향연이 초나라의 대장군을 지낼 정도로 이름난 집안이란 자부심과 자신이 제일이라는 교만심이 강하여 남을 천대하고 멸시하였습니다. 그 대표적인 예가 제발로 그의 휘하로 찾아든 한신을 빈천한 출신이라고 천대하고 멸시하여 한신이 자신을 떠나 유방에게 가도록 한 것입니다.

또한 항우는 병력이 많은 것과 자신의 용맹만 믿고 유방을 가볍게 보았습니다. 항우와 유방은 진나라 수도 함양을 함락하기 위해 거의 동시에 출병하였지만 항우는 함양이 있는 동쪽으로 곧바로 진군하다가 진나라 주력군과 마주쳐 결전을 벌였습니다. 그 사이에 유방은 진나라의 방비가 소홀한 남쪽으로 우회하여 항우보다 먼저 함양을 점령했습니다. 뒤늦게 함양 근처에 도착해 이 사실을 알게 된 항우는 격분하여 유방의 군대가 지키는 함곡관을 깨뜨리고 들어와 홍문의 산자락에 진을 치고 유방을 공격하려고 하였습니다. 위험을 느낀 유방은 장량과 호위장수 번쾌 등 100여 기만 대동하고 홍문으로 나와 항우 앞에 엎드려 사과하였고, 항우는 사과를 받아들인 뒤 위로의 연회를 베풀었습니다.

연회가 무르익자 항우의 참모 범증이 유방을 죽이라고 세 번이나 항우에게 눈짓을 보냈지만 항우는 범증의 눈짓을 묵살했습니다. 다급해진 범증이 밖으로 나와 연회장 앞에서 보초를 서고 있던 항장에게 연회장에 들어가 유방을 죽이라고 명하자 항장은 큰 칼을 들고 연회장에 들어가 유흥을 돋우는 칼춤을 추며 유방을 죽일 기회를 엿보았습니다. 그러자 사태가 위급함을 눈치챈 유방의 참모 장량이 번쾌를 내보내 유방을 호위하게 하는 한편 유방에게 피신하도록 눈짓을 보냈고, 유방은 항우에게 뒷간에 간다는 핑계를 대고 연회장을 빠져나와 뒤도 돌아보지 않고 본진으로 돌아갔습니다.

이날 범증의 건의를 듣지 않고 유방을 살려 보낸 대가로 훗날 항우는 해하의 전투에서 한신이 지휘하는 군대에 3중으로 포위되어 대패하였습니다. 항우는 사방에서 들려오는 초나라 노랫소리 속에서 범증의 말을 듣지 않은 것을 뼈저리게 후회하며 이 시를 남기고 애첩 우미인과 함께 자결했습니다.(여기서 사면초가란 말이 유래)

항우는 자존심(남 앞에서 자신의 위신을 세우려는 마음) 때문에 망했고, 한신은 자존감(자기 자신을 소중히 여기는 마음: 한신은 젊은 날 동네 건달의 가랑이 밑으로 기어나가는 굴욕을 당하면서도 건달 하나 죽여 평생 살인자로 쫓기는 것을 피하고 자신의 탁월한 역량을 발휘할 때를 기다림) 때문에 유방의 인정을 받고 대장군이 되어 천하통일의 주역이 될 수 있었습니다.

7장

대붕이 날아 온 세상에

꿈만 큰 사람은 불행해지고, 꿈이 없는 사람은 불쌍해집니다. 그러므로 사람은 큰 꿈을 품어야 하고 품은 꿈은 이루어지도록 노력해야 합니다.

세속적인 출세는 큰 꿈이 아닙니다. 큰 꿈은 세상을 더 나은 방향으로 바꾸는 것입니다. 그리고 그런 큰 꿈을 이루려면 정의감에 의해서 배양되어 하늘과 땅에 가득히 차오르는 호연지기를 가져야 합니다. 그러므로 부단히 자신을 닦아 의義와 도道에 부합한 호연지기를 길러 나가야지 그렇지 않으면 호연지기가 시들어 버려 삶에 활력이 없어집니다. 특히 군인에게는 호연지기가 필수적입니다. 충무공 이순신 장군을 비롯한 고금의 명장들은 모두 넘치는 호연지기를 가졌습니다. 그래서 그 뜻이 웅혼하고, 삶이 청렴하며, 대의를 거스르지 않음으로써 왕 앞에서도 주눅 들지 않고 당당할 수 있었습니다.

의가 없는 용기는 도둑의 용기입니다. 의가 없이 용기만 있는 무장武將은 무력으로 권력을 탈취하는 큰 도둑, 즉 역적이 될 가능성이 농후합니다.

오노봉을 꺾어

五老峰
오 노 봉

● 이백

오노봉을 꺾어서 붓으로 삼고	五老峰爲筆 오 노 봉 위 필
삼상 강물로 벼룻물을 만들어	三湘作硯池 삼 상 작 연 지
푸른 하늘을 종이로 펼친 그 위에	靑天一張紙 청 천 일 장 지
내 마음속 시를 맘껏 써보리라.	寫我腹中詩 사 아 복 중 시

이백은 정치적 야망이 컸으나 현실에서는 그것을 이루지 못했습니다. 그래서 그의 시는 비현실적이며 이상에 대한 동경이 주를 이루고 있습니다. 따라서 그의 시풍은 호방하고 호탕하며 표일飄逸하였는데, 이 시에 그런 경향이 특히 잘 나타나 있습니다.

작자는 오노봉(중국 강서성 구강시 여산에 있는 산봉우리 이름으로 다섯 노인이 나란히 서 있는 듯 뾰쪽뾰쪽 솟아 있음)을 꺾어 붓으로 삼고 삼상(중국 남부의 양자강, 상강, 원강) 강물로 벼룻물을 만들어 무한 푸른 하늘을 종이로 펼쳐 놓은 그 위에 마음속 시를 맘껏 써 보겠다고 합니다.

대붕이 날아 臨路歌 임로가

대붕이 날아 온 세상에 떨치다가	大鵬飛兮振八裔 대붕비혜진팔예
하늘 가운데서 꺾여 힘이 부치도다.	中天摧兮力不在 중천최혜력부재
남은 바람이야 만세를 몰아쳐 불겠지만	餘風激兮萬世 여풍격혜만세
부상에서 놀다가 왼 날개 걸렸어라.	游扶桑兮掛左袂 유부상혜괘좌몌
후세에 누군가 이 시를 얻어 전하여도	後人得之傳此 후인득지전차
공자가 없으니 누가 눈물 흘려 주리.	仲尼亡兮誰爲出涕 중니망혜수위출체

작자는 대붕처럼 날아 온 세상을 떨치다가 하늘 가운데서 힘이 부친다고 합니다. 또 하늘에 남은 바람이야 만세를 몰아쳐 불겠지만 자신은 부상扶桑(중국 전설에서 해가 뜨는 동쪽바다 속에 있다고 하는 상상의 나무)에서 놀다가 나뭇가지에 왼쪽 날개가 걸렸다고 합니다. 그리고 후세에 누군가 이 시를 얻어 전한다 해도 공자가 없으니 누가 자신이 품었던 웅대한 뜻을 알고 눈물 흘려 주겠느냐고 합니다.

이백은 세상을 무릉도원과 같은 이상향으로 바꾸어 보려는 큰 뜻을 품고 살았습니다. 그는 현종이 자신의 시를 높이 평가하여 장안으로 부르자 자신의 뜻을 펼 기회가 왔다고 기뻐하며 하늘을 우러러 크게 웃었습니다. 그런데 막상 학림학사가 되어 날마다 황제 옆에서 시를 지어 황제를 즐겁게 하는 일 따위나 하게 되자 너무나 실망하였고, 거기에다 자신에 대한 헐뜯음까지 심해지자 폭음을 하며 광기까지 부렸습니다.

그는 결국 벼슬살이에 적응하지 못하고 방랑길에 올라 일생 동안 떠돌이로 살며 시와 술에 빠졌습니다. 그러나 이상향을 이루고자 하는 그의 꿈은 꺼지지 않고 가슴속에서 계속 불타고 있었습니다.

그는 59세에 황제의 명으로 안녹산의 난을 평정 중이던 영왕의 막료가 되었는데, 영왕이 반역자로 지목되어 체포되자 그도 감옥에 갇혔다가 야랑(지금의 귀주)으로 유배를 가게 되었습니다. 그는 배를 타고 야랑으로 가던 중 백제성을 지날 무렵 사면되었다는 소식을 듣고 장안으로 되돌아갔습니다. 그러나 의탁할 곳이 없었던 그는 이양빙(이백의 당숙. 집현원학사 등을 지냈고, 문장과 시와 글씨에 능했음)을 찾아가 얹혀살며, 큰 뜻을 이루지 못한 좌절감에 폭음으로 나날을 보내다가 62세를 일기로 죽었습니다.

관작루에 올라

登鸛雀樓
등관작루

해는 뉘엿뉘엿 서산을 넘어가고	白日依山盡 백일의산진
황하는 넘실넘실 바다로 흘러드네.	黃河入海流 황하입해류
그대 세상 끝까지 보고 싶은가.	浴窮千里目 욕궁천리목
그럼 누각 한 층을 더 오르게.	更上一層樓 갱상일층루

온 세상을 내려다보고 싶으면 그런 자리에 올라가라고 격려하는 이 시는 중국 국가 주석 시진핑習近平이 애송하는 시입니다.

작자는 관작루(중국 산서성 영제시에 있음)에 올라 뉘엿뉘엿 서산으로 넘어가는 햇살 아래 꿈틀꿈틀 힘차게 바다로 흘러들어 가며 금빛으로 반짝이는 황하와 광활한 평야의 지평선 위에서 붉게 타오르는 노을을 바라보다가 문득 아득한 세상의 끝이 보고 싶어집니다. 그래서 작자는 누각의 한 층을 더 오르려고 합니다. 그런데 작자가 더 오르려는 그 한 층은 관작루에 있는 것이 아니고, 온 세상을 내려다볼 수 있는 자리에 오르려는 작자의 마음속에 있습니다.

작자 왕지환(688~742)은 호방한 성격의 소유자로 언제나 칼을 차고 다녔으며, 모함을 받자 격분하여 벼슬을 버린 뒤 15년 동안 황하를 남북으로 유랑하였는데, 이 시는 그때 쓴 것입니다.

비로봉에 올라

登毘盧峰
등비로봉

이이

지팡이 끌고 높고 험한 곳에 이르니 — 曳杖陟崔嵬 예장척최외
몰아치는 바람 사방에서 불어오네. — 長風四面來 장풍사면래
새파란 하늘은 머리 위의 모자이고 — 靑天頭上帽 청천두상모
짙푸른 바다는 손안에 든 술잔이네. — 碧海掌中杯 벽해장중배

비로봉은 금강산의 주봉(1639m)입니다. 작자는 지팡이를 끌고 높고 험준한 비로봉에 올랐습니다. 몰아치는 바람이 사방에서 불어오는데, 눈을 들어 바라보니 외금강엔 웅장하고 장엄한 바위들이 늘어서 있고, 내금강엔 부드럽게 굽이치는 계곡들마다 푸른 물줄기가 유유히 흐르고 있습니다. 그리고 동쪽으로 눈을 돌리니 해금강과 동해의 쪽빛 물결이 아득하게 펼쳐져 있습니다. 작자는 가슴속에서 솟구쳐 오르는 호연지기를 느끼며 외칩니다. '파랗게 맑은 하늘은 머리 위의 모자이고, 짙푸른 바다는 손안에 든 술잔'이라고.

작자는 이런 웅대한 기상을 가슴에 품고 살았기에 자신의 신상에 미칠 유불리有不利를 따지지 않고 오로지 나라를 위해 시무육조時務六條와 십만양병설 같은 개혁안을 주장할 수 있었던 것입니다.

조성하

동구암에서 일출을 보며 東龜巖觀日出
동구암관일출

수평선이 버쩍 힘쓰며 새벽빛 바구니를 들자 連天贔屭曙光籠
연천비희서광롱

용왕의 궁궐에서 만상이 갑자기 튀어 오르네. 羣象奔騰海若宮
군상분등해약궁

물결 넘실대는 파도는 삼만 리에 일고 盪漾波濤三萬里
탕양파도삼만리

채운은 둥글고 붉은 불덩이를 밀어 올리네. 彩雲擎上一團紅
채운경상일단홍

이 시는 신정왕후(세자 때 죽은 익종의 비로 아들 현종이 즉위하자 대왕대비가 됨)의 조카인 조성하(1845~1881)가 동구암(강원도 고성군 구읍리 삼일포에 있는 거북이처럼 생긴 두 개의 바위 중 동쪽에 있는 바위)에서 바라본 일출 광경을 장쾌한 필치로 묘사한 호연지기 넘치는 시입니다.

작자는 하늘과 바다가 맞닿은 수평선이 버쩍 힘을 쓰며 새벽빛이 담긴 대바구니를 번쩍 들어 올리자 만상萬象이 용왕의 궁궐에서 갑자기 튀어 올라오듯이 어둠속에서 드러난다고 합니다. 그리고 물결 넘실대는 파도는 3만 리에 걸쳐서 일어나고, 빛 고운 구름은 둥글고 시뻘건 불덩이를 하늘 높이 떠밀어 올린다고 합니다.

백운봉에 올라서 / 登白雲峰 (등백운봉)

담쟁이줄 휘어잡고 푸른 봉우리 올라서니	引手攀蘿上碧峰 인수반라상벽봉
한 암자가 흰 구름 속에 높다랗게 누워 있네.	一庵高臥白雲中 일암고와백운중
눈에 들어오는 지경이 다 내 땅이 될 양이면	若將眼界爲吾土 약장안계위오토
강남의 초나라 월나라인들 어찌 마다 하리.	楚越江南豈不容 초월강남기불용

작자는 서울 북쪽에 있는 삼각산의 가장 높은 봉우리인 백운봉에 올라서서 사방을 둘러봅니다. 그러자 아득히 먼 곳의 땅이 모두 눈 안으로 들어옵니다. 작자는 이렇게 눈에 들어오는 땅이 다 내 땅이 될 양이면 중국 강남의 월나라, 초나라 땅인들 내 땅이 되지 않겠느냐며 호기를 부립니다. 장수의 기개가 넘쳐납니다.

이성계(1335~1408)는 이 시에서 드러낸 기개와는 달리 위화도에서 회군함으로써 고구려의 옛 강역을 회복할 기회를 잃게 하였습니다. 고려는 원나라 때 쌍성총관부가 있던 철령(중국 요녕성 안변일대의 땅) 이북의 땅을 공민왕 때 탈환하여 화주목을 설치하고 그 지역을 통치하였습니다. 그런데 명나라가 그 땅의 반환을 요구하자 우왕은 1388년 음력 4월 18일에 최영을 총사령관인 팔도도통사로 삼고, 조민수를 좌군도통사, 이성계를 우군도통사로 삼아 5만의 대군을 이끌고 출정하게 하였습니다. 출정한 지 19일 만에 압록강의 위화도에 도착한 출정군은 장마로 물이 불어 강을 건널 수 없다며 14일간 위화도에 머물면서 조정에 '작은 나라로 큰 나라를 칠 수 없다'며 철병을 요구하였습니다. 그러나 우왕과 최영이 철병을 허락하지 않자 이성계는 조민수와 모의하여 군대를 돌려 개경으로 진격, 우왕과 최영을 사로잡고 정권을 장악하였습니다.

이성계가 위화도에서 회군하여 고려의 온건개혁세력을 뒤엎는 구데타를 일으키도록 종용한 인물은 급진개혁파였던 정도전입니다. 만약 이성계가 위화도에서 회군하지 않고 철령 이북의 땅을 점령한 뒤 개경으로 돌아와 부패한 고려를 대신할 새 왕조를 세웠더라면 광활한 국토를 가진 강성한 민족국가로 발전할 수 있지 않았겠습니까.

동문교장에서 東門教場
동 문 교 장

북소리 둥둥 요란하게 지축을 울리고 鐘鼓轟轟動地
종 고 굉 굉 동 지

깃발은 힘차게 펄럭펄럭 하늘을 뒤덮었네. 旌旗旆旆連空
정 기 패 패 연 공

만 필 말이 움직여 돌아감 하나같으니 萬馬周旋如一
만 마 주 선 여 일

이를 휘몰아 가면 오랑캐를 쳐부수리라. 驅之可以卽戎
구 지 가 이 즉 융

작자는 북소리가 지축을 울리고 깃발이 하늘을 뒤덮은 가운데 한 필의 말이 움직이듯 만 필의 말이 일사불란하게 움직이는 것을 보며 이 정예군을 이끌고 북방 오랑캐를 쳐부술 다짐을 합니다.

조선이 건국되고 도읍이 서울로 옮겨진 뒤 정도전은 요동정벌의 기치를 내걸고 왕자들과 공신들이 소유한 사병私兵을 혁파해 관군에 편입시키는 한편 전군에 진법훈련을 명하였는데, 이 시는 동문교장으로 나가 진법훈련 하는 부대를 사열한 뒤에 쓴 것입니다.

정도전은 이성계가 위화도에서 회군하는 바람에 철령 이북의 땅을 우리 땅으로 복속시키지 못한 것이 아쉬웠습니다. 그래서 요동정벌 계획을 세우고 그 준비를 하던 중 이방원이 일으킨 제1차 왕자의 난(세자 방번과 그 추종세력을 제거한 사건) 때 죽임을 당했는데, 그가 이성계에게 위화도회군을 종용한 지 꼭 10년째 되던 해였습니다.

북방정벌 北征 (북정)

백두산 돌은 칼을 갈아 다 없애고	白頭山石磨刀盡 (백두산석마도진)
두만강 물은 말을 먹여 다 없애리.	豆滿江水飮馬無 (두만강수음마무)
사나이 스물에 나라를 평안케 못한다면	男兒二十未平國 (남아이십미평국)
후세에 그 누가 대장부라 하리오.	後世誰稱大丈夫 (후세수칭대장부)

이 시는 남이 장군(1441~1468)이 함길도에서 일어난 이시애의 난을 평정한 뒤에 쓴 것으로 무장의 호방한 기질과 나라를 안정시키려는 뜨거운 충정이 잘 드러나 있습니다. 야사에는 간신 유자광이 이 시 '미평국未平國'이란 구절을 '미득국未得國'으로 변조해 남이가 역모를 꾸민다고 고변함으로써 남이를 죽음으로 몰아 넣었다고 전합니다.

남이는 할머니가 태종의 넷째 딸 정선공주이며, 장인이 정난일등공신(단종 1년 세조가 김종서 등 원로대신과 안평대군을 제거할 때 공을 세운 자들에게 내린 칭호)이자 좌익일등공신(세조가 단종을 폐위하고 왕위에 오르게 하는 데 공을 세운 자들에게 준 칭호)인 권람으로 명문가 출신입니다.

남이는 16세에 무과에 급제하였으며, 이시애의 반란 진압에 참전하여 북청전투에서 관군의 승리를 이끌어냄으로써 정4품 행호군에 임명되었습니다. 이어 북방 국경에서 여진족 우두머리 이만주를 사살하는 공을 세워 적개일등공신에 공조판서가 되었고, 곧이어 병조판서가 되었는데 그때 나이 불과 27세였습니다.

그런데 이 시기의 정국은 한명회, 신숙주 등이 중심이 된 훈구대신 세력과 구성군 이준(세조의 동생 임영대군의 아들. 남이와 동갑으로 영의정이었음), 남이 등이 중심이 된 신진 세력 간의 알력과 갈등이 심했습니다. 그러던 중 세조가 죽고 예종이 즉위하자 훈구대신 세력이 권력을 잡았고 남이는 병조판서에서 겸사복장으로 강등되었습니다. 이때 남이와 함께 숙직을 선 병조참지 유자광이 남이가 떨어지는 혜성을 보고 묵은 것을 없애고 새것이 나타날 징조라고 했다며 왕에게 고변하자, 훈구 세력은 기다렸다는 듯이 남이를 역적으로 몰아세웠고, 예종은 남이를 비롯한 그의 추종세력을 네 마리의 말에 팔다리를 묶어서 찢어 죽이는 참혹한 거열형에 처하였습니다.

나 또한 대장부 偶咏
우 영

석 자의 용천검에 만 권의 서책 三尺龍泉萬卷書
삼 척 용 천 만 권 서

하늘이 나를 낸 그 뜻이 어떠한가. 皇天生我意何如
황 천 생 아 의 하 여

산동의 재상과 산서의 장군들 山東宰相山西將
산 동 재 상 산 서 장

저들도 장부지만 나 또한 장부일세. 彼丈夫兮我丈夫
피 장 부 혜 아 장 부

이 시는 임경업(1594~1646) 장군이 문무를 겸비한 장수로서의 자부심을 한껏 드러낸 작품입니다. 그는 인조 2년에 일어난 이괄의 난을 평정하는 데 큰 공을 세웠고, 병자호란 때는 백마산성(평안북도 의주군에 있음)을 굳게 지킴으로써 청군의 진격속도를 둔화시켰으며, 청나라 태종의 조카가 정예군을 이끌고 본국으로 돌아갈 땐 압록강에서 이들을 무찌르고 포로로 잡혀 가던 백성들을 구출하기도 하였습니다.

그러나 인조가 청나라와 굴욕적인 화의를 맺은 뒤 청나라는 명나라를 치는 데 필요한 병력과 물자를 보내라고 압박하였습니다. 이에 인조는 하는 수 없이 임경업을 지휘관으로 임명하여 병력 6천여 명과 식량 3만여 석, 다량의 화약과 무기를 가지고 청나라를 지원토록 하였습니다. 그때 왕은 임경업에게 명나라 군대와의 전투는 회피하라는 밀명을 내렸습니다. 임경업은 청나라 군대와 합류하여 작전을 벌였으나 교묘히 전투를 회피하다가 기회를 보아 도망쳐 귀국하였습니다. 이를 안 청나라는 임경업을 체포해 심양으로 압송하라고 요구했고, 조정에선 어쩔 수 없이 임경업을 체포해 심양으로 보냈습니다. 그런데 압송되어 가던 임경업은 황해도에서 야밤에 도망쳤습니다. 이 때문에 더욱 화가 난 청나라는 임경업의 처와 가족을 심양으로 보내도록 했고, 임경업의 처는 심양 감옥에서 자결하였습니다.

한편, 달아난 임경업은 명나라로 가 명나라 군대의 장수가 되어 조선이 청나라에 당한 치욕을 씻으려 했으나 얼마 안 있어 명나라가 망하자 다시 청나라 군대에 붙잡히고 말았습니다. 그때 청나라의 섭정이던 예친왕은 임경업의 문제를 불문에 붙이려고 하였으나 청나라에 빌붙어 무소불위의 권세를 누리던 김자점(성삼문 등과 함께 단종복위를 모의했다가 동지들을 고변한 배신자 김질의 후손으로 청나라를 등에 업고 권력을 독점 공포정치를 폈음. 그는 또 인조가 죽고 효종이 즉위하여 영의정에서 해임되자 이에 앙심을 품고 효종의 북벌계획을 청나라에 밀고하였고, 그의 아들은 효종을 제거할 역모를 꾸몄는데, 그것이 발각되는 바람에 전 가족이 몰살당함)의 청에 의하여 본국으로 송환되었습니다. 김자점은 송환된 임경업에게 심기원사건(인조 22년에 남한산성 수어사 심기원이 회은군 이덕인을 왕으로 추대하려다가 발각되어 처형된 사건)에 연루된 혐의를 덮어씌워 국문하였으며, 임경업은 형리刑吏의 극심한 매질을 견디지 못하고 53세를 일기로 한 많은 생을 마감하였습니다.

함길도절제사를 위하여

爲咸吉道節制使作
위함길도절제사작

장군 깃발 높이 들고 변방 오랑캐 진압하니 將軍持節鎭戎邊
장군지절진융변
변방의 먼지가 개고 장졸들은 편히 자네. 沙塞塵晴士卒眠
사새진청사졸면
준마 오천 필은 버드나무 아래서 울고 駿馬五千嘶柳下
준마오천시류하
사냥매 삼백 마리는 누대 앞에 앉아 있네. 豪鷹三百坐樓前
호응삼백좌루전

작자는 깃발 높이 들고 변방 오랑캐를 진압함으로써 말과 병사들이 내달리며 일으키던 먼지가 개고, 장졸들이 편히 잠들 수 있는 평화를 얻은 것이 흐뭇합니다. 그리고 준마 오천 필이 버드나무 아래서 울고, 사냥매 삼백 마리가 누대 앞에 앉아 있는 장관을 바라보니 어떤 적과 싸워도 승리할 수 있다는 자신감이 솟구칩니다.

유응부(?~1456)는 사육신의 한 사람입니다. 그는 기골이 장대하고 무예에 능하였으며, 고위직에 있었으나 끼니를 걱정할 만큼 청빈하게 살았습니다. 그는 성삼문, 박팽년 등과 단종복위를 결의하고, 명나라 사신을 초대하는 연회장에서 성승(성삼문 아버지)과 함께 별운검(別雲劍: 운검을 차고 임금 좌우에서 호위하는 임시벼슬)을 맡아 세조를 죽이기로 하였습니다. 그러나 연회장의 별운검이 취소되는 바람에 뜻을 이루지 못하였고, 동지 김질의 배반으로 죽임을 당하였습니다.

8장

매화는 향기를 팔지 않고

지조란 어떤 경우에라도 양심에 어긋나는 일을 하지 않는 것이며, 의리란 불의와 야합하지 않고 오로지 바른 도리를 따르는 것을 말합니다.

세상에는 지조를 지켜 죽은 후에도 아름다운 이름을 남긴 사람이 있는가 하면 부귀영화를 탐해 지조를 굽히고 권력자의 주구走狗가 되어 살다가 간 사람도 있습니다. 지조를 지키다 죽은 사람은 비록 육신은 사라졌지만 그 정신은 영원히 살아 있으며, 지조를 팔고 사는 사람은 비록 육신은 살아 있지만 그 영혼은 이미 죽었으니 살아 있는 송장에 불과한 것입니다.

군대생활을 통해 경험한 바에 의하면 눈에 보이는 충성을 하는 자는 충성 대상의 힘이 빠지면 맨 먼저 배신하였습니다. 또 그런 자는 자신이 저지르는 불의에 부하가 동참하지 않을 경우 그 부하를 배신자로 매도하였습니다. 오늘 우리나라 정치권에선 지조와 의리를 지키는 정치인이 얼마나 될까요.

매화는 향기를 팔지 않고 梅香
매 향

오동나무는 천 년을 늙어도 곡조를 간직하고 桐千年老恒藏曲
동 천 년 노 항 장 곡

매화는 일생 춥게 지내도 향기를 팔지 않네. 梅一生寒不賣香
매 일 생 한 불 매 향

달은 천 번을 이지러져도 본질을 잃지 않고 月到千虧餘本質
월 도 천 휴 여 본 질

버들가지는 백 번 꺾여도 새 가지가 돋아나네. 柳經百別又新枝
유 경 백 별 우 신 지

작자는 아무리 오랜 세월이 흘러도 곡조를 잃지 않는 오동나무와 일생을 춥게 살아도 향기를 팔지 않는 매화, 천 번을 이지러져도 본질을 잃지 않는 달과 백 번을 꺾여도 새로운 가지가 돋아나는 버들의 굳센 절개를 예찬하며 지조 있는 삶을 살 것을 다짐합니다.

작자 신흠(1566~1628)은 집권세력인 동인에게 배척받았으나 뛰어난 문장력과 정주학에 정통하여 선조의 신임이 두터웠으며, 선조는 임종 시 그에게 영창대군을 잘 보필하도록 유언하였습니다. 그 때문에 계축옥사(광해군을 지지하던 대북파가 영창대군을 지지하던 소북파를 몰아낸 뒤 영창대군을 강화도로 유배시켰다가 죽인 사건)) 때 춘천에 유배되었으나, 인조반정으로 광해군이 쫓겨나자 우의정에 올랐고 정묘호란 땐 좌의정이 되었다가 영의정에까지 올랐습니다.

패랭이꽃 石竹花

석죽화

사람들은 붉은 모란꽃을 좋아하여	世愛牧丹紅 세 애 목 단 홍
동산에 가득히 심어서 기르지만	栽培滿園中 재 배 만 원 중
아느냐 황량한 들판 풀꽃 중에서도	誰知荒草野 수 지 황 초 야
예쁘고 아름다운 꽃떨기가 있음을.	亦有好花叢 역 유 호 화 총
빛깔은 시골 못물 속 달빛을 뚫고	色透村塘月 색 투 촌 당 월
향기는 언덕 위 나무 바람에 전하네.	香傳隴樹風 향 전 롱 수 풍
땅이 후미져 귀한 이들 오지 않아	地偏公子少 지 편 공 자 소
고운 자태를 늙은 농부에게 맡기네.	嬌態屬田翁 교 태 속 전 옹

이 시는 부귀와 영화를 탐해 자신의 빛깔과 향기(양심과 신념)를 버리지 말 것을 권유하는 시입니다. 작자는 남들이 알아주지는 않지만 빛깔은 시골 못물 속 달빛을 꿰뚫고, 향기는 언덕 위 나무 바람에 전하는 패랭이꽃의 삶을 찬탄합니다. 그리고 이런 패랭이꽃의 삶(양심과 신념을 지키며 사는 삶)이 겉모습만 화려한 모란꽃의 삶(양심과 신념을 저버리고 영화만을 좇는 삶)보다 훨씬 아름답다고 합니다.

작자 정습명(?~1151)은 고려시대 문신이며, 정몽주의 윗대 조상으로 뜻이 크고 기개가 드높았으며 문장에 뛰어나고 용모도 범상치 않았습니다. 정습명은 김부식, 최재 등과 인종에게 시폐십조時弊十條를 올릴 정도로 인종의 신임이 두터워 벼슬이 추밀원주지사에까지 올랐습니다.

인종은 임종 때 정습명에게 아들 의종을 바르게 인도하라는 유언을 남겼습니다. 정습명은 의종이 즉위하자 전왕의 유지를 받들어 의종의 잘못을 거침없이 간하다가 의종의 미움을 샀으며, 폐신嬖臣(임금에게 아첨하여 신임을 받은 신하)들까지 자신을 모함하자 음독 자결하였습니다. 이 시는 양심과 신념을 내팽개치고 권세만을 쫓는 폐신들을 향한 정습명의 분노에 찬 외침입니다.

절개를 굽히면 飮酒-2
음주

선을 쌓으면 복 받는다 하였으나	積善云有報 적 선 운 유 보
백이숙제는 수양산에서 굶어 죽었네.	夷叔在西山 이 숙 재 서 산
선악이 응보 되지 않는 것이라면	善惡苟不應 선 악 구 불 응
무슨 일로 빈 말을 내세웠을까?	何事空立言 하 사 공 립 언
구십 노인도 허리띠 동여매고 살거늘	九十行帶索 구 십 행 대 삭
항차 젊은이에게 굶주림과 추위 따위야!	飢寒況當年 기 한 황 당 년
곤궁하다고 꿋꿋한 절개 굽혀 버리면	不賴固窮節 불 뢰 고 궁 절
그 누가 먼 후세까지 이름을 전하랴.	百世當誰傳 백 세 당 수 전

이 시는 도잠(호: 연명)이 13년간의 벼슬살이를 스스로 끝내고 시골로 돌아와 전원생활을 할 때 쓴 음주시 20수 가운데 두 번째 수입니다. 도잠의 시는 사치스럽고 풍요로운 귀족생활을 노래한 궁중시와는 달리 가난한 백성들의 삶을 순수하고 진실하게 묘사하였고, 그래서 그의 시에서는 고결한 도덕성과 안빈낙도安貧樂道의 생활정취가 물씬 풍겨나는데, 그 때문에 그를 전원시인이라고 부릅니다.

작자는 선을 쌓으면 복을 받는다고 했는데 어째서 백이숙제는 수양산에서 굶어 죽었느냐고 묻습니다. 즉, 선을 쌓으면 복을 받는다는 말을 의심하는 사람이 많다는 뜻입니다. 또 선악이 응보 되지 않는 것이라면 무엇 때문에 인과응보라는 말이 생겼겠는가라고 묻습니다. 즉,

선을 쌓으면 반드시 복을 받고 악을 저지르면 반드시 화를 당하게 되는 인과응보의 법칙은 의심할 여지가 없다는 것입니다. 그리고 구십 노인인 작자 자신도 절개를 지키느라고 허리띠 동여매고 사는데 하물며 젊은 사람이 춥고 배고프다고 절개를 꺾어버리고 살면 어떻게 먼 후세까지 아름다운 이름을 전하겠느냐고 묻습니다.

불의가 만연해도 분연히 일어서는 젊은이가 없는 사회는 미래가 없습니다. 우월한 지위의 사람이 열세한 지위의 사람에게 횡포를 부려도 분노할 줄 모르는 사회는 희망이 없습니다.

난하사에서 灤河祠

란 하 사

그 해 말 고삐 붙잡고 감히 잘못 지적할 땐	當年叩馬敢言非 당 년 고 마 감 언 비
대의가 당당하여 해와 달처럼 빛났네.	大義堂堂日月輝 대 의 당 당 일 월 휘
초목도 주나라의 비와 이슬에 젖은 것이거늘	草木亦霑周雨露 초 목 역 점 주 우 로
부끄럽게도 그대들 수양산 고사리를 먹었네.	愧君猶食首陽薇 괴 군 유 식 수 양 미

이 시는 성삼문(1418~1456)이 문종 때 중국에 사신으로 가던 중 호북성 난하灤河 강가의 백이숙제 사당에 들렀을 때 쓴 것입니다.

백이(성명: 묵윤)와 숙제(성명: 묵지)는 고죽국의 첫째와 셋째 왕자였는데, 서로 왕위를 양보하다가 둘째에게 왕위를 넘겨주고 어진 사람으로 소문이 난 희창(제후들의 우두머리인 서백이었음)에게 의탁하려고 갔습니다. 그런데 희창이 죽고 그의 아들 희발(주나라를 세운 무왕)이 상나라 폭군 주왕을 치려고 출병 중이었습니다. 백이와 숙제는 희발에게 다가가 말고삐를 붙잡고 "부왕의 장례도 치르기 전에 창칼을 들고 전쟁을 하는 것은 효가 아니며, 신하로써 군왕을 치는 것은 인이 아니오"라며 당당하게 간했습니다. 그때 병사들이 백이와 숙제를 베려고 달려들었으나 강태공(본명: 강상)이 만류하여 겨우 목숨을 구하였습니다. 그 후 수양산으로 들어간 백이와 숙제는 불의한 군주가 다스리는 주나라의 곡식은 입에 대지 않겠다며 고사리로 연명하다가 굶어 죽었습니다.

성삼문은 초목도 주나라의 비와 이슬에 젖은 것이거늘 백이와 숙제는 주나라 땅인 수양산에서 난 고사리를 먹었으니 부끄럽지 않느냐고 묻습니다. 성삼문은 무왕이 정말 불의한 자(유가에서는 무왕을 폭군 주왕을 제거한 의로운 왕으로 추앙함)라면 수양산으로 숨어들 것이 아니라 불의한 무왕과 맞서 싸워야 한다고 생각한 것입니다. 성삼문은 불의는 피할 대상이 아니라 물리칠 대상으로 본 것입니다.

성삼문은 이러한 신념을 왕에서 쫓겨난 단종의 복위운동을 통해 실천에 옮겼습니다. 그리고 동지이던 김질의 배반으로 체포되어 모진 취조를 받을 때에도 그 신념은 흔들리지 않았습니다. 그는 세조의 회유에 응하면 부귀영화의 길이 열림에도 불의에 굴복하지 않고 사지를 찢어 죽이는 거열형을 받고 39세의 젊은 나이로 생을 마쳤습니다. 그는 영화를 버리고 아름다운 이름을 택했습니다.

죽음에 이르러 臨死絶筆
임사절필

우임금 솥처럼 중히 여겨질 땐 삶이 존귀하나	禹鼎重時生亦大 우 정 중 시 생 역 대
기러기 털처럼 가벼이 여겨질 땐 죽음이 영광.	鴻毛輕處死還榮 홍 모 경 처 사 환 영
날 밝을 때까지 잠들지 못하다 문을 나서 가니	明發不寐出門去 명 발 불 매 출 문 거
현릉 앞 소나무와 잣나무 꿈속에서 푸르구나.	顯陵松栢夢中青 현 릉 송 백 몽 중 청

작자는 우임금의 솥(하나라의 우임금이 구주의 금을 모아 만든 솥으로 하·은·주나라에 걸쳐 왕위 전승을 상징하는 보배그릇이었음)처럼 의義가 중히 여겨질 때는 삶이 존귀한 것이지만, 의가 기러기 털처럼 가벼이 여겨질 땐 죽음이 오히려 영광이라고 합니다. 작자는 생애의 마지막 날이 밝을 때까지 잠들지 못하고 이리저리 뒤척이다가 날이 밝자 포졸들에게 끌려 대문을 나서며 현릉(단종의 아버지 문종의 능) 앞의 소나무와 잣나무처럼 푸른 절개를 꺾지 않을 것임을 다시 한 번 다짐합니다.

이개(1417~1456)는 직제학으로 있을 때 단종복위를 꾀하다가 발각되어 성삼문, 박팽년, 하위지, 유성원, 유응부와 함께 국문을 당한 뒤 불에 태워 죽이는 참혹한 형을 받고 숨을 거두었습니다.

봉황은 주려도

古風五十九首之四十
고 풍 오 십 구 수 지 사 십

봉황은 주려도 조 따위는 쪼지 않고	鳳飢不啄粟 봉 기 불 탁 속
먹는 것은 오직 낭간 열매뿐이라네.	所食唯琅玕 소 식 유 랑 간
어찌 구차하게 닭의 무리와 어울려	焉能與群雞 언 능 여 군 계
부리로 쪼아대며 한 술 밥을 다투리오.	刺蹙爭一餐 자 축 쟁 일 찬
아침이면 곤륜산 나무 위에서 울고	朝鳴昆丘樹 조 명 곤 구 수
저녁이면 지주의 여울물을 마신다네.	夕飮砥柱湍 석 음 지 주 단
바닷길 아득히 먼 길을 날아돌아와	歸飛海路遠 귀 비 해 로 원
서리 차가운 하늘에서 홀로 잠든다네.	獨宿天霜寒 독 숙 천 상 한

이백은 근체시(율시, 절구, 배율)만 쓴 것이 아니라 고풍(당나라 이전에 쓰였던 시의 형태로 고시 또는 고체시라고도 함)의 시도 많이 썼는데, 이 시는 그가 쓴 고체시 59수 가운데 제40수입니다.

작자는 봉황은 주려도 조 따위는 쪼지 않고 오직 낭간(중국에서 나는 단단한 옥으로 녹색 또는 청백색을 띰) 열매만 먹는다고 합니다. 그러니 어찌 구차하게 닭의 무리와 어울려 부리로 쪼아 대며 한 숟갈의 밥을 다투겠느냐고 합니다. 또 아침이면 곤륜산(중국 전설상의 산. 중국 서쪽에 있으며 옥이 많이 난다고 함) 나무 위에서 울고, 저녁이면 지주(황하 중류에 있는 기둥 모양의 돌로 격류 속에서도 꼼짝하지 않고 우뚝 솟아 있어 의연히 절개를 지키는 선비를 상징함)의 여울물을 마시고, 바닷길 아득히 먼 길을 날아 돌아와 서리 차가운 하늘에서 홀로 잠든다고 합니다.

자연의 세계에선 호랑이는 굶주려도 생쥐를 잡아먹지 않고, 독수리는 배가 고파도 참새를 낚아채지 않는다고 합니다. 지조를 지킨다는 것은 자신이 취해선 안 되는 것을 취하지 않는 것입니다.

남헌의 소나무

南軒松
남 헌 송

● 이백

남헌의 외로운 소나무 한 그루	南軒有孤松 남 헌 유 고 송
가지가 비단 잎으로 덮여 있네.	柯葉自錦羃 가 엽 자 금 멱
맑은 바람 살랑살랑 자꾸 불어오니	淸風無閒時 청 풍 무 한 시
밤이나 낮이나 산뜻하고 싱그럽네.	瀟灑終日夕 소 쇄 종 일 석
그늘엔 오래된 이끼 파랗게 돋아	陰生古苔綠 음 생 고 태 록
그 빛에 가을 안개 푸르게 물드네.	色染秋烟碧 색 염 추 연 벽
어떻게 하늘을 뚫고 우뚝 자라나	何當凌雲霄 하 당 능 운 소
곧바로 수천 척을 뻗어 올랐는가.	直上數千尺 직 상 수 천 척

이 시는 수천 척을 곧장 뻗어 올라가 하늘을 뚫고 우뚝 선 소나무의 드높은 절개를 예찬한 것입니다. 비단 같은 솔잎, 산뜻한 자태, 싱그러운 향기, 가을 안개를 물들이는 푸른 이끼와 같은 시어詩語들은 지조 높은 사람에게서 풍기는 인품을 상징하는 것입니다. 작자는 지조와 절개를 지키며 맑고 향기롭게 살면 그 누구에게도 주눅 들지 않고 당당하고 떳떳할 수 있음을 '남헌의 소나무'에 빗대 역설하였습니다.

● 이황

소나무 예찬 詠松(영송)

바위 위에서 천 년을 늙지 않는 소나무는	石上千年不老松(석상천년불노송)
푸른 비늘 겹겹이 붙어 날아오르는 용 같네.	蒼鱗蹙蹙勢騰龍(창린축축세등룡)
깎아 세운 골짜기 벼랑 위에 생겨나서	生當絶壑臨無底(생당절학임무저)
하늘 높이 떨치는 기상이 산봉우리를 누르네.	氣拂層霄壓峻峰(기불층소압준봉)
본성이 울긋불긋 화려한 형상 원하지 않으니	不願靑紅狀本性(불원청홍상본성)
복사꽃 오얏꽃 따라 고운 용모로 아양을 떨까.	肯隨桃李媚芳容(긍수도리미방용)
깊은 뿌리는 거북이나 뱀처럼 복령을 길러	深根養得龜蛇骨(심근양득구사골)
서리와 눈을 뚫고 마침내 한겨울을 나리라.	霜雪終敎貫大冬(상설종교관대동)

작자는 천 년이 지나도 늙지 않아 껍질이 용의 비늘처럼 겹겹이 붙어 있고, 불끈불끈 하늘로 치솟은 등걸이 마치 용이 비상飛上하는 것 같은 소나무를 현실에 타협하지 않고 원칙에 투철한 사림士林의 기백에 빗대었습니다. 또 깎아 세운 골짜기 벼랑 위에서 생겨났지만(음서제도 등 특혜로 쉽게 벼슬길에 나가는 훈구 세력과 다르게 지방의 사림은 어려운 과거의 관문을 통과해야 함을 은유) 하늘 높이 떨치는 기상은 산봉우리(음서로 쉽게 벼슬에 나가 고위직에 앉은 훈구대신들)를 누른다고 합니다. 또 소나무(선비)는 울긋불긋 화려한 모양을 좋아하지 않으니 복사꽃이나 오얏꽃(간신배)를 따라 아양을 떨지 않는다고 합니다. 그리고 그 뿌리(흔들리지 않는 지조)는 마침내 서리와 눈(온갖 시기와 모함)을 뚫고 복령(나라의 병을 고칠 약을 상

징)을 만들어 무사히 한겨울(나라의 위기)을 나게 한다고 합니다. 이 얼마나 혈기와 기개가 넘칩니까.

이 시는 퇴계 이황이 34세 되던 해 관직에 나갈 때 자신을 경계하며 쓴 시입니다. 그는 이 시에서처럼 평생을 한 점 흐트러짐 없는 자세로 고고孤高하게 살아 오늘날까지 추앙받고 있습니다.

두 해를 보기 부끄러워 無窮花
무 궁 화

오늘 핀 꽃이 내일까지 빛나지 않는 것은	甲日花無乙日輝 갑 일 화 무 을 일 휘
한 꽃으로 두 해 보기가 부끄러워서라네.	一花羞向兩朝輝 일 화 수 향 양 조 휘
날마다 해를 향해 고개 돌리는 해바라기라면	葵傾日日如憑道 규 경 일 일 여 빙 도
세상일 옳고 그름을 누가 가려 내겠는가.	誰辨千秋似是非 수 변 천 추 사 시 비

무궁화는 피어서 오래도록 지지 않는 꽃으로 잘못 알려져 있습니다. 그러나 무궁화는 오늘 해가 뜰 무렵에 피었던 꽃은 내일 해가 뜨기 전에 지고, 내일 해가 뜨면 새로운 꽃이 피어납니다. 즉, 오늘 핀 무궁화는 오늘 해에 의지해 피어 있을 뿐 다음날 뜬 해를 의지해서는 피어 있지 않습니다. 그러나 해바라기는 매일매일 새로 뜨는 해를 향해 고개를 돌리고 우러릅니다. 작자는 이러한 현상을 벼슬하는 사람에 빗대었습니다. 특히, 해바라기처럼 자신의 소신과 지조를 버리고 오로지 출세만을 좇는 사람들이 어떻게 세상일 옳고 그름을 가려낼 수 있겠는가라고 질타합니다.

윤선도(1587~1671)는 조선 중기의 문신이자 시조작가로 정철의 가사와 더불어 조선 시가문학의 쌍벽을 이루는 분입니다.

그는 성균관 유생 때 당시 집권세력인 이이첨 등의 권력남용을 상소한 죄로 함경도 경원으로 유배되었다가 경상도 기장으로 이배되었으며, 인조반정으로 이이첨이 처형된 뒤에 복직되어 사헌부지평을 지낼 때는 모함을 받아 성산현감으로 좌천되었고, 병자호란이 끝난 뒤엔 서울로 올라와 왕에게 문안인사를 올리지 않았다는 죄로 경상도 영덕으로 유배되었으며, 71세에 다시 벼슬길에 나갔을 때는 서인의 영수 송시열과 맞서다가 삭탈관직당하고 삼수로 유배되었습니다. 그 뒤 유배에서 풀려난 그는 경관 수려한 그의 집 보길도로 돌아가 유유자적 살다가 85세를 일기로 눈을 감았습니다.

출세에 급급하면

樂吾堂感興詩
낙오당감흥시

낮은 지위에서 출세하기에 급급하면	居卑急於進 거비급어진
사귀는 사람 또한 나쁜 사람일 것이네.	所與亦匪人 소여역비인
맨발로 땅바닥 살피지 않고 걷거나	若跣不視地 약선불시지
험한 곳을 다니면 몸이 위태로워지네.	行險幾危身 행험기위신
강이 흘러 내 앞으로 다가올 때	河流當前急 하류당전급
건너려 하거든 반드시 나루터를 물어라.	欲度須問津 욕도수문진
삼가고 안정하여 조급하게 굴지 말라.	小安且勿躁 소안차물조
날래게 나갔다가 빠져들까 두려워하라.	勇往恐淪湮 용왕공륜인

이 시는 작자 이달충이 쓴 낙오당감흥시 총 8수 가운데 제5수입니다. 작자는 낮은 지위에 있으면서 자신의 실력을 기르지 않고 편법이나 불법으로 출세하기에만 급급하면 사귀는 상관이나 동료나 부하 또한 편법이나 불법을 좋아하는 나쁜 사람들일 것이라고 합니다. 맨발로 땅을 살피지 않고 걷거나 험한 곳을 다니면 몸이 위태로워지듯이 불법과 편법으로 출세하려고 하면 언젠가는 들통이 나서 패가망신하게 된다는 것입니다. 또한 강물이 흘러 내 앞으로 다가올 때 그것을 건너려고 하면 반드시 나루터를 물어야 하듯이 인생에 고난이 닥치면 편법을 쓰려 하지 말고 정도를 찾아서 가라고 합니다. 벼슬살이는 조급하게 굴지 말고 삼가고 안정되게 해야지 남보다 빨리 출세하겠다고 설쳐대

다간 망하고 만다는 것입니다.

이달충(미상~1385)은 고려 후기 문신이며 이름난 유학자입니다. 그는 신돈이 국정을 전횡하고 주색에 빠져 방탕한 생활을 하는 것을 직언했다가 파직될 정도로 강직하고 청렴했으며, 시문에 능하고 역사에도 밝아 《국사》를 보완하는 작업에 참여하였습니다.

삼전도를 지나가며 過三田渡有作
과삼전도유작

돌로 생기려면 크고 단단하길 바라지 말지니 石生不願堅以穹
석생불원견이궁

그 까닭 알려면 삼전도 어귀의 비석을 보라. 試看三田渡口碑
시간삼전도구비

사람으로 태어나려면 글재주를 바라지 말지니 人生不願才且文
인생불원재차문

그 까닭 알려면 삼전도 비석 글을 읽어 보라. 試讀三田碑上辭
시독삼전비상사

밤낮 소용돌이치며 흐르는 삼전도 앞 강물은 三田日夜流沄沄
삼전일야류운운

동쪽 강 하류와 직접 맞닿아 있으니 下流直接東江涘
하류직접동강사

만일 다른 해에도 동쪽 강을 지나가게 된다면 他年若過東江去
타년약과동강거

우리 소에게는 그 강물을 먹이지 않으리라. 莫以吾牛飮江水
막이오우음강수

이 시는 삼전도의 치욕(병자호란 때 인조가 남한산성에서 삼전도로 나가 청나라 태종에게 세 번 절하고 아홉 번 머리를 땅에 찧으며 항복한 사건)을 되새기며 쓴 시입니다. 작자는 돌로 생기려면 푸석돌로 생길지언정 치욕의 역사를 새기는 단단한 돌로 생겨나지 말고, 사람으로 태어나려면 글자를 모르는 무지렁이로 태어날지언정 오랑캐의 승리를 찬양하는 글을 짓는 사람으로 태어나지 말라고 합니다.

삼전도 앞을 흐르는 강물은 동쪽에서 흘러오는 남한강으로 그 하류가 북쪽에서 흘러오는 북한강과 맞닿아 있는데, 작자는 훗날 남한강을 지나게 된다면 자신의 소에게는 그 강물을 먹이지 않겠다고 합니다.

작자는 자고로 사회적으로 큰 물의를 일으키거나 엄청난 부정을 저지르거나 나라를 팔아먹은 자들은 못 배우고 빈천한 자들이 아니라 많이 배우고 고귀한 자리에 있던 자들임을 꼬집고 있습니다.

남유용(1698~1773)은 조선 후기의 문신으로 사람됨이 꾸밈없고 수수했으며, 바른말을 잘했고 청백했으며, 문장과 글씨에 능했습니다.

목숨을 끊으며 絶命詩
절명시

새와 짐승들 슬피 울고 바다와 산도 찡그리니	鳥獸哀鳴海嶽嚬 조수애명해악빈
무궁화 이 강산이 어이없이 망하고 말았구나.	槿花世界已沈淪 근화세계이침륜
가을 등불 아래 책을 덮고 긴 역사 돌아보니	秋燈掩卷懷千古 추등엄권회천고
글을 아는 선비 구실 하기 참으로 어렵구나.	難作人間識字人 난작인간식자인

이 시는 1910년 8월 29일, 내각총리대신 이완용과 제3대 조선통감 데라우치 마사다케의 결탁으로 한일합병이 이루어지자 나라를 빼앗긴 통분을 이기지 못한 황현이 음독자결을 하기 전에 쓴 4수의 절명시 가운데 한 수입니다.

황현은 죽기 전날 밤 자식들에게 남긴 유서에서 "나는 죽어야 할 의리가 있는 게 아니다. 다만 나라에서 선비를 길러온 지 5백 년이 되었는데, 나라가 망한 날에 죽은 선비가 한 사람도 없다면 어찌 통탄스러운 일이 아니겠는가? 내가 위로는 하늘로부터 타고난 양심을 저버리지 않고, 아래로는 평소에 읽은 글을 저버리지 않은 채 영원히 잠들 수 있으니 참으로 통쾌함을 느끼노라"고 했습니다.

황현은 나라를 망하게 하는 데 어떤 잘못도 없었지만 선비로서 망국을 막지 못한 자책감에 자결하였는데, 을사오적인 이완용, 이근택, 이지용, 박제순, 권중현은 일본군국주의자들의 개가 되어 그들이 던져주는 부귀의 뼈다귀를 핥으며 천수天壽를 누렸습니다.

의병을 일으키며

倡義詩
창 의 시

나이 들어 벼슬 버리고 밭고랑에서 떨쳐 일어남은 皓首奮畎畝
호 수 분 전 무

궁벽한 시골에서라도 나라에 충성하길 원해서라네. 草野願忠心
초 야 원 충 심

나라를 어지럽히는 도적은 누구라도 무찔러야 하니 亂賊人皆討
난 적 인 개 토

모름지기 떨쳐 일어날 뿐 고금을 물어서 무엇 하나. 何須問古今
하 수 문 고 금

이 시는 1905년 을사늑약이 체결되자 분연히 나서서 전국에 항일 투쟁을 호소하는 포고문을 내고, 74세의 고령임에도 불구하고 전북 태인에서 의병을 모집하여 순창에서 현대식 무기를 갖춘 일본군에 맞서 싸운 최익현이 의병을 일으킬 때 쓴 시입니다.

최익현(1833~1906)은 명분과 절의의 상징적 인물입니다. 그는 강직하게 관직을 수행하여 불의와 부정을 척결함으로써 온 나라에 이름을 떨쳤습니다. 그는 흥선대원군이 경복궁 중건을 위해 당백전을 무분별하게 발행하여 국가재정을 파탄 내자 이를 강력히 규탄하다가 관직을 삭탈당했으며, 또 왕이 직접 나라를 다스리도록 대원군이 물러나야 한다고 주장하다가 왕의 아버지를 논박했다는 죄로 체포되어 제주도에 위리안치되었습니다. 뿐만 아니라 명성황후의 척족들이 이권을 얻으려고 일본과 통상조약을 체결하려 하자 격렬하게 그 부당성을 주장하다 흑산도에 위리안치되었고, 갑오개혁 때는 단발령에 반대하다 다시 투옥되었으며, 옥에서 풀려난 뒤에는 의정부찬성, 경기도관찰사 등에 임명되었으나 모두 사퇴하였습니다.

그는 일본의 침략이 본격화하자 일본으로부터의 차관을 받지 말 것과 친일매국노들을 찾아내 모두 처단할 것을 주장하다가 일본 헌병에게 붙잡혀 고향 포천으로 압송되었고, 순창에서 일본군과 싸우다 잡혀 대마도로 끌려간 뒤에는 적이 주는 음식은 쌀 한 톨도 입에 댈 수 없다며 식음을 전폐하고 농성하던 중 1907년 11월에 순국하였습니다. 그 뒤 그의 유해는 백제 비구니가 건립한 절인 수선사에서 수습되어 패망해 가는 조국 땅으로 쓸쓸히 돌아왔습니다.

9장

파리가 너무 많아

역사상 강대국들도 모두 멸망했습니다. 멸망의 원인은 외부의 공격이 있기 전에 내부에서 썩어 흐물흐물해졌기 때문입니다. 그래서 외부의 적보다 내부의 적이 더 무서운 것입니다. 내부의 적! 그것은 부정과 비리입니다.

부정과 비리는 민초들이 저지르는 것이 아닙니다. 부정과 비리는 권력과 부와 명예를 거머쥔 부패한 지배계층이 저지릅니다. 그들은 그들이 가진 힘으로 먹잇감이 되는 것은 무엇이든 먹어치우려고 덤빕니다. 그러다가 저희들끼리 더 먹으려고 치고받는 사이 나라의 기둥은 흔들리고 서까래는 썩어 내려앉게 됩니다. 그렇게 하여 나라가 멸망하면 그들이라고 온전하겠습니까.

특히 군대 내의 부정과 비리가 더 무섭습니다. 예전엔 부대 안에서 쌀이나 기름을 훔쳐가는 생계형 비리가 고작이었는데, 지금은 억 단위 뇌물이 오가는 방산 비리가 만연하다고 합니다. 막강하던 장개석 군대가 농민군에 불과하던 모택동 군대에 패해 대만으로 쫓겨 간 것은 부정과 비리 때문이었습니다.

파리가 너무 많아

西江雜興
서 강 잡 흥

● 정포

가을이 지난 강마을에는 파리가 너무 많아	江村秋後轉多蠅 강 촌 추 후 전 다 승
밥상을 대하여도 그때마다 먹을 수 없네.	對案時時食不能 대 안 시 시 식 불 능
머지않아 비가 개이고 날씨가 좋아지면	早晩雨晴天氣好 조 만 우 청 천 기 호
표연히 한번 노를 저어 창릉을 지나가리라.	飄然一棹過昌陵 표 연 일 도 과 창 릉

이 시의 작자 정포가 좌사간대부左司諫大夫로 있던 고려 충숙왕 때는 백성들의 재물을 노략질하는 탐관오리들이 들끓던 때입니다.

작자는 가을걷이가 끝난 강마을에 파리(탐관오리)가 너무 많아 밥상(가을걷이로 거둔 곡식)을 대하여도 밥을 먹을 수 없다(탐관오리들에게 수탈당해 먹을 곡식이 없음)고 합니다. 작자는 비가 개이고 날씨가 좋아지면(만연한 부패가 사라지고 깨끗한 세상이 오면) 표연히 노를 저어 창릉(고려태조 왕건의 아버지 왕륭의 묘)을 지나가겠다고 합니다. 작자는 탐관오리들을 밥알을 빨아먹는 파리에 빗대 조롱하고 있습니다.

종이 연을 날리며 紙鳶(지연)

들이 좁고 바람도 약해 뜻을 얻지 못하고	野小風微不得意(야소풍미부득의)
햇빛에 흔들거리며 서로서로 끌어당기네.	日光搖曳故相牽(일광요예고상견)
세상 홰나무 모조리 쳐서 평평하게 하면	削平天下槐花樹(삭평천하괴화수)
새 없어지고 구름 흩어져 마음 탁 트이리라.	鳥沒雲飛乃浩然(조몰운비내호연)

작자는 들이 좁고 바람도 약해 뜻을 얻지 못한 연이라서(광활한 땅을 가진 청나라는 서양문물을 받아들여 국력을 키우려는 열정에 불타는데, 땅이 좁은 조선은 우물 안 개구리가 되어 있다는 뜻) 햇빛에 흔들거리며 높이 올라가지 못하고 서로 끌어당긴다(청렴성을 잃어버린 벼슬아치들이 서로 많은 재물을 차지하려고 앞 다투어 부정과 비리를 저지르고 있다는 뜻)고 합니다. 그러므로 연줄이 나뭇가지에 걸려 연이 높이 날아오르지 못하도록 방해하는 세상의 홰나무(나라 발전을 방해하는 부패한 세력들)를 모조리 쳐서 평평하게 한다면 새(탐관오리)와 구름(임금의 눈을 가리는 간신배)이 흩어져 나라의 앞길이 탁 트일 것이라고 합니다.

작자는 나라와 백성은 안중에도 없이 사리사욕에만 눈이 먼 탐관오리들을 나무를 베어 버리듯 모조리 쳐내야 한다고 외칩니다.

얼레빗 참빗

詠梳
영 소

얼레빗으로 빗은 뒤 참빗으로 빗어 내니
엉킨 머리털 갈라지며 이가 절로 잡히네.
어찌하면 천만 척 크나큰 빗을 구하여
한 돌림에 백성들 괴롭히는 이를 몽땅 없앨까.

木梳梳了竹梳梳
목 소 소 료 죽 소 소
亂髮初分蝨自除
난 발 초 분 슬 자 제
安得大梳千萬尺
안 득 대 소 천 만 척
一歸黔首蝨無餘
일 귀 검 수 슬 무 여

유몽인(1559~1623)은 문장과 글씨에 뛰어났고 청렴했습니다. 그는 광해군을 지지하던 대북파가 인목대비(영창대군의 어머니)를 서인으로 강등시켜 유폐시키고, 영창대군을 강화도로 유배시켰다가 죽이는 등 치열한 권력다툼 끝에 마침내 소북파를 제거하고 권력을 장악하자 부정부패를 마구 저지르며 백성을 수탈하는 것에 환멸을 느껴 관직에서 물러났습니다. 그는 인조반정이 일어난 뒤 현령 유응경으로부터 광해군의 복위를 꾀한다는 무고를 받고 아들과 함께 사형에 처해졌습니다.

이 시는 유몽인이 당시의 극심한 부패상을 보며, 발이 성긴 얼레빗으로 머리털을 고른 다음 발이 촘촘한 참빗으로 머릿니를 빗어 내려 잡아 죽이듯 천만 척 큰 빗을 구해 백성을 수탈하는 탐관오리들을 한 돌림에 몽땅 잡아 없애 버리고 싶은 심정을 읊은 것입니다.

● 조식

바른 선비 아끼는 것이

偶吟
우음

사람들 바른 선비 아끼는 것이 人之愛正士
인지애정사

호랑이 가죽을 좋아하는 것과 같네. 好虎皮相似
호호피상사

살아서는 잡아 죽이려고 애쓰고 生則欲殺之
생즉욕살지

죽어서는 모두 아름답다 칭송하네. 死後方稱美
사후방칭미

작자는 바른 선비가 살아 있을 때는 그를 헐뜯고 모함하며 죽이지 못해 안달하다가도 그가 죽고 나면 그때서야 참으로 훌륭한 인물이었다고 칭송하는 세태를 준엄하게 꾸짖고 있습니다.

남명 조식(1501~1572)은 일생 벼슬길에 나가지 않고 학문에만 전념하였습니다. 그는 55세 때 단성현감에 임명되었으나 불응하는 사직소를 올려 "작은 벼슬아치들은 주색을 즐기고 큰 벼슬아치들은 오직 재물만 끌어 모으며, 외직의 벼슬아치들은 백성의 껍질 벗기기를 이리가 들판에서 날뛰듯 한다"며 왕의 어머니 문정왕후의 수렴청정과 왕의 외삼촌 윤원형 일파의 잘못된 정치행태를 비판하여 커다란 물의를 일으켰습니다.

명종이 죽고 선조가 즉위하자 다시 그를 여러 차례 불렀으나 불응하고, 상소를 올려 서리(지방관아에 소속되어 말단 행정을 맡아 보던 구실아치)들이 백성을 수탈하는 폐해의 심각성을 지적하는 '서리망국론'을 개진하였으며, 또 인재를 등용할 때는 재주를 보지 말고 수신됨을 보아야

하니 수신이 안 된 자를 등용하면 마음속에 선악에 대한 기준이 없어서 부정과 비리를 저지르게 된다고 간언하는 등 관직에는 나가지 않았으나 정치현실에 대해서는 방관하지 않고 잘못을 날카롭게 지적하였습니다.

이렇듯 청렴강직하게 산 조식은 72세를 일기로 타계하였습니다. 그의 학풍은 학문의 실천적인 면을 중시하였는데, 그 영향으로 임진왜란이 일어나자 곽재우 등 수많은 제자들이 의병활동에 나섰습니다.

● 소식

아이를 씻기며 洗兒戲作
세아희작

사람들은 자식을 총명하게 키우려 하지만	人皆養子望聰明 인개양자망총명
나는 총명했던 탓에 일생을 그르쳤네.	我被聰明誤一生 아피총명오일생
오직 바람은 이 아이 둔하고 어리석어서	惟願孩兒愚且魯 유원해아우차노
재앙과 고난 없이 높은 벼슬하는 것이네.	無災無難到公卿 무재무난도공경

이 시는 소식이 46세 때 여섯 째 아들을 얻고 세아희(아이를 씻기며 아이가 잘 자라나길 비는 의식)라는 의식을 하며 지은 시입니다.

작자는 남들은 아이를 총명하게 키우려 하지만 자신은 총명했던 탓에 일생을 그르쳤으므로 자신의 아이는 둔하고 어리석게 키워 권력자 앞에서 그저 굽실굽실함으로써 아무 재앙과 고난 없이 높은 자리에 오르기를 바란다는 말로 부패한 세상을 신랄하게 풍자하였습니다.

참새는 어디에서

沙里花
사 리 화

이제현

참새는 어디에서 날아오고 날아가며
한 해 지은 농사를 아랑곳하지 않나.
늙은 홀아비 혼자 갈고 김을 매 가꾼
밭의 벼와 기장을 다 먹어 치우나.

黃雀何方來去飛
황 작 하 방 래 거 비
一年農事不曾知
일 년 농 사 부 증 지
鰥翁獨自耕耘了
환 옹 독 자 경 운 료
耗盡田中禾黍爲
모 진 전 중 화 서 위

이 시는 고려 후기 권문세족들과 탐관오리들의 극심한 수탈행위를 풍자하는 구전민요를 이제현이 한시로 옮긴 것입니다.

고려 후기 벼슬아치 집단인 권문세족들은 음서를 통해 대를 이어가며 그들의 지위를 계승해 나가고, 백성들의 토지에다 제멋대로 자신의 토지임을 알리는 푯말을 박아 강제로 빼앗고, 토지 잃은 백성들을 끌어다 자신의 노예로 부려 막대한 부를 축적하였습니다.

이 시에서는 참새들(권문세족과 탐관오리들)이 한 해 땀 흘려 농사 지어 거둔 곡식(백성들의 재물)을 다 먹어 치우면(몽땅 수탈해 가면) 늙은 홀아비(힘 없는 백성들)는 무엇을 먹고 사느냐며 탄식하고 있습니다.

바보 참새야

長巖
장 암

떳떳치 못한 참새야 넌 무슨 짓을 했기에 拘拘有雀爾奚爲
구 구 유 작 이 해 위

그물에 노랑 부리가 달라붙어 있느냐. 觸着網羅黃口兒
촉 착 망 라 황 구 아

눈구멍은 처음부터 어디에다 두었기에 眼孔元來在何許
안 공 원 래 재 하 허

불쌍하게도 그물에 걸렸느냐 바보 참새야. 可憐觸網雀兒癡
가 련 촉 망 작 아 치

이 시는 실화를 시로 옮긴 것입니다. 이 시에 나오는 참새는 두영철이란 자를 지칭한 것입니다. 그는 한때 장암에 유배되어 그곳의 한 노인과 친하게 지냈습니다. 그러던 중 두영철이 조정으로 소환되어 갈 때 노인은 그에게 떳떳하지 못한 일은 경계하라고 당부하였고 두영철은 그렇게 하겠다고 약속했습니다. 그 후 두영철은 평장사에까지 올랐습니다.

그런데 두영철은 심한 부정을 저질러 다시 유배를 가는 길에 장암을 지나게 되었습니다. 그때 그와 친하게 지냈던 노인이 나타나 이 시를 읊으며 그를 크게 꾸짖었습니다.

궁궐의 버들 宮柳詩
궁 류 시

궁궐 버들 짙푸르고 꾀꼬리 어지럽게 나는데	宮柳青青鶯亂飛 궁 류 청 청 앵 란 비
궁성에 가득 찬 고관대작들 봄빛에 아첨하네.	滿城冠蓋媚春輝 만 성 관 개 미 춘 휘
조정 신료 다함께 태평의 즐거움만 하례하니	朝家共賀昇平樂 조 가 공 하 승 평 락
누가 바른말 하다 관복 벗기고 쫓겨나겠는가.	誰遣危言出布衣 수 견 위 언 출 포 의

임숙영은 광해군 3년에 실시된 별시문과에 응시하여 시험 문제인 '대책對策'에 대한 답안을 쓰며 왕비인 유씨의 척족들과 간신 이이첨의 횡포를 신랄하게 비판하였는데, 시관試官이 임숙영의 답안을 합당하다고 여겨 합격시켰습니다. 그런데 광해군이 이 답안을 보고 노하여 그를 합격자 명단에서 제외하도록 명하였습니다.

권필은 이 소식을 전해 듣고 왕이 왕비의 척족들과 이이첨의 잘못은 덮어둔 채 임숙영을 낙방시키려는 데 분개해 이 시를 지어 유포시켰습니다. 얼마 후 이 시를 보게 된 광해군은 진노하여 그 출처를 찾던 중 이 시를 지은 이가 권필임을 밝혀 내고, 그를 잡아다가 심한 매질을 한 후 해남으로 귀양 보냈습니다. 매를 맞아 상처투성이가 된 몸으로 귀양길에 오른 권필은 동대문 밖에서 백성들이 동정심으로 권하는 술을 폭음하고 이튿날 44세의 나이로 죽었습니다.

개들의 싸움

鬪狗行
투구행

개떼들 서로 친하게 지낼 때는
衆狗若相親
중구약상친

꼬리를 흔들며 함께 어울려 다니지만
搖尾共行止
요미공행지

누군가 썩은 뼈다귀를 던져 주면
誰將朽骨投
수장후골투

한 마리 개 일어나고 곧이어 여러 개가 일어나
一狗起衆狗起
일구기중구기

이빨 드러내고 으르렁대며 먹이를 다투다가
其聲狺狺狋吽牙
기성은은의우아

큰 놈은 다치고 작은 놈은 물려서 죽지.
大傷小死何紛紛
대상소사하분분

추우를 고귀하다고 하는 것은
所以貴騶虞
소이귀추우

천상의 구름 위에 높이 누웠기 때문이네.
高臥天上雲
고와천상운

조지겸(1639~1685)은 숙종 때 사간司諫의 자리에 있었습니다. 그때 김익훈이 남인 세력을 제거하려고 김환과 한수만을 시켜 남인이던 허새와 허영이 모반을 꾀한다고 거짓 고변하게 했습니다. 사간이던 조지겸은 이 사실을 알고 김익훈을 탄핵하여 처단할 것을 주장했습니다. 그러자 서인이던 송시열이 김익훈을 비호하고 나섰으며, 조지겸은 다시 송시열을 공박했습니다. 이를 계기로 서인은 노론과 소론으로 쪼개졌으며 조지겸은 소론의 영수가 되었습니다.

이 시는 관리들이 사리와 사욕을 채우기 위해 붕당을 지어 싸우던 당시의 상황을 풍자한 것입니다. 작자는 평소에는 관리들이 뇌물을 받아먹고 백성을 수탈하는 것을 서로 눈감아 주며 친하게 지내다가도 높은 벼슬자리나 큰 이권이 생기면 서로 그것을 차지하려고 우르르 몰려 들어 헐뜯고 모함하며 박이 터지게 싸우는 꼴을 개싸움에 빗댔습니다. 그리고 싸움이 끝나고 나면 힘 센 자는 명성에 상처를 입고 힘이 모자란 자는 처형되거나 귀양가게 되는 것을 힘 센 개는 다치고 힘이 약한 개는 물려 죽는 것에 비유했습니다.

또 작자는 추우(흰 바탕에 검은 무늬가 있고 꼬리가 길며 생물은 먹지 않고 죽은 짐승만 먹으며, 살아 있는 풀을 밟지 않는 동물로 성인의 덕에 감응하여 나타나는 신령스러운 상상의 짐승)를 고귀하다고 하는 것은 세속적 탐욕에 물들지 않고 천상의 구름 위에 초연히 누워 있기 때문이라며, 이권과 벼슬자리를 놓고 서로 싸우는 관리들에게 자성을 촉구했습니다.

10장

금강 지나 변산 가는 길

전역 후 조지훈 시인의 시에서처럼 '나그네 긴 소매 꽃잎에 젖어 술 익는 강마을의 노을'을 바라보며 가는 여행길에 나섰을 때입니다.

낯선 길에는 새로움에 대한 동경과 알 수 없는 낭만과 몸과 마음을 홀가분하게 하는 자유가 있었습니다. 나는 그 여행길에서 우연히 고등학교 때 함께 자취를 했던 친구를 40여 년만에 남원의 광한루 오작교 위에서 만났고, 대대장 시절 행정병으로 근무하던 전우를 영광의 법성포에서 만났습니다.

또 강진만 밥집에서 만난 노스님을 따라 예정에 없던 장흥군 천관산 꼭대기 암벽 아래 있는 천관사로 갔는데, 그곳에서 이승에서의 마지막 여행을 왔다는 거사를 만났습니다. 그는 간암수술을 받아 몹시 초췌하고 쇠약하였지만 웃음은 잃지 않고 있었습니다. 그는 법당 앞에 만들어 놓은 작은 석련지石蓮池에 달이 떴다가 질 때까지 합장하고 있었습니다. 그는 기도가 끝나자 이승을 떠나 저승으로 가는 멀고 먼 여행길이 순탄하길 빌었다고 했습니다.

김택영

기러기 소리를 듣다

聞雁
문 안

밝은 은하 처음 출렁일 때 서당을 나서	明河初灩別書堂 명 하 초 염 별 서 당
금강 지나 변산 가는 길은 아득히 머네.	錦水邊山驛路長 금 수 변 산 역 로 장
기러기 떼 뒤에서 날아와 나를 앞질러 가니	鴻雁後飛過我去 홍 안 후 비 과 아 거
가을바람 가을비가 강마을에 가득하네.	秋風秋雨滿江鄕 추 풍 추 우 만 강 향

작자는 은하가 처음 출렁거리는 이른 새벽에 서당을 나서 금강 건너 아득히 먼 변산을 향해 가고 있습니다. 남도 황톳길을 부지런히 걸어 미투리 신은 발바닥에 물집이 잡힐 무렵, 작자의 뒤에서 인人자 모양의 대오를 갖추고 날아온 기러기 떼가 작자를 앞질러 남쪽하늘 멀리 사라집니다. 그리고 곧이어 가을바람이 몰고 온 가을비가 강마을에 자욱이 내리는데, 작자는 도롱이도 없이 차디찬 가을비를 후줄근히 맞으며 낯선 강마을을 쓸쓸히 지나갑니다.

김택영(1850~1927)은 조선 말기 관리이자 고문가古文家이며 시인입니다. 그는 을사조약이 체결되자 통분을 금치 못하고 중국 강서성 남통주로 망명하였으며, 그곳에서 조국을 잃은 슬픔과 분함을 격정적으로 토로한 우국문학의 걸작 〈오호부〉를 지었습니다.

아침에 임진강을 건너며 朝渡臨津
조도임진

산들산들 가을바람 하늘 끝에서 이는데 嫋嫋秋風起天末
뇨뇨추풍기천말

푸득푸득 기러기는 어디로 가는가. 翛翛鴻鴈適何方
소소홍안적하방

이른 아침 닭 울음 속에 서울을 떠나 朝辭漢府鷄聲裏
조사한부계성리

저녁엔 임진강 게통발 곁에서 잤네. 夕宿臨江蟹簖傍
석숙임강해단방

나루 어귀 단풍 숲에 아침 해 떠오르니 渡口楓林升曉日
도구풍림승효일

뱃사공이 첫서리 내린 뜸을 말아 올리네. 舟人篷笠捲新霜
주인봉립권신상

시비와 성패는 물거품과 같은 것임을 是非成敗皆泡沫
시비성패개포말

옛 전쟁터 모래사장을 보니 알겠네. 看取沙邊古戰場
간취사변고전장

김택영은 어릴 때부터 한시를 공부하여 일찍 문명文名을 날렸지만 그 때문에 42세의 늦은 나이에 진사가 되고 관직에 나갔습니다. 그는 여러 번 과거시험에 낙방한 적이 있는데 이 시는 그가 과거시험에 낙방하고 개경의 집으로 돌아가는 길에 쓴 것입니다.

가난한 작자는 과거시험까지 낙방했으니 서울의 여관에 묵을 돈도 염치도 없었을 것입니다. 그래서 작자는 시험이 끝나고 날이 저물자 주막에 들려 저녁 한 끼를 사먹고 마당가에 앉아 산들산들 가을바람이 이는 하늘 끝으로 푸득푸득 날개를 치며 날아가는 기러기를 물끄러미 바라보며 날이 밝기를 기다립니다. 이윽고 새벽 닭이 울자 작자는 길을 나섭니다. 그리고 발바닥이 부르트고 발등이 붓도록 걷고 걸어 임진강에 도착하니 날이 저뭅니다. 작자는 배고픔을 참고 어부가 쳐둔 게통발 옆에서 잠을 청합니다. 그리고 아침에 일어나니 나루 어귀 단풍나무 숲에 해가 떠올라 있고, 나루에선 뱃사공이 첫서리 내린 뜸(비바람을 막는 거적)을 말아 올리고 있습니다. 작자는 옛 전쟁터였던 모래사장을 둘러보며 시비와 성패는 한갓 물거품과 같은 것이라며 과거에 낙방한 자신을 위로합니다.

● 이덕무

새벽에 연안을 떠나며

曉發延安
효발연안

객사 동쪽 새벽닭 울음 그치지 않는데
새벽 별 달과 짝해 하늘에서 반짝이네.
말발굽 소리 삿갓 그림자 희미한 들길로
여인의 조각꿈 속 정을 밟으며 가네.

不已霜鷄郡舍東
불이상계군사동
殘星配月耿垂空
잔성배월경수공
蹄聲笠影朦朧野
제성입영몽롱야
行踏閨人片夢中
행답규인편몽중

작자는 정조 1년 채제공이 사은겸진주사謝恩兼陳奏使가 되어 연경(북경)으로 갈 때 동행하였는데, 이 시는 그때 쓴 것입니다.

작자가 묵었던 객사 동쪽에선 새벽을 알리는 낭자한 닭울음 소리가 그치지 않고, 하늘엔 무리 지은 별들이 새벽달과 함께 반짝이고 있습니다. 작자는 하룻밤을 같이한 여인의 조각꿈 속 정을 밟으며 말발굽 소리 또각또각 들리고 삿갓 그림자 희미하게 드린 들길을 따라갑니다. 길에서 만나 정을 주고 길에서 헤어지는 나그넷길엔 사대부를 가두는 규범 같은 속박이 없으니 홀가분하고 자유롭습니다.

새벽에 길을 나서니 曉行 효행

산 아래 외딴 마을 집집마다 사립문을 닫았고 山下孤村盡掩扉 산하고촌진엄비

산꼭대기 지는 달은 남은 빛을 숨기네. 峰頭落月隱餘輝 봉두낙월은여휘

닭이 울자 객주집 길손 일찍 길을 나서는데 鷄鳴野店客行早 계명야점객행조

눈이 자욱한 마을 다리 위에 사람 자취 드무네. 雪滿官橋人跡稀 설만관교인적희

산 아래 외딴 마을은 집집마다 사립문이 닫혀 있고, 산꼭대기에 지는 달은 아직도 남은 빛을 숨기고 있는데 벌써 닭이 웁니다. 작자는 닭 울음 소리에 일어나 객주 집을 나서 뼛속 깊이 파고드는 추위와 고독을 느끼며 사람 자취 드문 마을의 다리 위를 지나갑니다.

이득원(1639~1682)은 군대의 서기로 종군하며 거의 외방으로만 떠돌았는데, 이 시에도 그런 분위기가 녹아 있습니다. 그는 육가잡영六家雜詠(위항시인 정남수, 최기남, 남응침, 정예남, 김효일, 최대립이 공동으로 펴낸 시집)을 본뜬 맑고 호방하면서도 낭만적인 시풍으로 신분적 차별에서 오는 애환과 아픔을 그린 시를 많이 남겼습니다.

나그네가 나그네와 이별하며 逢人話別
봉인화별

배에서 나그네를 만나 잠시 머무는데 江上逢人爲小留
강상봉인위소류

가을바람에 누런 잎이 조각배에 떨어지네. 秋風黃葉墜扁舟
추풍황엽추편주

나그네가 나그네와 이별하니 어찌 견딜까. 可堪客裏重離客
가감객리중리객

긴 젓대 삐일릴리 불며 시름을 달래네. 長笛聲聲正替愁
장적성성정체수

작자는 방랑길 배 위에서 방랑객을 만나 잠시 함께 정담을 나눕니다. 그때 가을바람이 불어 누런 가랑잎이 조각배 위로 떨어집니다. 얼마 후 배가 포구에 닿자 방랑객은 작자에게 인사를 하고 배에서 내려 뒤도 돌아보지 않고 떠나갑니다. 나그네가 나그네와 이별을 하고 나니 잠재되었던 방랑길 설움이 북받칩니다. 작자는 긴 젓대를 꺼내들고 삐일릴리 삐일릴리 불며 시름을 달랩니다.

인생도 이 시와 같습니다. 지구란 배에서 서로 방랑객으로 만나 부모와 자식이 되고, 부부가 되고, 형제가 되고, 스승과 제자가 되고, 벗이 되어 살다가 인연이 다하면 서로 헤어지니까요.

풍교에서 밤을 보내며　　楓橋夜泊
풍 교 야 박

● 장계

달이 지고 까마귀 우는 하늘엔 서리 가득하고	月落烏鳴霜滿天 월 락 오 명 상 만 천
강가 단풍나무는 고깃배 불빛 마주하고 조는데	江楓漁火對愁眠 강 풍 어 화 대 수 면
고소성 밖 한산사에서	姑蘇城外寒山寺 고 소 성 외 한 산 사
밤중에 울리는 종소리 객선 뱃전에 와 닿네.	夜半鐘聲到客船 야 반 종 성 도 객 선

작자를 태우고 가던 배는 날이 저물자 풍교 강가에 정박하였습니다. 작자는 정박한 배의 난간에 나와 봅니다. 달이 지고 까마귀가 까악깍 우짖는 하늘에는 찬 서리가 가득하고, 강가의 단풍나무는 고깃배 불빛을 마주하고 시름겹게 졸고 있습니다. 그때 고소성 밖 한산사에서 밤중에 울리는 종소리가 객선 뱃전에 와 닿습니다.

이 시는 객지를 떠도는 나그네의 심정을 절묘하게 그려낸 걸작으로 수많은 시인과 묵객들이 풍교(강소성 소주 서쪽 외곽의 운하에 놓여 있는 다리. 이 다리 근처의 물길 사이에 한산사가 있음)를 찾아와 자필로 이 시를 써서 시비를 세우는 것이 유행할 정도였습니다.

장계(?~779)는 중당中唐 때 시인입니다. 그는 당나라 시인들 중에서 크게 두각을 나타내진 못했으나 이 시 '풍교야박'만은 많은 사람들이 애송하는 시로 현재 중국 초등학교 교재에 실려 있습니다.

사막 한가운데서 磧中作
적중작

서쪽으로 말을 달려 하늘 끝까지 오려고 走馬西來欲到天
주마서래욕도천

집을 나선 이후 둥근 달을 두 번 보았네. 辭家見月兩回圓
사가견월양회원

오늘밤은 어디 메에서 잠을 자야 할까. 今夜不知何處宿
금야부지하처숙

넓은 사막 만리에 인적과 연기가 끊겼네. 平沙萬里絶人烟
평사만리절인연

작자는 서쪽 하늘 끝으로 가려고 집을 나서 두 달 동안이나 말을 달렸습니다. 그런데 아직도 임지에 이르지 못했습니다. 작자는 가도 가도 끝이 없는 광활하고 황량한 사막에서 지평선 너머로 지는 해를 바라보며, 오늘밤은 어디에서 묵을까 사방을 둘러보지만 인적은 물론 피어오르는 한 줄기 연기조차 보이지 않습니다. 작자는 적막한 사막의 밤을 맞아 달빛 아래 이슬을 맞으며 잠이 들었겠지요.

잠삼(715~770)은 성당盛唐 때 시인으로 이백과 두보에 버금가는 명성을 얻었습니다. 그는 고선지 장군(고구려 유민으로 서역 72개국을 평정하여 당나라 영토를 서아시아까지 넓힘)의 막하에서 서기를 지냈으며, 그 뒤 서안의 절도판관을 거쳐 사천성 기주자사를 지내는 등 북서쪽 국경지대에서 오래 근무한 경험을 바탕으로 변방의 이국적 풍경과 정서를 생생하게 묘사한 변새시邊塞詩를 많이 남겼습니다.

바람 맑은 한벽루에 묵으며	宿清風寒碧樓 숙 청 풍 한 벽 루

지는 달빛 희미하게 먼 마을에 떨어지고	落月微微下遠村 낙 월 미 미 하 원 촌
까마귀 모두 날아가 버리고 가을 강만 푸르러	寒鴉飛盡秋江碧 한 아 비 진 추 강 벽
누각에서 묵는 나그네 잠 못 드는데	樓中宿客不成眠 누 중 숙 객 불 성 면
밤새 서리 바람에 나뭇잎 지는 소리 들리네.	一夜霜風聞落木 일 야 상 풍 문 낙 목
두 해를 난리 속으로 떠돌아다니며	二年飄泊干戈際 이 년 표 박 간 과 제
온갖 계책 내던 일 아득한데 머리는 희었고	萬計悠悠頭雪白 만 계 유 유 두 설 백
쇠락한 몸 무단히 눈물 흘리는 일 잦아	衰淚無端數行下 쇠 루 무 단 수 행 하
일어나 위태한 난간에서 북극을 쳐다보네.	起向危欄瞻北極 기 향 위 란 첨 북 극

유성룡(1542~1607)은 임진왜란이 일어나자 병조판서에 임명되었고, 선조를 호종護從하여 북쪽으로 피난을 가던 길에 영의정으로 승진하였으나 평양에 이르러 평양성을 끝까지 사수해야 한다고 주장하다가 반대파의 탄핵으로 파직되었습니다.

선조는 평양성을 버리고 의주에 당도하자 유성룡을 다시 평안도체찰사에 임명했습니다. 이듬해 유성룡은 명나라 장수 이여송과 연합하여 평양성을 수복하였으며, 충청·경상·전라 3도체찰사가 되었습니다. 이때 명나라 군대가 파주까지 진격하여 벽제관에서 일본군과 격전을 벌였으나 패하여 개성으로 퇴각하는 바람에 유성룡이 조명연합으로 서울을 탈환하기 위해 행주산성에 집결시켜 둔 권율의 부대가 고립되었습니다. 그러나 권율 장군은 2천3백 명의 군사로 수만의 일본군을 격퇴함으로써 일본군이 서울에서 철수하여 남쪽으로 퇴각하게 만들었습니다. 이에 선조는 유성룡을 다시 영의정에 임명하고 4도체찰사를 겸하게 하였습니다.

영의정이 된 유성룡은 화기를 제조하고 성곽을 수축하는 등 전력을 강화하는 한편 훈련도감을 설치하였습니다. 이 무렵 명나라 정응태란 자가 조선이 일본과 연합하여 명나라를 치려 한다고 무고하는 사건이 발생했는데, 북인들이 이 사건을 해명하기 위해 유성룡이 명나라 황제를 만나러 가야 한다고 주장했습니다. 그러나 유성룡은 그것이 자신을 제거하기 위한 음모임을 알고 거부하였고, 이에 북인들이 유성룡을 탄핵하자 선조는 유성룡의 모든 관직을 삭탈하였습니다.

이순신, 권율과 같은 명장을 찾아내 적소에 배치하고 몸소 전란의 현장에 뛰어들어 구국을 위해 혼신의 노력을 다했던 유성룡은 고향인 안동 하회마을로 돌아가 은거하며 전란의 교훈서인 《징비록》을 쓴 뒤 파란만장한 생을 마쳤습니다.

이 시는 유성룡이 삭탈관직을 당한 뒤 낙향하여 안동 하회마을에서 은거할 때 그곳에서 그리 멀지 않는 청풍한벽루(충북 제천시 청풍면 소재)를 찾아가 하룻밤 묵으며 쓴 것입니다.

함종 가는 길에 　咸從道中
함종도중

돌길은 꾸불꾸불 산골 물은 비스듬히 흐르고	磴道千回並磵斜 등도천회병간사
말발굽은 터벅터벅 돌 무더기와 모래를 밟네.	馬蹄磊落踏崩沙 마제뢰락답붕사
벼랑의 자줏빛 국화는 향기 맡는 이 없어도	崖縫紫菊無人嗅 애봉자국무인후
스스로 찬 하늘 우러러 꽃의 정취를 내뿜네.	自向寒天盡意花 자향한천진의화

작자는 산골 물이 비스듬히 흘러내리는 개울가의 꾸불꾸불한 산길을 말을 타고 갑니다. 돌 무더기와 모래를 밟는 말발굽 소리가 터벅터벅 거칠어지는 비탈길을 오르며 길 옆의 벼랑을 쳐다보니 자줏빛 국화가 피어 있습니다. 작자는 벼랑에 핀 국화를 보면서 그 향기를 맡아 줄 사람이 없는 것을 안타까워하지만 국화는 그런 것엔 아랑곳하지 않고 찬 하늘을 우러러 꽃의 정취를 한껏 내뿜고 있습니다.

이 시는 김매순(1776~1840)이 함종(지금의 평안남도 강서군)에 유배된 누군가를 만나러 가던 길에 험한 벼랑에 핀 국화를 보고 유배된 사람의 고매高邁한 인품을 흠모하며 쓴 것으로 보입니다. 김매순은 조선의 영조~헌종 때 문신이자 학자로 예조참판과 강화부유수를 지냈으며, 문장에 뛰어나 여한십대가麗韓十大家로 불리었습니다.

산길에서 듣는 피리 소리 山行聞笛
산행문적

조용하고 쓸쓸히 저녁 햇살 밖으로 澹澹夕陽外
담담석양외

느릿느릿 먼 마을을 지나가는데 遲遲過遠村
지지과원촌

소 뒤에서 들려오는 한 가락 피리 소리에 一聲牛背笛
일성우배적

바람이 일어나 온산 구름 흩어 버리네. 吹罷萬山雲
취파만산운

작자는 소를 타고 조용하고 쓸쓸히 저녁 햇살 밖으로 느릿느릿 먼 마을을 지나가는데, 소 뒤에서 들려오는 한 가락 피리 소리에 일어난 바람이 온 산의 구름을 흩어 버린다고 합니다. 이는 작자의 가슴속에 쌓인 시름이 피리 소리에 구름이 걷히듯 걷혔음을 뜻합니다.

박계강은 마흔이 될 때까지 까막눈이었는데, 어느 날 길거리에서 천한 노예에게 글자도 모르는 멍텅구리란 수모를 당한 뒤 분발하여 마침내 당대에 시와 글로 이름을 떨치는 문장가가 되었습니다.

그는 '남이 한 번에 능통하면 나는 백 번을 하며, 남이 열 번에 능통하면 나는 천 번을 한다. 그렇게 하면 비록 어리석은 사람일지라도 반드시 현명해지고, 유약한 사람일지라도 반드시 강해진다'는 《중용》의 가르침을 실천적으로 보여준 전설적인 인물입니다.

무장 가는 길에 — 茂長道中(무장도중)

● 이달

유월의 기나긴 모랫길로	六月長沙路 육 월 장 사 로
돌아가는 사람 더위를 느끼며 가네.	歸人觸暑行 귀 인 촉 서 행
호젓한 마을에서 저녁 비를 만나	孤村逢暮雨 고 촌 봉 모 우
홀로 앉아 꾀꼬리 소리를 듣네.	獨坐聽流鶯 독 좌 청 류 앵
세상에 사는 동안 나그네로 오래 떠돌아	在世長爲客 재 세 장 위 객
보낸 세월이 벌써 반평생이네.	行年已半生 행 년 이 반 생
어느 때에나 대나무 숲 아래	何時竹林下 하 시 죽 림 하
가시나무 울을 치고 머물러 살까.	棲息掩柴荊 서 식 엄 시 형

이달은 어머니가 관기官妓인 서얼 출신이라 뛰어난 재주와 재능을 가지고서도 벼슬길이 막혀 평생 전국을 떠돌아다니며 신분적 차별에서 오는 울분을 시로써 달랬는데, 이 시에는 떠돌이생활을 끝내고 가정을 이뤄 살고 싶은 간절한 소망이 담겨 있습니다.

작자는 유월의 뜨거운 햇볕에 달아오른 모랫길을 걸어 무장으로 가는 길에 심한 더위를 느낍니다. 여름 날씨는 변덕스러워 한낮엔 땡볕이 내려쬐더니 저물녘 호젓한 마을을 지날 때는 소낙비가 쏟아집니다. 작자는 길가 농막에 앉아 비를 피하며 빗속에서 울어대는 꾀꼬리 소리를 듣습니다. 작자는 미물微物인 꾀꼬리도 둥지를 틀고 가정을 이루어 노래하는데, 자신은 반평생 독신으로 떠돈 것을 탄식합니다. 작자는 어느 때에나 대나무 숲 아래 가시나무 울타리를 친 집에서 가정을 이루고 살아볼지 막막할 뿐입니다.

이달은 일흔이 넘을 때까지 가정을 이루고 싶은 꿈을 이루지 못하고 떠돌다가 평양의 한 여관에서 쓸쓸히 죽었습니다.

계미년 중구절에 癸未重九
계 미 중 구

땅은 후미지고 가을은 끝나 가는데 地僻秋將盡
지 벽 추 장 진

산이 차가워 국화는 피지 않았네. 山寒菊未花
산 한 국 미 화

병이 드니 시를 짓기 점점 고되고 病知詩愈苦
병 지 시 유 고

가난하니 외상술마저 사기 어렵네. 貧覺酒難賖
빈 각 주 난 사

들길에는 하늘 얼굴이 커다랗고 野路天容大
야 로 천 용 대

마을 언덕에는 햇발이 기우뚱한데, 村墟日脚斜
촌 허 일 각 사

나그네 회포를 떨쳐버리지 못하고 客懷無以遣
객 회 무 이 유

땅거미 내린 농가 앞을 지나가네. 薄暮過田家
박 모 과 전 가

작자는 가을이 끝나가는데도 땅이 후미져 산이 차가우니 국화가 피지 않았다고 합니다. 실은 국화는 피었다 졌지만 불우한 처지인 작자의 눈에 보이지 않았을 따름입니다. 작자는 병이 심해 시도 지을 수 없고, 가난해서 외상술도 살 수 없는 처지를 한탄하며 들길에 나섰습니다. 들길에 나서니 사방이 산으로 막힌 곳이라 동그랗게 보이는 하늘 얼굴이 커다랗고, 마을 언덕에는 비스듬히 비치는 햇발이 기우뚱합니다. 시인은 밀려오는 나그네 회포를 떨쳐버리지 못하고 어둑어둑 땅거미가 내리는 농가 앞을 쓸쓸히 지나갑니다.

이 시는 고려 충숙왕 때 좌사의대부로 있던 정포가 왕의 악정惡政에 대한 상소를 올렸다가 왕을 모함했다는 죄로 개경에서 멀리 떨어진 울주로 귀양을 가 있던 계미년 중구절重九節(음력 9월 9일)에 쓴 것입니다.

정포는 왕이 바른 길을 가도록 간한 충신입니다. 그러나 왕은 그를 내쳤습니다. 충신과 간신의 차이! 충신은 권력에 취하지 않는 사람이고, 간신은 권력에 취한 사람입니다. 그런데 한번 권력에 취한 사람은 죽은 뒤에도 깨어나지 못합니다.

머물다 떠나며 留別 유 별

가는 풀과 이름 모를 꽃 피어 있는 물가 정자	細草閒花水上亭 세 초 한 화 수 상 정
푸른 버드나무가 그림같이 봄 성을 가리었네.	綠楊如畵掩春城 녹 양 여 화 엄 춘 성
아무도 송별의 노래 불러주는 사람이 없는데	無人解唱陽關曲 무 인 해 창 양 관 곡
다만 푸른 산만 내가 가는 길을 배웅해 주네.	只有靑山送我行 지 유 청 산 송 아 행

작자는 푸른 버들이 그림같이 아름답게 가리고 있는 봄 성을 나와 가녀린 풀과 이름 모를 꽃들이 피어 있는 강가의 정자 앞에 섰습니다. 이곳은 배웅 나온 사람들과 작별의 인사를 나누는 자리인데 작자에게는 배웅해 줄 사람이 아무도 없어 애오라지 푸른 산만이 작자의 가는 길을 배웅해 줄 뿐입니다. 이 얼마나 쓸쓸하고 외로운 정경입니까. 그러나 작자는 외로워하지 않습니다. 왜냐하면 어딜 가도 맞아 줄 청산이 있고 또 배웅해 줄 청산이 있기 때문입니다.

정지승(1550~1589)은 조선 선조 때 시인입니다. 그는 조부 정순붕이 을사사화의 원흉(정순봉은 1545년 명종의 외삼촌 윤원형 일파가 인종의 외삼촌 윤임 일파를 숙청할 때 윤원형 편에 서서 윤임 일파와 사림의 선비들을 처형하는 데 주도적 역할을 함)으로 선비 사회로부터 배척되었기 때문에 벼슬길에 나갈 수 없었습니다. 그래서 전라도 용담 회계곡 물가에 총계당을 짓고 한평생 숨어 살며 시를 낙으로 삼았습니다.

나그네 회포 客中書懷
객중서회

북풍에 불려 가는 눈처럼 날리어서	北風吹我如飛雪 북풍취아여비설
남쪽 땅 강진의 밥집에 닥트렸네.	南抵康津賣飯家 남저강진매반가
나직한 산 바다를 가려 주니 다행이고	幸有殘山遮海色 행유잔산차해색
대나무 연중 피는 꽃 같아 좋구나.	好將叢竹作年華 호장총죽작년화
옷에 기인한 풍토병 겨울엔 줄지만	衣緣地瘴冬還減 의연지장동환감
근심은 더해져 밤마다 술을 마시네.	酒爲愁多夜更加 주위수다야갱가
나그네 근심 녹여줄 겨우 한 가지는	一事纔能消客慮 일사재능소객려
섣달 전에 이미 핀 동백꽃이라네.	山茶已吐臘前花 산다이토납전화

작자는 북풍에 불려 가는 한 송이 차가운 눈처럼 날려서 남쪽 땅 강진으로 유배를 왔습니다. 대역 죄인으로 낙인 찍혀 유배를 왔지만 밥은 먹어야 살 수 있으니 강진읍 동문 밖 밥집에 들어갔습니다. 밥집 노파의 배려로 뒷방을 얻어 여장을 풀고 주변을 둘러봅니다.

나직한 산이 거친 바닷바람을 막아 주니 그나마 다행이고, 사시사철 푸른 대나무는 연중 피는 꽃 같아 좋습니다. 습기가 많은 바닷가라 옷에 기인한 풍토병이 많지만 그래도 겨울엔 풍토병이 줄어드니 근심이 덜합니다.

그러나 폐족廢族(천주교를 믿었던 둘째 형 약전은 흑산도에 유배되었고, 셋째 형 약종은 사형을 당했으며, 자신도 유배되어 후손들이 영영 벼슬할 수 없게 됨)이 된 근심은 점점 더 커져 밤마다 술을 마시며 괴로워합니다. 다만 근심을 녹여줄 한 가지는 섣달 전에 이미 붉게 피어 있는 동백꽃뿐입니다. 언제 귀양살이가 끝날지도 모르는 캄캄한 절망 속에서도 시인은 동백꽃을 보며 희망을 품습니다.

나그네를 내쫓는 개성 開城逐客

개 성 축 객

고을 이름이 개성인데 어찌 문을 닫으며	邑號開城何閉門 읍 호 개 성 하 폐 문
산 이름이 송악인데 어찌 땔나무가 없는가?	山名松嶽豈無薪 산 명 송 악 기 무 신
황혼에 나그네 내쫓는 것 사람 짓이 아닌데	黃昏逐客非人事 황 혼 축 객 비 인 사
예의 바른 동방에서 너 홀로 진나라구나.	禮義東方子獨秦 예 의 동 방 자 독 진

작자는 고을 이름이 열 개開자에 재 성城으로 '문을 열어 주는 성'인데 어찌 밥을 구걸하려 해도 문을 열어 주지 않으며, 산 이름이 소나무 송松자에 큰 산 악岳으로 '소나무가 많은 산'인데 어찌 잠을 재워달라고 해도 방에 불을 때지 않아 재워줄 수 없다고 하느냐며, 동방예의지국인 조선에서 황혼에 갈 곳 없는 나그네를 내쫓는 개성이야말로 무도無道한 진나라와 다를 바 없다고 합니다.

김병연(1807~1863)은 조선 후기의 시인으로 본명보다 김삿갓으로 더 많이 알려져 있습니다. 그의 할아버지는 선천부사 김익순이었는데, 홍경래의 난(1811년 12월~1812년 5월까지 홍경래가 주도하여 평안도 일대에서 일으킨 농민항쟁) 때 항복하였습니다. 그 죄로 김익순은 처형되었고, 가족들은 뿔뿔이 흩어져 숨어 살다가 세월이 한참 흐른 뒤 사면되자, 김병연이 과거에 응시하였습니다. 그때 공교롭게도 김익순의 죄를 공박하는 문제가 출제되었고, 김병연은 김익순을 신랄하게 공박하는 답안지를 제출하여 과거에 급제하였습니다. 그러나 후에 그것을 알게 된 김병연은 벼슬을 버리고 하늘을 볼 수 없는 죄인이라며 일생 동안 삿갓을 쓰고 전국을 방랑하였습니다.

그는 벼슬아치와 부호를 풍자하고, 백성들의 애환을 노래하는 즉흥시를 읊으며 구름처럼 떠돌다가 56세에 전라도 화순군 동북에서 객사하였습니다. 그의 시신은 아들이 수습하여 강원도 영월군 태백산 기슭(김삿갓면 와석리)에 장사지냈습니다.

멀건 죽 한 그릇

無題
무 제

네 다리 소나무 소반에 올린 죽 한 그릇,
하늘빛과 구름 그림자가 함께 배회하는구나.
주인께선 볼 낯이 없다고 말하지 마시오.
난 청산이 물속에 꺼꾸러진 풍경을 좋아하오.

四脚松盤粥一器
사각송반죽일기
天光雲影共徘徊
천광운영공배회
主人莫道無顔色
주인막도무안색
吾愛靑山倒水來
오애청산도수래

작자는 방랑길에 가난한 집에 들려 네 다리 소나무 소반에 올린 죽 한 그릇을 대접 받았습니다. 그런데 주인이 하늘빛과 흘러가는 구름이 비칠 정도로 멀건 죽을 길손에게 대접해서 볼 낯이 없다며 송구스러워 합니다. 그러자 작자는 찢어지게 가난하지만 넘치도록 인정 많은 주인이 더 이상 미안해하지 않도록 하기 위해 자신은 청산이 물속에 꺼꾸러진 풍경을 좋아한다며 너스레를 떱니다.

가난한 떠돌이 시인과 가난한 시골 늙은이가 나누는 대화에는 사람의 냄새가 물씬 풍깁니다. 세상엔 물질적으로는 가난하지만 마음은 부자인 사람들이 많습니다. 그래서 세상은 춥지 않고 따뜻한 것입니다.

11장

천리 머나면 고향 생각

가장 향수병이 심했던 때는 공장생활에 적응이 안 되었던 금성사 공원工員 시절과 군대생활에 적응이 덜 되었던 3사관학교 생도 시절이었습니다.

고향산천이 그리운 것이야 참을 수 있었지만 고향에 두고 온 가족이 그리운 것은 참기 힘들었습니다. 별들이 쏟아지는 여름밤에 마당에 깔아둔 멍석 위에 앉아 쏟아져 내리는 별을 치마폭에 받아 그 중에서 가장 큰 별을 내 가슴에 달아주며 별처럼 빛나는 사람이 되라고 격려해 주시던 할머니와 도리깨질 휘휘 까끄라기 보리타작을 힘들게 하면서도 자식 크는 보람에 사신다던 구릿빛 얼굴의 아버지가 생각날 때면 눈시울이 촉촉이 젖었습니다.

향수는 아리한 슬픔만을 가져다주는 것이 아닙니다. 향수는 객지생활에서 받는 차별과 냉대와 소외로 지친 마음에 위안을 주고, 어떤 난관도 극복하고 성공하여 금의환향하겠다는 의지를 북돋아 주며, 부모와 형제, 친구의 소중함을 일깨워 주고, 애향심과 애국심을 불러일으키는 원동력인 것입니다.

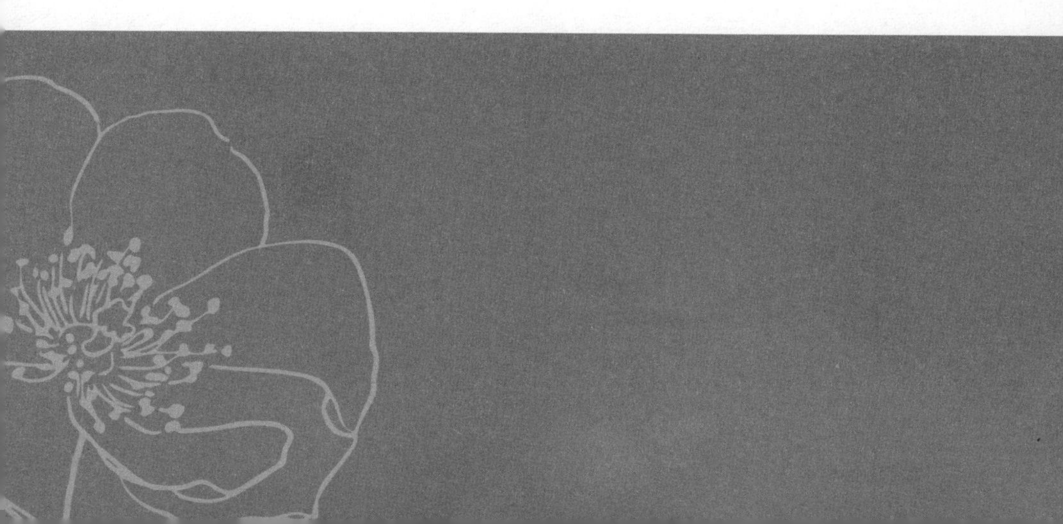

고요한 밤의 고향 생각

靜夜思
정 야 사

● 이백

침상 앞을 비추는 밝은 달빛이 — 床前明月光 (상전명월광)

땅위에 내린 서리인 듯하여 — 疑是地上霜 (의시지상상)

머리 들고 하늘의 달을 쳐다보다가 — 擧頭望明月 (거두망명월)

곧 고개 떨구고 고향 생각 하네. — 低頭思故鄕 (저두사고향)

이 시는 이백이 26살 되던 해 늦가을 어느 날 양주객사에서 쓴 것입니다. 작자는 외로운 객지의 여관방에서 잠이 들었다가 깨어납니다. 그때 침상 머리를 비추는 교교皎皎한 달빛이 땅바닥에 깔린 서리인가 착각할 정도로 하얗게 빛나고 있습니다. 작자는 머리를 들고 하늘의 달을 쳐다보며 자신을 비추는 저 달이 그리운 고향산천과 부모형제를 비롯한 정든 사람들을 비출 것이라 생각하다가 밀려오는 외로움을 주체할 수 없어 고개를 떨구고 맙니다.

이 시는 고향을 그리는 심정을 단 20자로 짧고 쉽게 표현하였지만 긴 여운을 남기는 명시로 많은 사람들의 입에 오르내렸습니다.

한 조각 향수

和洪兼善濟川亭
화 홍 겸 선 제 천 정
次宋中樞處寬
차 송 중 추 처 관

꽃잎 날리고 버들 가르며 강바람이 부는데	吹花擘柳半江風 취 화 벽 류 반 강 풍
돛대 그림자 흔들흔들 저녁 기러기 등져 있네.	檣影搖搖背暮鴻 장 영 요 요 배 모 홍
한 조각 향수에 부질없이 기둥에 기대서니	一片鄕心空倚柱 일 편 향 심 공 의 주
흰 구름은 빠르게 술 실은 배를 지나가네.	白雲飛度酒船中 백 운 비 도 주 선 중

이 시는 김종직이 제천정에서 중추부사 송처관의 운에 차운(次韻: 남의 시 운자를 따서 시를 짓는 것)한 홍겸선의 시에 화답한 것입니다.

꽃잎 흩날리고 버들가지 가르며 강바람이 부는 저녁, 저 멀리 유람선 한 척이 흔들거리는 돛대 그림자를 강물 위에 드리우고 날아가는 기러기 떼를 등진 채 유유히 떠 있습니다. 작자는 강가의 정자 기둥에 기대서서 술 실은 유람선 위로 흰 구름이 빠르게 스쳐 지나가는 것을 물끄러미 바라보며 아련한 고향 생각에 잠깁니다.

김종직(1431~1492)은 우리나라 성리학의 태두인 길재의 학맥을 이은 김숙자의 막내아들로 영남학파의 종조宗祖입니다. 그는 생전에 〈조의제문〉을 지은 적이 있는데, 사관으로 있던 그의 제자 김일손이 이를 사초에 올렸다가 훈구파의 거물 이극돈에게 들켰고, 이를 알게 된 유자광이 〈조의제문〉은 세조의 왕위찬탈을 비방하고 단종을 애도한 글이라며 연산군에게 고변하여 연산군이 김종직을 부관참시하고 사림파를 숙청하는 무오사화를 일으키게 하였습니다.

길을 가던 중에

途中卽事
도 중 즉 사

하늘 끝의 나그네 가는 세월이 아쉬운데 天涯遊子惜年華
천 애 유 자 석 년 화

천리 먼 고향에 돌아갈 생각뿐 가질 못하네. 千里思歸未到家
천 리 사 귀 미 도 가

봄바람이 봄이 하는 일에 관여하지 않아도 一路東風春不管
일 로 동 풍 춘 불 관

들판의 주인 없는 복사꽃은 저절로 피었네. 野桃無主自開花
야 도 무 주 자 개 화

반정(1506년 성희안, 박원종 등이 연산군을 쫓아내고 진성대군을 왕으로 추대한 사건)으로 왕위에 오른 중종이 자신을 조선국 왕으로 추인한다는 중국 황제의 칙서를 가지고 오는 사신을 맞이할 원접사를 의주로 파견할 때 작자는 원접사의 종사관이 되어 의주로 갔습니다. 의주에 도착한 원접사 일행은 의주 객사에 여장을 풀고 언제 당도할지도 모르는 중국 사신을 무작정 기다리고 있었습니다.

통신과 교통이 불편하던 때니 하염없이 사신을 기다려야 하는 나날이 얼마나 지루했겠습니까. 그래서 작자는 나라의 끝인 국경 의주에서 가는 세월을 아쉬워하며 날마다 천리 머나 먼 고향으로 돌아갈 생각뿐입니다. 작자는 봄바람이 봄이 하는 일에 관여하지 않아도 들판의 복사꽃은 필 때가 되면 저절로 피듯이 자신도 고향으로 돌아갈 때가 되면 저절로 돌아가게 될 것이라고 자위합니다.

가을은 깊어 가고

秋晚
추 만

고향에는 노란 국화꽃이 피었다 떨어졌겠지. 黃菊開殘故國花
황 국 개 잔 고 국 화

겨울옷이 오지 않아 고향 생각 간절하네. 寒衣未到客思家
한 의 미 도 객 사 가

변방 성에 지는 햇살은 시든 풀잎에 떨어지고 邊城落日連衰草
변 성 낙 일 연 쇠 초

가을바람 거센 나무에선 까마귀가 우짖네. 啼殺秋風一樹鴉
제 쇄 추 풍 일 수 아

천리 머나먼 변방에서 국경을 지키는 병사는 지는 햇살이 성벽 위의 시든 풀잎에 떨어지고, 까마귀가 가을바람 거센 나뭇가지 위에 앉아 까악 깍 우짖는 광경을 바라보며 이때쯤이면 고향에는 노란 국화꽃이 다 떨어졌을 것이라고 생각합니다. 병사는 이렇게 가을이 깊었는데도 겨울옷이 오지 않으니 고향집에 무슨 변고가 일어나지나 않았는지 불안하고 초조해집니다. 고향을 떠난 사람에게 고향 소식이 끊기는 것보다 더 가슴 졸이고 애타는 일이 없습니다.

안응세(1455~1480)는 조선 전기의 문인입니다. 그는 세조의 왕위찬탈을 보고 불의한 세상을 피해 산속에 숨어 민중들의 고통을 대변하는 악부 형식(민요풍)의 서정성이 풍부한 시를 쓰며 살다가 26세에 요절하였습니다. 이 시는 변방으로 수자리 나간 병사가 고향을 그리워하고 가족을 걱정하는 심정을 대신해서 읊은 것입니다.

장성 가는 길에

長城道中
장성도중

● 백광훈

장성 가는 길에 단오날을 맞았네.	路上逢重五 노상봉중오
고장은 달라도 세시풍속은 같구나.	殊方節物同 수방절물동
머나먼 고향집의 가련한 딸애는	遙憐小兒女 요련소아녀
하루 종일 뒤뜰에서 혼자 놀겠지.	竟日後園中 경일후원중

작자는 장성으로 가는 나그넷길에 단오를 만났습니다. 고장은 달라도 세시풍속은 같아 지나는 마을마다 창포물에 머리를 감고 곱게 단장한 아낙네들이 그네를 뛰며 즐거워하고, 젊은 장정들은 씨름판에서 샅바를 잡고 상대를 넘어뜨리려고 용을 씁니다. 빙 둘러서서 시끌벅적 떠들며 구경하는 사람들 속에는 어린아이를 목말태운 젊은 아버지들이 눈에 띕니다.

작자는 아버지 어깨 위에 목말을 타고 신나게 재잘대는 어린애를 바라보며, 고향집에 두고 온 어린 딸애를 생각합니다. 작자는 그네 터와 시름판을 구경시켜 주고 목말을 태워줄 아버지가 없어서 이 좋은 단오날에도 하루 종일 뒤뜰에서 혼자 놀고 있을 가련한 딸애를 생각하니 가슴이 짠합니다.

아우 무회를 그리며

愼氏亭懷
신씨정회
無悔甫弟
무회보제

길은 평구역에서 끝나고	路盡平丘驛 노진평구역
강은 판사정에 깊구나.	江深判事亭 강심판사정
올라보니 만고에 탁 트여 있는 곳이라	登臨萬古豁 등임만고활
잠자리에 드니 새벽까지 상쾌하구나.	枕席五更淸 침석오경청
이슬 내린 물가엔 물고기와 새가 노닐고	露渚飜魚鳥 노저번어조
금빛 물결엔 달과 별이 일렁이네.	金波動月星 금파동월성
남쪽 고향 그리워하다 두 줄기 눈물은 말랐지만	南鄕雙淚盡 남향쌍루진
북쪽 대궐을 향해 품은 뜻은 밝다네.	北闕寸心明 북궐촌심명

노수신(1515~1590)은 조선 중기의 문신입니다. 그는 인종이 즉위하자 정언의 직책으로 대윤(인종의 외삼촌인 윤임 일파)의 편에서 소윤 일파이던 이기를 탄핵하여 파직시킨 일이 있습니다. 그 후 인종이 즉위 8개월 만에 죽고 명종이 즉위하자 명종의 어머니인 문정왕후가 섭정을 하게 되었으며, 이를 계기로 소윤(명종의 외삼촌인 윤원형 일파)이 실권을 장악하고 을사사화를 일으켜 대윤 세력을 숙청하였습니다. 그때 노수신은 순천으로 유배되었고, 양재역 벽서사건(누가 양재역 벽에 소윤과 문정왕후를 비난하는 글을 써서 붙였는데, 그것을 계기로 소윤이 대윤의 잔존세력을 말살함)으로 가중처벌을 받고 진도로 이배移配되어 19년간 귀양살이를 했

습니다. 그리고 다시 괴산으로 이배되어 2년간 귀양살이를 하던 중 명종이 죽고 선조가 즉위하자 그를 교리로 임명해 조정으로 불러들였습니다. 이 시는 선조의 부름을 받고 괴산에서 서울로 올라가던 중 평구역(광나루 부근에 있었음) 판사정(신씨정)에 올라 20년 넘게 가지 못한 고향을 그리워하며 지은 것입니다.

작자는 귀양에서 풀려나 벼슬을 받고 가는 길이라 탁 트인 판사정에서 든 잠자리는 새벽에 일어날 때까지 상쾌하고, 이슬 내린 물가에서 노니는 물고기와 새들은 정겹고, 달과 별들이 금빛 강물에서 일렁이는 모습도 아름답습니다. 작자는 강산이 두 번 바뀌는 동안 고향을 그리워하느라 두 줄기 눈물은 모두 말랐지만 이제 영어囹圄의 몸에서 풀려나 대궐을 향해 가고 있으니 품은 뜻을 밝게 펼칠 꿈에 부풀어 있습니다. 이후 작자는 억울한 귀양살이에서 뼈에 사무치도록 다짐했던 바른 정치를 실천하여 영의정에까지 올랐습니다.

두보

봄을 바라보며 春望(춘망)

나라는 망해도 산하는 남아 國破山河在(국파산하재)
장안에 봄이 오고 초목이 우거졌네. 城春草木深(성춘초목심)
시절이 슬퍼 꽃에 눈물 뿌리고 感時花濺淚(감시화천루)
이별이 한스러워 새소리에 놀라네. 恨別鳥驚心(한별조경심)
봉화가 연이어 삼월까지 오르니 烽火連三月(봉화연삼월)
집안 소식이 만금보다 귀중하네. 家書抵萬金(가서저만금)
흰 머리털은 빗을수록 더욱 빠져 白頭搔更短(백두소갱단)
이제는 비녀조차 꽂을 수 없네. 渾欲不勝簪(혼욕불승잠)

두보는 무기고 관리직으로 근무하던 때 안녹산의 난이 일어나자 장안을 떠나 부주(현 섬서성 부현)로 피난을 갔습니다. 그는 그곳에서 당시 황제이던 현종이 사천으로 피난 가던 길에 감숙성의 영무에서 아들 숙종에게 황제자리를 넘겨준다는 소문을 듣고, 즉위식에 참석하려고 부주를 떠나 영무로 가던 길에 안녹산의 포로가 되어 장안으로 끌려가 구금되었는데, 이 시는 그때 쓴 것입니다.

작자는 수도 장안이 반란군에게 점령당하고 황제가 달아나 나라는 망했지만 그래도 봄이 오니 장안에 초목이 우거지는 것을 봅니다. 작자는 포로가 된 것이 슬퍼 꽃에 눈물을 뿌리고 가족과의 이별이 한스러워 새소리에도 놀랍니다. 더구나 전란은 끝날 기미를 보이지 않고 춘삼월까지도 계속해 봉화가 오르는데, 가족들과는 소식이 끊겨 근심과 걱정으로 속이 타들어 갑니다. 그래서 빗질을 할 때마다 흰 머리털이 한 움큼씩 빠져나와 비녀를 꽂을 수조차 없습니다.

달밤에 夜月
야월

오늘밤 부주에도 비칠 저 달을	今夜鄜州月 금야부주월
아내 혼자 우두커니 쳐다보고 있겠지.	閨中只獨看 규중지독간
멀리 그곳의 가련한 어린 딸애는	遙憐小兒女 요련소아녀
장안의 이 아비 그리워하는 제 어미 심정 모르겠지.	未解憶長安 미해억장안
향기로운 밤안개에 구름처럼 쪽진 머리가 젖고	香霧雲鬟濕 향무운환습
맑은 달빛에 백옥 같은 팔이 차갑겠지.	清輝玉臂寒 청휘옥비한
어느 때에나 빈 휘장에 기대어	何時倚虛幌 하시의처황
함께 달빛을 받으며 눈물 자국을 말릴까.	雙照淚痕干 쌍조루흔간

이 시도 앞의 시와 마찬가지로 두보가 안녹산의 반란군에게 붙잡혀 1년간 장안에 구금되어 있을 때 쓴 것입니다.

영어의 몸이 된 작자는 아내가 있는 부주에도 비칠 달을 쳐다봅니다. 지금 아내는 소식이 끊어져 버린 자신을 애타게 기다리며 혼자 우두커니 저 달을 쳐다보고 있을 것이라 생각하니 가슴이 찢어집니다. 더구나 그곳의 딸애는 나이가 어려 제 어미가 장안에 있는 제 아비를 그리워하는 심정을 모를 것이니 위로해 줄 사람조차 없는 아내가 더욱 가련합니다. 또 밤이 깊도록 바깥에 서서 달을 쳐다보고 있을 아내의 구름처럼 쪽진 머리는 향기로운 밤안개에 젖었을 것이고, 백옥 같은 팔은 맑은 달빛에 싸늘해졌을 것이라 생각하니 목이 멥니다. 작자는 감금에서 풀려나 빈 휘장에 기대 아내와 함께 달빛을 받으며 눈물 자국을 말릴 때가 언제나 올지 암담합니다. 전쟁으로 인한 가족과의 이별이 절절한 아픔으로 다가옵니다.

두보

언제나 고향에 돌아갈까 — 絶句 (절구)

강물이 푸르니 물새는 더욱 희고	江碧鳥逾白 (강 벽 조 유 백)
산 빛이 푸르니 꽃이 붉게 타오르네.	山青花欲燃 (산 청 화 욕 연)
올봄도 눈앞을 스쳐 지나가는데	今春看又過 (금 춘 간 우 과)
고향에 돌아갈 해 언제쯤 오려나.	何日是歸年 (하 일 시 귀 년)

작자는 눈앞에 펼쳐진 봄을 바라보고 있습니다. 얼음이 녹은 강물 빛이 푸르니 백로가 더욱 희게 보이고, 새순이 돋아나 산이 푸르니 꽃들이 더욱 붉게 타오르는 듯합니다. 그리고 황량하던 겨울이 가고 향기로운 봄이 오니 작자의 가슴속 향수병鄕愁病도 더욱 심해집니다. 시인은 올봄도 눈앞을 스쳐 지나가는데 자신이 고향으로 돌아가게 될 해는 언제쯤일지 알 수 없어 가슴이 쓰라립니다.

두보는 44세 때 안녹산의 반란군에 포로가 되었다가 1년 만에 간신히 장안을 탈출해 황제 숙종의 행재소가 있는 봉선으로 갔으며, 그 공로로 황제의 비서관인 좌습유의 자리에 올랐습니다. 그 후 관군이 장안을 회복하자 황제는 재상 방관을 벌하려 하였는데, 이때 두보는 친구인 방관을 두둔하는 상소를 올렸고 그로 인해 황제의 미움을 사 좌습유가 된 지 1년 만에 화주華州의 지방관으로 좌천되었습니다. 그리고 그곳에서 또 1년 만에 대기근을 만나 관직을 그만두고 고향(하남성 정주에 있는 공의시)으로 돌아가던 길에 전쟁의 고통과 관리들의 횡포에 시달리는 백성들의 삶을 직접 목도하고 현실을 비판하는 시를 썼는데, 그 대표적인 시가 〈삼리삼별〉입니다.

삼리三吏는 석호리(세 아들이 군대에 끌려가 모두 전사하고 애기 딸린 며느리와 늙은 부부가 사는 집에 강제 징병관이 들이닥쳐 며느리를 끌고 가려 하자 노파가 자기가 대신 전쟁터로 나가겠다며 애원하는 모습을 그린 시)와 신안리(미성년자인 어린 아들이 군대에 끌려가자 늙은 부모가 절규하는 모습을 그린 시), 그리고 동관리(두보가 견고한 동관성을 보고 그곳 장교에게 병마부원수 가서한이 함부로 동관성을 나와 안녹산의 반군과 싸우다가 대패한 일을 상기시키며 그런 전철을 밟지 말도록 당부하는 시)입니다.

그리고 삼별三別은 신혼별(결혼한 다음날 군대에 끌려가는 낭군과 이별하는 앳된 신부의 애절한 슬픔을 그린 시)과 무가별(군대에 끌려갔다 온 늙은 사내가 다시 군대에 끌려가는데, 가족들이 난리 통에 모두 죽고 없어서 이별을 애달파할 가족조차 없는 슬픔을 그린 시), 그리고 수로별(파파노인이 전쟁터로 끌려가자 노인의 늙은 아내와 난리 통에 부모를 잃은 어린 손자가 부둥켜안고 우는 모습을 그린 시)입니다.

두보는 그가 경험한 처참한 현실을 사실적으로 생생하게 묘사하였으며, 그래서 그의 시를 '시로 쓴 역사'라고 부릅니다.

악양루에 올라 登岳陽樓

등악양루

예부터 동정호 들어봤지만	昔聞洞庭水 석문동정수
이제야 악양루에 올랐네.	今上岳陽樓 금상악양루
오나라와 초나라 땅 동남으로 탁 트였고	吳楚東南坼 오초동남탁
하늘과 땅 밤낮으로 물에 떠 있네.	乾坤日夜浮 건곤일야부
친척과 벗은 편지 한 장 없고	親朋無一字 친붕무일자
늙고 병든 몸 외로이 배로 떠도네.	老病有孤舟 노병유고주
고향땅 북녘은 난리 중이어서	戎馬關山北 융마관산북
배 난간에 기대어 눈물만 짓네.	憑軒涕泗流 빙헌체사류

작자는 오래전부터 동정호에 대해 들어봤지만 오늘에야 비로소 악양루에 오르니 감회가 깊습니다. 그 옛날 오나라와 초나라 땅이 동남으로 탁 트였고 하늘과 땅이 밤낮으로 호수 물 위에 떠 있으니 절경 중의 절경입니다. 그런데 늙고 병든 몸으로 외로이 배를 타고 떠도는 작자는 친척과 벗으로부터 편지 한 장 없으니 고향 생각이 더욱 간절합니다. 그러나 고향 땅 북녘은 아직도 난리 중이어서 갈 수 없으니 작자는 배의 난간에 기대 눈물지을 뿐입니다.

두보는 고향으로 가던 길에 〈삼리삼별〉을 썼으나 고향은 안녹산의 반란군이 점령하고 있어서 가지 못하고, 감숙성 진주秦州와 동곡同谷을 거쳐 사천성 성도成都로 갔습니다. 두보는 그곳에서 검남절도사로 있던 친구 엄무와 시우詩友 고적의 도움을 받아 성도 서쪽 교외의 완화계에 초당을 짓고 살며 한 때나마 안정된 생활을 누렸습니다. 그러나 친구 엄무가 죽자 절도참모 및 공부원외랑의 벼슬을 버리고 사천을 떠나 호북성과 호남성을 배를 타고 떠돌던 중 악양루(호남성 악주부 부성의 서문 위에 있는 누각. 동정호 안에 자리 잡고 있어 호수를 한눈에 조망)에 도착하였으며, 그때 이 시를 썼습니다.

두보는 살아생전에 그토록 가고 싶어 했던 고향에 끝내 가지 못하고 59세를 일기로 배 안에서 쓸쓸히 병사하였습니다.

산속에서 山中 산중

장강은 슬픔에 막혀 흐름을 멈추었고 長江悲已滯 장강비이체
만리 밖에서 장차 돌아갈 생각뿐이네. 萬里念將歸 만리념장귀
더구나 때맞춰 부는 바람이 높은 저녁에 況屬高風晩 황속고풍만
산마다 노란 나뭇잎이 흩날리고 있으니. 山山黃葉飛 산산황엽비

장강은 슬픔에 막혀 흐름을 멈추었다는 구절은 명구名句 중의 명구로 고향을 떠나 만리 밖 타향에서 느끼는 슬픔을 극한적으로 묘사한 것입니다. 또한 바람 높은 저녁에 산마다 노란 나뭇잎들이 흩날린다는 구절은 타향에서의 외로움을 더 한층 고조시킵니다.

왕발(650~676)은 당나라 초기의 시인입니다. 그는 당 고종의 아들이 닭싸움 놀이에 빠져 있는 것을 풍자한 〈격영왕계문檄英王鷄文〉이란 글을 지었다가 고종의 미움을 사 관직을 박탈당한 뒤 쫓겨나 장강(양자강)가에서 살았는데, 이 시는 그때 쓴 것입니다.

그는 시구를 아름답게 다듬고 꾸미는 귀족 취향의 육조시대(3~6세기 양자강 남안에 위치했던 오, 동진, 송, 제, 양, 진의 여섯 왕조) 시풍에서 탈피하여 건전한 정조情調와 감흥을 산뜻하게 읊음으로써 성당시盛唐詩의 선구자가 되었으며, 불후의 명작 〈등왕각서〉를 남겼습니다.

섣달그믐날 밤에　　　　　　　　　　除夜作
제 야 작

여관방 찬 등불 아래 홀로 잠 못 드는데	旅館寒燈獨不眠 여 관 한 등 독 불 면
나그네 마음 어찌 이다지도 외롭고 쓸쓸한가.	客心何事轉悽然 객 심 하 사 전 처 연
오늘밤은 천리 머나먼 고향 생각뿐인데,	故鄕今夜思千里 고 향 금 야 사 천 리
날 밝으면 흰 귀밑머리 또 한 해를 맞겠지.	霜鬢明朝又一年 상 빈 명 조 우 일 년

작자는 섣달그믐 밤을 맞아 여관방 찬 등불 아래 홀로 누워 외롭고 쓸쓸함에 잠들지 못합니다. 오직 천리 머나먼 고향집에 두고 온 부모님과 처자식들이 그립고 걱정될 뿐입니다. 그리고 이 밤이 지나고 새날이 밝으면 희끗희끗 센 귀밑머리에 또 한 살이 보태져 흰 머리털만 늘어나게 되는데도 오랜 세월 타관 땅을 떠돌며 아무것도 이루어 놓은 것이 없으니 마음이 처량하고 허망할 뿐입니다.

고적(707~765)은 성당盛唐 때 시인으로 이백, 두보와 교우하였습니다. 그는 하서절도사 가서한의 서기를 지냈고, 회남淮南절도사와 서천西川절도사를 지내는 등 국경지대에서 오래 동안 근무한 경험을 바탕으로 변방의 풍경과 풍속을 사실적으로 묘사한 시를 많이 썼으며, 잠삼과 더불어 변새시邊塞詩의 쌍벽을 이루었습니다.

가을날 고향 생각 秋思(추사)

낙양성 가을바람 마음속에 이는 것을 보며	洛陽城裏見秋風 낙 양 성 리 견 추 풍
집에 보낼 편지를 쓰려니 전할 말 하고많네.	欲作家書意萬重 욕 작 가 서 의 만 중
너무 서두르다 할 말 다 못 썼을까 염려되어	復恐忽忽說不盡 복 공 홀 홀 설 부 진
편지 가져갈 사람 떠나기 전 다시 뜯어 보네.	行人臨發又開封 행 인 임 발 우 개 봉

작자는 낙양성 가을바람에 고향 생각이 간절해집니다. 그때 마침 고향으로 가는 인편이 있어서 부랴부랴 서둘러 편지를 씁니다. 작자는 다 쓴 편지를 인편의 손에 쥐어 주었다가 얼른 되받아 봉투를 뜯고 편지를 꺼내 너무 서두르다 빠뜨린 말이 없는지 다시 찬찬히 읽어 봅니다. 이 시는 고향의 가족에게 한 마디라도 더 전하고 싶어 하는 마음이 절절하게 묻어나는 사향시思鄕詩의 걸작입니다.

장적(766~830)은 중당中唐 때 시인으로 시력이 나빠 낮은 벼슬살이를 하며 가난하게 살았습니다. 그는 비참한 전란 속에서 백성들이 겪는 고통을 사실적으로 묘사한 시를 많이 썼습니다.

봄날 저녁 　　春夕 춘석

● 최도

물은 흐르고 꽃은 지니 둘 다 무정한데	水流花辭兩無情 수 류 화 사 양 무 정
초나라 땅을 지나가며 봄바람 모두 보내네.	送盡東風過楚城 송 진 동 풍 과 초 성
호랑나비 꿈속에 만리 밖 집을 보았는데	胡蝶夢中家萬里 호 접 몽 중 가 만 리
소쩍새 우는 가지에 삼경의 달이 걸렸네.	子規枝上月三更 자 규 지 상 월 삼 경
고향에서 오는 편지는 몇 년째 끊기고	故園書動經年絶 고 원 서 동 경 년 절
봄이건만 거울 속 나는 백발이 성성하네.	華髮春唯滿鏡生 화 발 춘 유 만 경 생
돌아가지 않을 뿐 가려면 갈 수 있으나	自足不歸歸便得 자 족 불 귀 귀 편 득
오호의 안개 낀 풍경 뉘라 트집 잡겠는가.	五湖煙景有誰爭 오 호 연 경 유 수 쟁

최도(854~?)는 만당晩唐 때 시인으로 고대국가인 파와 촉이 있던 사천성 동북부 지역에서 피난생활을 하였으며, 그 뒤에는 호남성, 호북성, 섬서성, 감숙성 등지를 방랑하며 일생을 보냈습니다. 그래서 그의 시에는 객지에서 느끼는 애수가 짙게 배어 있습니다.

작자는 흐르는 물과 지는 꽃이 무정하듯이 옛 초나라 땅을 지나는 동안에 봄바람도 무정하게 떠나 버려서 저문 봄을 바라보니 마음이 허전합니다. 작자는 장자가 호랑나비가 되는 꿈을 꾸었듯이 자신도 꿈속에서 호랑나비가 되어 만리 밖 고향집으로 날아가 뒤뜰의 소쩍새 우는 살구나무 가지 위에 뜬 삼경三更의 달을 보았습니다. 그리고 꿈에서 깨어나니 이곳은 타관 땅! 고향에서 오는 편지는 몇 년째 끊겼고, 봄이 왔건만 거울 속 자신의 모습은 백발이 성성한 인생의 가을입니다.

작자는 굳이 고향에 돌아가려면 가지 못할 것이야 없지만, 트집 잡을 데 없이 아름다운 오호五湖(소주, 무석, 오흥 일대의 격호, 조호, 사호, 귀호, 태호)의 안개 낀 풍경을 두고 어찌 이곳을 떠날 수 있겠느냐며 고향으로 돌아가지 못하는 까닭을 오호의 경치 때문이라고 핑계를 댑니다. 작자는 그런 핑계라도 대지 않고선 뼛속까지 사무치는 향수를 달랠 길이 없습니다.

밤에 배 안에서

舟中夜吟
주중야음

● 박인량

고국 땅 삼한은 아스라이 먼데 — 故國三韓遠 (고국삼한원)

가을바람에 나그네 회포가 많네. — 秋風客意多 (추풍객의다)

외로운 배에 실은 하룻밤의 꿈, — 孤舟一夜夢 (고주일야몽)

달이 진 동정호에 물결이 이네. — 月落洞庭波 (월락동정파)

작자는 고국을 떠나 중국에 사신으로 와 있습니다. 고국 땅 고려는 아스라이 먼 곳에 있는데, 가을바람이 부니 시인의 가슴속에 쌓이는 회포가 많아집니다.

작자는 외로운 배에 몸을 싣고 달이 진 동정호에 이는 물결을 바라보며 그리운 고향으로 달려가는 꿈을 꿉니다. 향수병은 꽃이 피는 봄이나 낙엽이 지는 가을에 특히 잘 도집니다. 그래서 봄과 가을에 고향을 노래한 시들이 많습니다.

일본에 사신으로 와서　奉使日本 봉사일본

섬나라에 봄빛이 출렁거려도　水國春光動 수국춘광동
하늘 끝에 온 나그네 돌아가지 못하네.　天涯客未行 천애객미행
풀은 천리를 이어서 푸르고　草連千里綠 초련천리록
달빛은 두 나라를 함께 비추는데,　月共兩鄕明 월공양향명
유세를 하느라 돈은 다 떨어지고　遊說黃金盡 유세황금진
돌아갈 생각 하다 머리털이 희어졌네.　思歸白髮生 사귀백발생
사나이 사방에 펴는 큰 뜻은　男兒四方志 남아사방지
이름을 남기기 위한 것 아니라네.　不獨爲功名 불독위공명

이 시는 정몽주가 왜구의 발호를 금지해 달라는 요청을 하기 위해 1377년(고려 제32대 우왕4년) 9월 일본에 사신으로 가서 하카타(규슈 후쿠오카 남동부에 위치)에 도착한 다음, 무로마치 막부에서 파견 나와 규슈를 다스리고 있던 규수탐제九州探題 이마가와 시다요와 왜구문제에 대해 교섭을 진행 중이던 1378년 봄에 쓴 작품입니다.

작자는 출렁거리는 봄빛에 파릇파릇 돋아난 풀이 천리를 이어서 푸르고, 밤마다 달빛이 고국 고려와 섬나라 일본을 동시에 비추고 있다고 생각하니 고국산천과 고향집이 더욱 그립습니다. 작자는 섬나라 관료들을 상대로 유세를 하느라 돈이 다 떨어져 고국으로 돌아갈 경비를 마련할 걱정에 머리털이 희어질 지경이지만 여러 나라를 다니며 외

교활동을 벌이는 것은 자신의 이름을 남기기 위한 것이 아니라 나라를 위한 것이라며 자신을 다잡습니다.

여관에 머물며 旅寓
여우

평생 남과 북을 오고 가건만 平生南與北
평생남여북

마음과 일 갈수록 꼬이네. 心事轉蹉跎
심사전차타

고국은 바다 서쪽 언덕에 있고 故國海西岸
고국해서안

외로운 배는 하늘 끝 물가에 있네. 孤舟天一涯
고주천일애

매화 핀 창가엔 봄이 이른데 梅窓春色早
매창춘색조

판자 지붕 빗소리 요란하구나. 板屋雨聲多
판옥우성다

홀로 앉아 긴 하루 보내야 하는데 獨坐消長日
독좌소장일

집 생각에 괴로워 어찌 견디나. 那堪苦憶家
나감고억가

이 시도 정몽주가 규슈 하카타에 머물면서 규수탐제 이마가와 시다요가 교토의 무로마치 막부 제3대 쇼군 아시카가 요시미츠를 만나도록 주선해 주길 기다리고 있던 1378년 봄에 쓴 작품입니다.

작자는 사신으로 일본과 중국을 여러 번 갔습니다. 그러나 외교라는 것이 쉽게 성사되는 것이 아니니 일이 꼬일 때가 자주 있어 정해진 기일 안에 고국으로 돌아가지 못할 때가 많았습니다. 그런데 이번에도 일이 꼬여 교토의 무로마치 막부 쇼군을 만나는 것이 자꾸 지체되고 있습니다. 바다 서쪽에 있는 고국 땅 고려에서 배를 타고 하늘 끝 일본에 와 반년을 넘게 머문 작자는 고국으로 돌아가고 싶어 좀이 쑤시는데, 창밖엔 때 이른 매화가 피기 시작하고 판잣집 지붕 위에선 봄비 쏟아지는 소리가 요란합니다. 고향집이라면 기왓장에 쏟아지는 빗소리와 추녀 끝에서 떨어지는 빗물소리가 낭만적이겠지만 이국땅에서 듣는 빗소리는 향수병을 도지게 할 뿐입니다. 그래서 작자는 비가 와서 아무 할 일이 없는 하루를 우두커니 홀로 앉아 있으면 집 생각이 나서 어찌 견딜까 걱정합니다.

상건 강물을 건너며

渡桑乾
도상건

병주에서의 타향살이 십 년 동안에	客舍幷州已十霜 객사병주이십상
밤낮 함양으로 돌아가고 싶은 생각뿐이었네.	歸心日夜憶咸陽 귀심일야억함양
별생각 없이 상건 강물 다시 건너다가	無端更渡桑乾水 무단갱도상건수
멈추어 병주를 바라보니 여기가 고향이네.	却望幷州是故鄕 각망병주시고향

작자는 병주(지금의 산서성 태원시)에서 10년간 타향살이를 하며 밤낮으로 고향인 함양(당나라 수도였던 장안)으로 돌아가고 싶은 생각뿐이었습니다. 그런데 오늘은 더 북쪽 지방으로 가려고 상건(산서성 북부에서 북경과 탁현 사이를 흐르는 강)을 건너고 있습니다. 작자는 강을 건너다 잠시 멈춰 서서 뒤를 돌아봅니다. 그때 문득 10년간 살면서 정이 들었던 병주가 고향이란 생각이 듭니다.

고향이 따로 있는 것이 아닙니다. 살면서 정이 들면 그곳이 고향이지요. 객지에 나가서 살면서 그곳에 적응하지 못하는 사람은 뿌리를 내리지 못하는 부평초가 됩니다. 그러면 삶이 고달파집니다. 향수는 아름다운 추억과 위안으로 작용해야지 부적응으로 작용해서는 안 됩니다.

떠나는 정한림에게

酬鄭翰林留別韻
수정한림유별운

● 박상

강마을에 장맛비가 높은 하늘에서 걷히니	江城積雨捲層霄 강성적우권층소
가을 기운 서늘하여 늦더위가 사라졌네.	秋氣冷冷老火消 추기냉냉노화소
황금빛 기름진 들판에 벼이삭 어지러이 팼는데	黃膩野秔迷眼發 황니야갱미안발
초록빛 성긴 버들 마주하고 술잔을 높이 드네.	綠疎溪柳對樽高 녹소계류대준고
바람은 약속한 듯 춤추는 옷자락을 따르고	風隨舞袖如相約 풍수무수여상약
산은 부르지 않아도 노래하는 자리에 드네.	山入歌筵不待招 산입가연부대초
부끄럽고 한스럽구나. 조그만 녹봉 받느라고	慙恨至今特斗米 참한지금특두미
고향의 논밭이 묵어 가도록 버려 두었으니.	故園蕪絶負逍遙 고원무절부소요

이 시의 작자 박상(1474~1530)은 중종 때 문신으로 성품이 강직하고 청렴하여 사후 청백리로 선정되었습니다. 그러나 그 때문에 벼슬길에 난관이 많았습니다. 그는 사간원헌납으로 근무할 때 왕실종친들의 중용을 반대하다 투옥되었고, 중종반정 때 폐위된 단경왕후 신씨의 복위를 주장하다 남평으로 유배되기도 하였습니다. 또 문과중시에 장원으로 급제하였으나 영전되기는 고사하고 오히려 나주목사로 좌천되는 등 부패한 고위층의 미움이 계속되자 45세에 병을 핑계로 벼슬에서 물러나 고향으로 돌아와 살았습니다. 그때 인근 고을 수령으로 근무하던 정한림이 중앙관직으로 영전해 가면서 박상에게 시 한 수를 써주었는데, 이 시는 그에 화답한 시입니다.

작자가 살고 있는 강마을은 장맛비가 걷혀 하늘이 높고 푸르며, 기온이 서늘해져 늦더위가 가신 황금빛 기름진 들판에는 벼이삭이 어지러이 팼습니다. 흥이 돋은 작자는 낙엽이 지기 시작해 초록빛 잎사귀가 듬성듬성 달린 개울가 버드나무를 마주하고 술잔을 높이 듭니다. 그러자 바람은 서로 약속한 듯 춤추는 옷자락을 따르고, 산은 부르지도 않았는데 술잔을 들고 시를 읊조리는 자리로 들어옵니다. 이 평온한 삶! 작자는 얼마 되지 않는 녹봉을 받으려고 고향의 논밭을 묵혀두고 벼슬아치로 떠돈 지난날이 부끄럽고 한스럽습니다.

고향에 돌아오니	還鄕 환 향
삼십 년 만에 고향에 돌아오니	三十年來返故鄕 삼 십 년 래 반 고 향
사람은 죽고 집은 무너지고 마을은 황폐했네.	人亡宅廢又村荒 인 망 택 폐 우 촌 황
청산은 말이 없고 봄날은 저무는데	靑山不語春天暮 청 산 불 어 춘 천 모
두견새 우는 소리 멀리서 들려오네.	杜宇一聲來杳茫 두 우 일 성 래 묘 망
아녀자 일행이 종이 창 틈으로 엿보고	一行兒女窺窓紙 일 행 아 녀 규 창 지
백발의 이웃 노인이 이름을 물어	鶴髮隣翁問姓名 학 발 인 옹 문 성 명
어릴 적 이름 일러주자 알아보고 눈물짓는데	乳號方通相泣下 유 호 방 통 상 읍 하
바다처럼 푸른 하늘에 달이 삼경이네.	碧天如海月三更 벽 천 여 해 월 삼 경

작자는 30년 만에 고향으로 돌아왔습니다. 그런데 어릴 적 알던 사람들은 거의 다 죽었고, 집과 마을은 전쟁 통에 무너져 황폐했습니다. 작자는 푸른 산은 말이 없고 봄날은 저물어 가는 고향에서 어디선가 들려오는 두견새 울음을 들으니 마음이 처량해집니다.

작자는 옛날의 이웃집을 찾아가 사랑방에 주인장과 마주 앉았습니다. 그때 호기심이 발동한 마을 아녀자들이 늙은 스님이 누군지 궁금해 종이 창 틈으로 엿봅니다. 백발의 주인장이 스님에게 이름이 무엇이냐고 묻자 스님은 어릴 적 이름을 알려줍니다. 그러자 주인장은 스님을 알아보고 두 손을 잡으며 눈물을 흘리는데, 바다처럼 푸른 삼 경三更의 하늘에 흰 달이 무심히 떠 있습니다.

서산대사(1520~1604)는 조선 중기의 승려입니다. 그는 속성이 최씨이고 이름은 여신이며, 법명은 휴정으로 평안도 안주에서 태어났습니다. 그는 임진왜란이 일어나자 묘향산에서 나와 승군을 조직한 뒤 승군장이 되어 명나라 군사와 함께 평양성을 탈환하였습니다. 이에 선조가 팔도선교도총섭八道禪教都總攝이란 직함을 내렸으나 나이가 많음을 이유로 그 자리를 제자 유정에게 물려주고 묘향산으로 돌아갔습니다. 그는 나이 85세 법랍 67세에 가부좌한 채 입적했는데, 그의 방안에선 맑은 향기가 삼칠일 동안이나 풍겼다고 합니다.

이 시는 서산대사가 승군장에서 물러나 묘향산으로 돌아가는 길에 안주의 고향 마을에 들려서 쓴 것으로 여겨집니다.

12장

젊은 아낙의 울음소리

역사는 진화하는 것일까요? 아닙니다. 역사는 반복할 뿐입니다. 왕조시대에 백성을 착취하던 행태는 수법을 달리해 이 시대에도 횡행하고 있습니다.

불법을 저지른 자를 변호해 구속되지 않게 해 주는 대가로 피의자와 변호사 간에 백억 원의 돈이 오갔다는 보도는 분노를 넘어 좌절하게 합니다.

정읍에서 연대장을 할 때 책임지역 안에 있는 고부관아에 들른 적이 있습니다. 그곳은 동학농민혁명을 촉발시킨 탐관오리의 대표적 인물인 조병갑이 현감으로 있던 곳입니다. 관아로 들어가는 널찍한 길 양쪽엔 '영세불망비'가 쫙 늘어서 있었습니다. 그것은 선정을 베푼 현감이 실제로 그렇게 많아서가 아닙니다. 후임현감이 부임하면 전임현감의 공적을 찬양하는 비석을 세운다는 구실아래 백성들로부터 비석 세울 돈을 갹출하여 석 자 남짓한 돌비석 하나 달랑 세우고 나머지 돈은 착복하였던 것입니다. 위정자들이 백성을 핍박하고 착취하면 백성들은 그런 자들이 다스리는 나라를 지옥이라고 생각합니다.

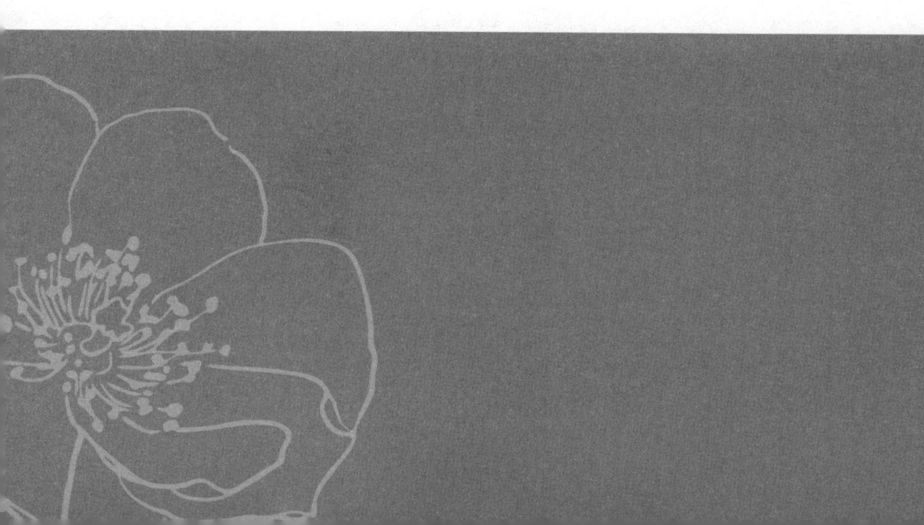

헤엄치는 물고기 游魚
유어

어른어른 붉은 물고기 잠겼다 다시 떠오르니	圉圉紅鱗沒復浮 어어홍린몰부부
사람들은 마음대로 즐겁게 노닌다고 말하나	人言得意好優遊 인언득의호우유
곰곰 생각하면 잠시도 한가로울 틈이 없으니	細思片隙無閑暇 세사편극무한가
어부가 돌아가면 곧 해오라기가 다시 넘보네.	漁父方歸鷺更謀 어부방귀로갱모

작자는 어른어른 붉은 물고기(백성들)가 잠겼다 떠올랐다 하는 모습을 보고 사람들은 즐겁게 노닌다고 말하나 실은 한가로울 틈이 없다(백성들 살아가는 모습이 한가로워 보이나 실은 탐관오리들의 등쌀에 하루도 마음 편할 날이 없다는 뜻)고 합니다. 왜냐하면 붉은 물고기를 잡아먹던 어부(백성을 착취하는 큰 벼슬아치)가 돌아가고 나면 해오라기(아전 등 말단 구실아치)가 잡아먹으려고 넘보기 때문입니다.

이 시는 부정과 부패를 감독해야 할 최고위직에서부터 말단 벼슬아치에 이르기까지 한 덩어리가 되어 백성을 수탈하는 행태를 고발한 것입니다.

● 이규보

농부를 대신하여-1

代農夫吟-1
대농부음

비를 맞으며 엎드려 벼논 이랑의 김을 매니	帶雨鋤禾伏畝中 대우서화복무중
검고 추악한 얼굴이 어찌 사람 모습일까.	形容醜黑豈人容 형용추흑기인용
왕손과 공자들 이런 나를 업신여기지 마소.	王孫公子休輕侮 왕손공자휴경모
그대들의 부귀호사가 나로부터 나왔다오.	富貴豪奢出自儂 부귀호사출자농

이 시는 이규보가 농부들의 한을 대신하여 읊은 것입니다. 백성들은 비를 맞으며 엎드려 벼논 이랑에 난 잡초를 매니 얼굴이 햇볕에 그을리고, 비에 젖고, 땀에 절어 검고 추악해진 모습이 사람 모습이라고 할 수 없습니다. 그런데 왕손과 공자들과 귀족들은 이런 백성을 업신여기고 착취하니, 백성들이 이런 지배층을 향해 "그대들의 부귀호사가 다 나로부터 나왔소"라고 절규합니다.

농부를 대신하여-2 代農夫吟-2 (대농부음)

새 곡식은 푸릇푸릇 아직 이랑에서 자라는데	新穀青青猶在畝 (신곡청청유재무)
고을 벼슬아치는 벌써 조세를 거둬들이네.	縣胥官吏已徵租 (현서관리이징조)
힘써 밭 갈아 나라 부강케 하는 건 우린데	力耕富國關吾輩 (역경부국관오배)
어찌 이다지도 괴롭히며 살가죽을 벗기시오.	何苦相侵剝皮膚 (하고상침박피부)

아직 곡식은 익지 않고 이랑에서 파릇파릇 자라고 있는데 고을 원님과 아전들은 세금을 내라고 농부들을 닦달합니다. 뼈 빠지게 일해 나라를 부강하게 하는 것은 농부들인데 그 농부들을 격려하고 도와주지는 못할망정 어찌 그들을 못살게 괴롭히며 살가죽을 벗길 수 있단 말입니까?

이 정도가 되면 농부들에게 있어서 나라는 아귀지옥이고, 왕과 벼슬아치들은 도적떼이자 강도떼인 것입니다.

백성을 대신하여 代民吟 대민음

한평생 사는 것이 시린 물과 같은데	生涯寒似水 생애한사수
나라가 시키는 노역 포악하고 구름처럼 많구나.	賦役亂如雲 부역란여운
급하게 성을 쌓을 병졸을 구하더니	急抄築城卒 급초축성졸
곧이어 철을 단련할 군사를 뽑는구나.	兼抽鍛鐵軍 겸추단철군
바람과 서리마저 농사일을 망치고	風霜損禍家 풍상손화가
줄곧 내린 눈으로 옷까지 해졌구나.	縷雪弊衣裙 루설폐의군
처자식 먹여 살릴 걱정 잊을 수 없어	未忘妻孥養 미망처노양
마음 졸이는 것이 불에 댄 듯하구나.	心煎火欲焚 심전화욕분

백성들 한평생 살아가는 것이 시린 얼음물과 같은데도 나라가 시키는 노역이 포악하고 구름처럼 많기만 합니다. 어제는 성을 쌓을 병졸을 급히 구한다며 젊은이들을 끌고 가더니 오늘은 철을 단련할 군사를 뽑는다며 어린 사내애까지 데려갑니다. 그리고 하늘도 무심해 바람과 서리가 농사를 망쳐 놓았고, 줄곧 내리는 눈과 추위에 단벌의 옷까지 다 해졌습니다. 그러니 가장은 처자식 먹여 살릴 걱정으로 마음 졸이는 것이 불에 댄 듯 쓰라립니다.

작자 원천석(1330~?)은 고려 말 부패하고 혼란스러운 정계를 개탄하며 치악산에 들어가 부모를 모시고 농사를 지으며 살았습니다. 그 후 조선이 건국되고 이방원(태종)이 왕위에 오르자 태종은 과거에 자신을 가르쳤던 스승인 원천석을 여러 차례 불렀습니다. 그러나 원천석이 응하지 않자 태종이 직접 원천석의 집으로 찾아갔지만 그를 만나지 못했습니다.

원천석은 고려에서 벼슬을 하고 또다시 조선에서 벼슬하여 두 임금을 섬기는 것은 선비의 지조를 꺾는 일로 여겼습니다. 원천석은 훗날 망해 버린 고려의 도읍지 개경을 찾아가 '흥망이 유수(有數: 정해진 운수나 순서)하니 만월대도 추초(秋草: 가을 풀)로다./ 오백년 왕업이 목적(牧笛: 목동의 피리 소리)에 담겼으니/ 석양에 지나는 객이 눈물겨워 하노라' 라는 시조를 남겼습니다.

양구읍을 지나며

過楊口邑
과양구읍

부서진 집터에는 새들만 서로 지저귀고	破屋鳥相呼 파옥조상호
백성들이 도망가고 없으니 아전도 아니 오네.	民逃吏亦無 민도리역무
해마다 고치기 어려운 폐단만 늘어 가니	每年家弊瘼 매년가폐막
어느 날에나 즐거움이 찾아오게 될까.	何日得歡娛 하일득환오
논밭은 권세 있는 자들의 수중에 들어가고	田屬權豪宅 전속권호택
문 앞에는 포악한 무리들이 들끓고 있네.	門連暴惡徒 문연포악도
남아 있는 어린 자식들이 가장 불쌍하니	子遺殊可惜 자유수가석
그 한없이 괴롭고 애태움 누구의 죄인가.	辛苦竟何辜 신고경하고

작자는 강원도 양구를 지나가고 있습니다. 부서진 집터에는 새들만 서로 지저귀고, 탐관오리들의 등쌀을 배기지 못해 백성들이 도망가 버린 텅 빈 마을에는 수탈해 갈 것이 없으니 아전마저 찾아오지 않습니다. 나라와 조정에는 고치기 어려운 폐단만 해마다 늘어 가니 백성들 즐겁게 살아갈 날이 언제나 찾아올지 알 수가 없습니다.

백성들의 논밭은 탐욕스러운 권세가들이 자기 소유의 땅이라고 표시한 말뚝을 박아 강제로 빼앗아 가고, 문 앞에는 포악한 관아의 아전들이 무리지어 몰려와 무엇을 더 빼앗아 갈까 교활한 눈알을 굴리고 있습니다. 그러니 가장 불쌍한 것은 아직 죽지 않고 살아 남은 죄로 굶주리다 못해 뱃가죽과 등뼈가 맞붙을 정도로 앙상하게 여윈 어린 자식들입니다.

작자는 백성들이 이토록 처참하게 살도록 만든 것이 누구의 죄냐며 탄식합니다.

농가의 아픔

傷田家
상전가

이월엔 새로 칠 고치를 미리 팔고	二月賣新絲 이월매신사
오월엔 거둘 햇곡식을 담보로 돈을 꾸네.	五月糶新穀 오월조신곡
눈앞의 부스럼이야 고칠 수 있지만	醫得眼前瘡 의득안전창
심장의 살을 도려내는 것 같네.	剜却心頭肉 완각심두육
내 바라건대 임금의 마음이	我願君王心 아원군왕심
밝게 비추는 촛불이 되어	化作光明燭 화작광명촉
부유한 자들 잔치 자리 비추지 말고	不照綺羅筵 부조기라연
가족들 흩어진 농가를 비추어 주시길.	偏照逃亡屋 편조도망옥

작자 섭이중(837~884)은 만당晩唐 때 시인으로 집안이 매우 가난하였습니다. 그는 농촌에서 살면서 농민들이 겪는 고통을 옆에서 지켜보았고, 직접 농사를 지으면서 농민들의 어려움을 체험하였습니다. 그래서 그는 농민들의 애환을 실감나게 표현했습니다.

가난한 농민들은 이월인데도 사오월에나 치게 될 고치를 헐값으로 미리 팔고, 오월엔 가을에 거둘 햇곡식을 담보로 돈을 빌립니다. 이렇게 해서 눈앞에 보이는 부스럼이야 고칠 수 있지만(당장 입에 풀칠은 할 수 있지만) 제 값도 못 받고 고치를 팔고, 고리의 이자로 돈을 빌리는 것이 심장의 살을 도려내는 것같이 아픕니다.

그래서 백성들은 임금님 마음이 밝게 비추는 촛불이 되어서 부유한 자들이 풍악을 울리며 꽃자리에 앉아 옥잔에 가득 술을 부어 돌리는 화려한 잔치 자리를 비추지 말고, 탐관오리들의 등쌀을 피해 도망가느라 가족들이 뿔뿔이 흩어진 농가를 비춰 달라고 하소연합니다.

농가의 탄식 　農家歎 (농가탄)

백골에게 거두는 세금 어찌 이리 혹독한가.	白骨之徵何慘毒 백 골 지 징 하 참 독
한 마을 온가족이 뜻밖의 불행을 당하는구나.	同隣一族橫罹厄 동 린 일 족 횡 리 액
아침저녁으로 채찍질하듯 세금 독촉 심하니	鞭撻朝暮嚴科督 편 달 조 모 엄 과 독
앞마을에선 달아나 숨고 뒷마을엔 울음뿐.	前村走匿後村哭 전 촌 주 익 후 촌 곡
닭이나 개를 팔아도 세금 갚기엔 부족한데	鷄狗賣盡償不足 계 구 매 진 상 부 족
아전들 돈 내라 닦달한들 어찌 돈을 구하랴.	悍吏索錢錢何得 한 리 색 전 전 하 득
부모와 형제 자식들도 도와줄 처지 못 되니	父子兄弟不相保 부 자 형 제 불 상 보
살가죽이 붙어 반 죽은 채로 찬 감옥에 가네.	皮骨半死就凍獄 피 골 반 사 취 동 옥

정래교(1681~1757)는 조선 후기 여항시인이며 600여 편의 시를 남겼는데, 이 시는 그가 쓴 〈농가탄〉 중 두 번째 시입니다.

조선 후기에는 삼정三政(농토에 부과하는 세금인 전정, 일종의 방위세와 같은 군정, 그리고 춘궁기에 농민에게 식량을 빌려주었다가 돌려받는 환정)의 문란이 극에 달했습니다.

이때는 지방관의 묵인 아래 아전들이 세금을 제멋대로 매겨 백성들의 가죽까지 벗겨 갔으니 그중에서도 가장 악랄한 것이 죽은 사람에게 세금을 매기는 백골징포白骨徵布였습니다. 정상적인 행정이라면 죽고 없는 사람에게 매긴 세금은 당연히 내지 않아도 됩니다. 그러나 이때는 죽고 없는 사람이 내야 할 세금을 그 자손이 내도록 하였고, 아전들은 죽은 사람이 내야 할 세금을 자손들이 내지 않으면 아침저녁 찾아와 채찍질하듯 세금을 내라고 독촉하였습니다. 그러나 백성들은 키우는 닭을 팔고 개를 팔아도 세금 낼 돈이 부족하였으며, 부족한 돈은 구할 데조차 없었습니다. 그래서 앞마을 사람들은 달아나 숨고, 뒷마을 사람들은 통곡할 뿐이었습니다. 부모형제가 도와주고 싶어도 그들 역시 돈이 없으니 도와줄 방도가 없어 굶주려 살가죽만 붙은 반 죽은 목숨으로 차디찬 감옥으로 끌려가는 자식과 형제를 지켜보는 수밖에 없었습니다.

탐진마을의 노래

耽津村謠
탐진촌요

새로 짜낸 무명이 눈결처럼 고운데	棉布新治雪樣鮮 면포신치설양선
이방 줄 돈이라며 아전이 빼앗아 가네.	黃頭來摶吏房錢 황두래박이방전
누전 세금 매우 급하다고 독촉해 대며	漏田督稅如成火 누전독세여성화
삼월 중순에 세곡선 떠난다고 말하네.	三月中旬道發船 삼월중순도발선

이 시는 다산 정약용이 전라도 탐진(지금의 전라남도 강진)에서 귀양살이를 할 때 지방관의 묵인 아래 자행되는 아전들의 횡포에 시달리는 백성들의 눈물겨운 모습을 읊은 〈탐진촌요〉, 〈탐진농가〉, 〈탐진어가〉 3부작 중 15수로 된 〈탐진촌요〉의 제7수입니다.

이방보다 낮은 황두가 농가에 들이닥쳐 새로 짜낸 결이 고운 무명을 이방에게 준다며 빼앗고, 토지장부에도 없는 논밭에까지 세금을 매겨 삼월 중순 세곡선(나라에 조세로 바치는 곡식을 싣고 가는 배)이 떠나기 전까지 세금을 내라고 독촉을 해댑니다. 이들은 나라에 내야 하는 세금보다 몇 갑절 많은 세금을 거두어 나머지는 착복하였습니다. 오백 년을 이어온 조선이 허망하게 무너진 것은 외침에 앞서 바구미 같은 탐관오리들이 나라의 기둥을 갉아먹었기 때문입니다.

제비 한 마리

古詩-8
고 시

제비 한 마리 처음 날아와	燕子初來時 연 자 초 래 시
재잘거리기를 그치지 않네.	喃喃語不休 남 남 어 불 휴
재잘대는 뜻 알 수 없으나	語意雖未明 어 의 수 미 명
집 없는 근심 호소하는 듯	似訴無家愁 사 소 무 가 수
"느릅나무 홰나무 늙어 구멍 많은데	楡槐老多穴 유 괴 노 다 혈
왜 거기 깃들지 않나."	何不此淹留 하 불 차 엄 유
제비 다시 재잘거리며	燕子復喃喃 연 자 부 남 남
사람에게 대답하는 말을 하는 듯	似餘人語酬 사 여 인 어 수
"느릅나무 구멍은 황새가 쪼고	楡穴鸛來啄 유 혈 관 래 탁
홰나무 구멍은 뱀이 뒤져요."	槐穴蛇來搜 괴 혈 사 래 수

이 시는 다산 정약용의 문집 《여유당전서》 제4권에 실려 있는 〈고시 27수〉 중 여덟 번째 시로 부패한 관리들이 세금을 혹독하게 거두고 재물을 강제로 빼앗아 가는 횡포를 고발한 시입니다.

제비 한 마리가 날아와 재잘거리기를 그치지 않고 집 없는 근심을 호소(힘없는 백성들이 지배층인 임금이나 고위관료들을 향해 헐벗고 굶주림을 끊임없이 하소연)하지만 지배층은 백성들의 실상을 알지 못하고 느릅나무나 홰나무에 구멍이 많은데 왜 집이 없다고 하느냐(농사 지을 땅과 고기 잡을 강과 바다, 그리고 땔나무 할 산 등 생업을 이어갈 길이 얼마든지 있는데 왜 헐벗고 굶주린다고 하느냐)고 묻습니다.

그러자 제비가 다시 재잘거리며 말하기를 느릅나무 구멍은 황새가 쪼고 홰나무 구멍은 뱀이 뒤진다(농사를 지어 거둔 곡식과 그물로 잡은 물고기는 탐욕스러운 지방관과 악랄한 아전들이 모조리 다 빼앗아간다)고 호소합니다.

남근 자르는 슬픔 哀絕陽
애 절 양

노전 마을 젊은 아낙 울음소리 그치지 않네.	蘆田少婦哭聲長 노 전 소 부 곡 성 장
관아 향해 슬피 울며 푸른 하늘에 호소하네.	哭向縣門號穹蒼 곡 향 현 문 호 궁 창
“장부가 전장에 나가 못 오는 일은 있지만	夫征不復尙可有 부 정 불 복 상 가 유
남자가 성기 잘랐다는 말 들어본 적 없고	自古未聞男絕陽 자 고 미 문 남 절 양
시아비 상복 이미 벗고 아이 탯줄 안 말랐는데	舅喪已縞兒未燥 구 상 이 호 아 미 조
삼대의 이름 군적에 올려 세금을 매겼다”고.	三代名簽在軍保 삼 대 명 첨 재 군 보
관아에 가 호소해도 범 같은 문지기 가로막고	薄言往愬虎守閽 박 언 왕 소 호 수 혼
이정은 호통 치며 외양간 소를 끌고 가네.	里正咆哮牛去皁 이 정 포 효 우 거 조
남편이 칼 갈아 방에 들자 자리에 흥건한 피.	磨刀入房血滿席 마 도 입 방 혈 만 석
자식 낳아 군역 당한 것 한스러워 잘랐다네.	自恨生兒遭窘厄 자 한 생 아 조 군 액
무슨 허물이 있어 잠실음형을 행했던가?	蠶室淫刑豈有辜 잠 실 음 형 기 유 고
민족 사람 자식 거세하는 것도 슬픈 일이거늘.	閩囝去勢良亦慽 민 건 거 세 량 역 척
자식 낳고 사는 것은 하늘의 이치여서	生生之理天所予 생 생 지 리 천 소 여
하늘의 도는 아들 되고 땅의 도는 딸 되지.	乾道成男坤道女 건 도 성 남 곤 도 여
불알 까인 말과 돼지도 서럽다 할 것인데	騸馬豶豕猶云悲 선 마 분 시 유 운 비
하물며 뒤를 이를 사람에게 있어서야!	況乃生民思繼序 황 내 생 민 사 계 서
부호들 일 년 내내 풍악을 울리며 즐겨도	豪家終歲奏管弦 호 가 종 세 주 관 현
낟알 한 톨 비단 한 필 바치는 일 없고	粒米寸帛無所捐 입 미 촌 백 무 소 연

나와 갓난아이 차등 없이 같은 세금 매기니 均吾赤子何厚薄
균 오 적 자 하 후 박

객창에서 거듭거듭 시구편 읊어 보네. 客窓重誦鳲鳩篇
객 창 중 송 시 구 편

다산 정약용이 강진에서 유배생활을 하던 순조 3년(1803)에 갈밭이란 마을에 살던 백성이 아이를 낳았는데 사흘 만에 군적軍籍에 올린 뒤 이정(관아의 말단 벼슬아치)이 찾아와 군포(軍布: 병역을 면제해 주는 대신 받아들이던 베) 대신 외양간의 소를 강제로 끌고 갔습니다. 그러자 그 백성은 남근 때문에 자식을 낳게 되고, 그 때문에 세금이 점점 더 과중해져 곤액을 당하게 되는 것을 한탄하며 칼로 자신의 남근을 잘라 버렸습니다. 그러자 그의 아내가 피 흐르는 남편의 남근을 주워 들고 관아로 달려가 세금의 과중함을 호소하려 했지만 범 같은 문지기가 턱 버티고 서서 들여보내 주지 않았습니다.

다산은 이 소문을 전해 듣고 탐관오리들의 횡포에 치를 떨며 이 시를 썼는데, 《목민심서》 〈첨정簽丁〉에 수록되어 있습니다.

당시엔 아이를 낳기 무섭게 군적에 올리는 것은 당연한 일이었고, 여자가 임신하여 배가 부르면 뱃속의 아이가 아들인지 딸인지는 아랑곳하지 않고 즉시 군적에 올렸으며, 죽은 사람은 군적에서 지우지 않고 그대로 두었습니다. 그뿐만 아니라 강아지와 홍두깨까지도 군적에 올려 군포를 징수해 갔으니 백성들의 고초가 그 얼마나 컸겠습니까? 그러니 불알 때 숨이 턱턱 막히도록 뜨겁게 달군 잠실 안에서 남자 죄인은 남근을 자르고, 여자 죄인은 음부를 봉합하는 잠실궁형같이 끔찍한 형벌을 백성들이 자신에게 가하는 처절한 일이 속출하였습니다.

당나라 때 민족閩族 사람들은 부자가 되기 위해 아이를 낳으면 바로 거세하여 황실에 환관으로 들여보내거나 권세 있는 집의 종으로 들여 보냈지만 그 또한 거세당하는 아이의 입장에선 슬프기 그지없는 일이고, 불알 까인 말과 돼지도 서럽다고 할 것인데, 하물며 대를 이어가야 할 사람이 과중한 세금 때문에 자식을 낳지 않기 위해 자신의 남근을 자르다니!

작자 다산은 《시경》의 시구편(鳲鳩篇: 통치자는 백성을 고루 사랑해야 한다는 것을 뻐꾸기에 비유하여 읊은 시)을 거듭거듭 되뇌면서 탄식합니다.

수주에서 본 것

수주에서 본 것	愁洲客詞 수 주 객 사
언 발에 찔끔 오줌 누어 뭐하나.	足凍姑撤尿 족 동 고 철 뇨
금방 곱절로 추워질 터인데.	須臾必倍寒 수 유 필 배 한
금년에 환곡을 갚지 못했으니	今年糴不了 금 년 척 불 료
명년에는 훨씬 더 어려울 것 알겠네.	明年知大難 명 년 지 대 난
환곡을 받아도 흔적 없다 말하고	曰糴亦無痕 왈 척 역 무 흔
환적을 갚아도 그림자 없다 말하네.	曰糴亦無影 왈 척 역 무 영
백성의 물 한 통도 세금을 매겨	賦民一桶水 부 민 일 통 수
관아에서 우물을 독점한다네.	官自榷官井 관 자 각 관 정

1800년(순조 1년) 9월에 박제가의 사돈인 윤가기가 동남성문에 조정과 대신들을 비방하는 글을 써 붙였다가 발각되었습니다. 이 사건으로 윤가기는 사형을 당하고, 그의 동생 윤필기는 연좌제에 의해 함경도 경흥으로 유배되었으며, 사돈인 박제가는 종성으로 유배되었습니다. 박제가는 그곳에서 유배생활을 하는 동안 그 지역 문물과 풍속을 다룬 연작시 79수를 썼는데 이 시는 그 일부입니다.

백성들은 춘궁기에 환곡을 받아 연명하고, 농사를 지어서 가을에 곡식을 거두면 이자를 붙여 환곡 받은 곡식을 갚아야 합니다. 백성들은 환곡을 받아도 금방 먹어 버리니 환곡을 받은 흔적이 없고, 환곡을 갚아도 다시 환곡을 받아야 하니 환곡을 갚은 흔적이 없습니다.

언 발에 찔끔 오줌을 누면 금방 꽁꽁 얼어붙듯 백성들은 해마다 환곡을 갚아도 갚을 환곡이 줄어들기는커녕 점점 더 늘어만 갑니다. 그런데도 관아에서는 우물까지 독점하여 물 한 통에도 세금을 매깁니다. 백성들 입장에서 보면 이런 나라는 없는 것이 낫습니다.

13장

왜 사느냐면 웃지요

노자는 "다섯 가지 색깔과 다섯 가지 소리는 사람의 눈을 멀게 하고, 다섯 가지 맛은 사람의 미각을 상하게 하며, 말달리기와 사냥은 사람을 미치게 하고, 얻기 어려운 재화는 사람을 방일하게 한다. 때문에 성인은 배(기본욕구)를 위하지 눈(확장된 욕구)을 위하지 않는다"고 했습니다.

즉, 사람은 식욕과 수면욕 같은 기본욕구를 추구하면 그것은 언제든지 채울 수 있고 그래서 행복해질 수 있지만 부자가 되고, 권력을 잡고, 명예를 얻으려는 확장된 욕구를 추구하면 그것은 도저히 다 채울 수 없는 것이므로 행복해질 수 없다는 것입니다. 노자의 이 말씀은 군대에서 무거운 군장을 메고 육체적 극한상황을 느낄 때까지 행군을 해본 사람이면 누구나 공감할 것입니다. 행군에 지쳐 있을 때의 바람은 오직 빨리 행군을 끝내고 실컷 잠을 자보는 것입니다. 그래서 숙영지에 도착해 천막을 치고 잠자리에 들면 행복에 겨운 꿀잠을 잡니다.

산속에서의 문답

山中問答
산 중 문 답

왜 푸른 산에서 사느냐고 물으면	問余何事棲碧山 문 여 하 사 서 벽 산
웃으며 대답 않지만 마음은 절로 한가롭네.	笑而不答心自閑 소 이 부 답 심 자 한
복숭아꽃 물 따라 아득히 흘러가니	桃花流水杳然去 도 화 유 수 묘 연 거
이곳은 인간세계 아닌 별천지라네.	別有天地非人間 별 유 천 지 비 인 간

작자는 왜 산속에서 사느냐고 물으면 대답하지 않고 빙그레 웃기만 하겠답니다. 왜냐하면 붉은 복사꽃잎이 개울물에 둥둥 떠내려 가는 별유천지 무릉도원 신선세계에 사는 이유를 굳이 구구절절 말로 설명하지 않고 웃기만 해도 이심전심으로 전해지기 때문입니다. 이것은 불교에서 말하는 염화미소拈華微笑(붓다가 영산의 법회에서 연꽃 한 송이를 대중들에게 들어 보이자 마하가섭만이 그 의미를 알고 미소를 지으니 붓다가 자신이 깨달은 진리를 마하가섭에게 마음으로 전해 주었다는 데서 유래한 말로 마음에서 마음으로 뜻을 전하는 것을 이름)의 경지입니다.

이런 이백이었기에 '꽃 아래 한 병 술을 놓고서/ 친한 벗 없어 홀로 앉아 마시노라./ 잔을 들자 이윽고 달이 떠올라/ 그림자 어우러져 셋이 되었네'라고 노래하며 산속에서 홀로 유유자적 살아갈 수 있었겠지요.

● 백거이

술잔을 마주하고

對酌
대 작

달팽이 뿔 위에서 무얼 그리 다투는가.
蝸牛角上爭何事
와 우 각 상 쟁 하 사

부싯돌에서 튀는 불꽃처럼 사는 인생
石火光中寄此身
석 화 광 중 기 차 신

부하든 가난하든 기쁘고 즐겁게 살아야지.
隨富隨貧且歡樂
수 부 수 빈 차 환 락

입 벌려 허허 웃지 않는다면 바보라네.
不開口笑是痴人
불 개 구 소 시 치 인

작자는 세상이란 광활한 우주에서 보면 달팽이 뿔보다도 작은 것인데 그 작은 공간에서 서로 다툴 일이 무엇이며, 또 인생이란 부싯돌에서 튀는 불꽃처럼 짧은 것인데 부귀하든 가난하든 상관 말고 입 벌리고 허허 웃으며 즐겁게 살아야지 그렇지 않으면 바보라는 것입니다. 그럼 어떻게 해야 허허 웃으면서 살 수 있을까요.

항상 웃으며 살려면 남이 가진 것을 부러워하지 말고, 내가 가진 것을 소중히 여기는 마음을 가져야 합니다. 남이 가진 것은 아무리 부러워해도 내 마음만 괴로울 뿐 내 것이 되지 않습니다. 뿐만 아니라 남이 가진 것을 부러워하는 마음이 지나치면 그것을 훔치거나 빼앗고 싶은 충동이 일어나 죄를 짓게 됩니다. 그러나 내가 가진 것을 소중히 여기고 그것에 만족하면 허허 웃으며 살 수 있습니다.

가야산 독서당에서

伽耶山讀書堂
가 야 산 독 서 당

● 최치원

돌 틈으로 미친 듯 흐르며 겹겹 산을 울리니	狂奔疊石吼重巒 광 분 첩 석 후 중 만
사람 말소리 지척에서도 분간하기 어렵구나.	人語難分咫尺間 인 어 난 분 지 척 간
시비하며 다투는 소리 귀에 들릴까 두려워	常恐是非聲到耳 상 공 시 비 성 도 이
일부러 흐르는 물로 온 산을 에워쌌다네.	故敎流水盡籠山 고 교 류 수 진 롱 산

신라 조정은 중앙귀족들의 부패와 지방호족들의 발호로 기둥과 대들보까지 무너져 내릴 지경에 이르렀지만 최치원이 진성여왕에게 올린 시무책은 받아들여지지 않았고, 오히려 지배계층들은 개인의 영달에만 혈안이 되어 시비가 끊이지 않았습니다. 이에 최치원은 경주를 떠나 가야산 홍류동 계곡으로 들어와 은거하였습니다.

1구 미친 듯 흐르는 물이 겹겹의 산봉우리를 울린다고 함은 부패한 조정을 향한 분노에 찬 작자의 고함입니다. 2구의 사람의 말소리 지척에서도 분간하기 어렵다는 것은 나라를 바로 세워야 한다는 작자의 주장이 부패한 귀족들의 반대 목소리에 파묻혀 왕의 귀에는 들리지 않는다는 뜻입니다. 3구와 4구는 부패한 조정에서 서로 옳으니 그르니 싸우는 소리가 이곳까지 들려오는 것이 두려워 자신이 살고 있는 집을 흐르는 물로 빙 둘러싸 버렸다는 것입니다.

택지 이행에게 贈擇之
증택지

푸른 산만 보이고 마을은 보이지 않으니	祇見靑山不見村 지견청산불견촌
어부가 도원으로 가는 길을 찾지 못하네.	漁郞無路覓挑源 어랑무로멱도원
정녕 봄바람에게 당부하니 길을 알려주려고	丁寧爲報東風道 정녕위보동풍도
꽃잎을 동구 밖으로 날려 보내지 말라.	莫遣飛花出洞門 막견비화출동문

이 시는 조선 중종 때 문신이며 시인인 최숙생(1457~1520)이 당시 이름난 시인이며 벗이었던 이행에게 보낸 것입니다.

작자가 사는 마을은 외부에서는 보이지 않는 산속 깊은 곳의 무릉도원(마음속 이상향)입니다. 그래서 어부(세속적 욕망)가 배를 타고 이곳을 찾아와도 찾을 수 없습니다. 하지만 시인은 마음이 놓이지 않아 봄바람에게 마을에 활짝 피어 있는 복사꽃잎(마음속 이상향에서 느끼는 즐거움)을 동구 밖(입 밖)으로 날려 보내 어부(욕망)에게 무릉도원(마음속 이상향)으로 가는 길을 알려주지 말라고 당부합니다. 작자는 자신의 마음속 이상향이 욕망으로 더럽혀지는 것을 두려워합니다.

최숙생은 식년문과에 급제하여 응교로 있을 때 갑자사화로 파직되어 유배를 갔으며, 중종반정으로 연산군이 쫓겨나자 유배에서 풀려났습니다. 그 뒤 기묘사화 때 또다시 파직되자 벼슬에 염증을 느끼고 초야에 묻혀 여생을 보냈는데, 이 시는 그때 쓴 것입니다.

강가의 돌 위에서

江石
강 석

맑은 강에 발을 씻고 흰 모래톱에 누우니 濯足淸江臥白沙
탁 족 청 강 와 백 사

마음 고요히 가라앉아 아무 근심이 없네. 心神潛寂入無何
심 신 잠 적 입 무 하

하늘이 바람과 물결 일으켜 늘 조잘대게 할 뿐 天敎風浪長喧耳
천 교 풍 랑 장 훤 이

인간세상의 온갖 시끄러움 들려오지 않네. 不聞人間萬事多
불 문 인 간 만 사 다

여름날 버드나무 그늘 아래서 맑은 강물에 발을 씻고 흰 모래 위에 누워 있으면 그보다 더 시원하고 편안할 수가 없지요. 하늘이 일으키는 바람소리와 물결의 조잘거림만 들릴 뿐 시비로 시끄러운 인간세상의 소음은 들려오지 않으니 무슨 근심걱정이 있겠습니까.

작자는 지금 낙원에 와있습니다. 낙원은 하늘 너머 아득한 어느 곳에 있는 것이 아니라 작자처럼 유유자적하는 마음속에 있습니다.

홍유손(1431~1529)은 수양대군이 어린 조카 단종의 왕위를 찬탈하자 불의한 임금 아래서 벼슬할 뜻을 버리고 스스로 죽림칠현이라 자처하며 시와 술로 세월을 보냈습니다. 그는 무오사화(연산군 4년 간신 유자광 등 훈구파가 김일손 등 신진사류들을 모함하여 숙청한 사건) 때 제주도 관아의 관노로 전락했으나 중종반정으로 사면되었으며, 76세에 결혼해 아들을 낳고 99세까지 산 특이한 이력을 가졌습니다.

한가로운 삶

閑居
한거

시냇가에 초가 짓고 홀로 한가롭게 사니 / 臨溪茅屋獨閑居 (임계모옥독한거)
달 밝고 바람 맑아 흥취가 가득하네. / 月白風淸興有餘 (월백풍청흥유여)
손님은 오지 않고 산새들만 지저귀는데 / 外客不來山鳥語 (외객불래산조어)
대밭으로 옮긴 평상에 누워 책을 보네. / 移床竹塢臥看書 (이상죽오와간서)

길재(1353~1419)는 여말선초의 학자이며, 이색, 정몽주와 더불어 고려의 삼은三隱으로 불렸습니다. 그는 창왕 때 고려 조정의 부패상을 보고 노모를 모셔야 한다는 핑계로 벼슬을 버리고 고향 선산으로 돌아와 학문에 전념하였는데, 이 시는 그때 쓴 것입니다.

작자는 맑은 시냇가에 집을 짓고 홀로 한가롭게 삽니다. 밝은 달이 뜨고 시원한 바람이 불어올 때마다 흥취가 가득합니다. 비록 찾아오는 이는 없지만 산새들이 지저귀며 벗이 되어 주니 외롭지 않고, 평상을 대밭으로 옮겨 대나무 그늘에 누워 책을 읽으니 더더욱 외롭지 않습니다. 어떤 속박도 없이 자유롭고 평화로운 삶입니다.

조선 건국 후 태종이 길재를 봉상박사로 임명했으나 길재는 두 임금을 섬길 수 없다며 거절하였습니다. 그는 조선 성리학의 태두泰斗로 그의 학통은 김숙자, 김종직, 정여창, 조광조로 이어졌습니다.

산에서 살다

山居
산 거

● 이인로

봄은 가도 꽃은 아직 남아 있고
날은 개도 골짜기는 어둑하네.
한낮인데도 소쩍새가 울어대니
비로소 깊은 산속인 줄 알겠네.

春去花猶在
춘 거 화 유 재
天晴谷自陰
천 청 곡 자 음
杜鵑啼白晝
두 견 제 백 주
始覺卜居深
시 각 복 거 심

이 시의 작자 이인로(1152~1220)는 고려 후기의 문신이자 문학가이며 우리나라 최초의 문학비평서인 《파한집》을 남겼습니다.

그는 권문세가의 후예지만 일찍 부모를 여의고 고아가 되는 바람에 절에서 양육되었습니다. 그는 총명하여 시문과 글씨에 뛰어났으나 정중부가 무신의 난을 일으켜 문신의 씨를 말리던 때라 자신의 역량을 제대로 발휘하지 못하고 하급관리로 전전하다가 벼슬을 버리고 깊은 산속으로 들어가 무신정권에 대한 울분을 시와 술로 달래며 살았는데, 이 시는 그런 처지에서 쓴 것입니다.

작자는 깊은 산속이라 기온이 낮기 때문에 봄은 지나갔어도 꽃은 아직 피어 있다고 합니다. 또 날이 개어 화창하지만 골짜기가 깊어 어둑어둑하니 소쩍새가 밤인 줄 알고 울어댄다고 합니다. 시의 분위기가 큰 꿈을 접고 은둔하는 작자의 삶처럼 암울합니다.

저물녘 낚시 漁磯晩釣
어기만조

물고기들 헤엄치며 잔물결을 일으키는데	魚兒出沒弄微瀾 어아출몰농미란
가는 낚시 바늘을 버들 그림자 속에 던지네.	閑擲纖鉤柳影間 한척섬구류영간
저물어 돌아가려니 옷은 반쯤 풀빛에 물들고	日暮欲歸衣半綠 일모욕귀의반록
푸른 안개가 비와 섞이며 앞산이 어둑해지네.	綠烟和雨暗前山 녹연화우암전산

작자는 물고기가 떼 지어 놀며 잔물결을 일으키는 시내 웅덩이 가에 앉아 낚싯줄에 가느다란 낚시 바늘을 매달아 버들 그림자가 일렁거리는 물속으로 던집니다. 그리고는 푸른 물, 푸른 버들, 푸른 산, 푸른 하늘과 하나가 되어 버립니다. 그 순간 번뇌와 시름이 말끔히 사라진 무심의 경지에 이릅니다.

얼마나 지났을까. 무심의 경지에서 깨어나니 해가 저물고 있습니다. 그리고 피어오르는 저녁안개에 풀빛이 어리고, 풀빛 어린 안개가 옷깃을 휘감으니 옷에도 푸르스름한 풀빛이 배어 듭니다. 그때 저녁안개가 가랑비와 뒤섞이며 앞산이 어두컴컴해지고, 작자의 가슴속에선 희열이 일어납니다.

귀중하게 즐길 뿐

絶句
절 구

뜰에 가득한 달빛은 연기 없는 촛불이고	滿庭月色無煙燭 만 정 월 색 무 연 촉
자리에 드는 산색은 부르지 않은 손님이네.	入座山光不速賓 입 좌 산 광 불 속 빈
소나무 거문고는 악보 밖의 곡을 연주하니	更有松弦彈譜外 갱 유 송 현 탄 보 외
귀중하게 즐길 뿐 남에게 전할 수 없네.	只堪珍重未傳人 지 감 진 중 미 전 인

밤이 오자 연기 없는 촛불인 달빛이 뜰 안을 환하게 비추고, 부르지도 않은 손님인 산 빛이 잠자리에 들어옵니다. 거기에다 집 밖에 늘어선 소나무 거문고들이 바람이 불 때마다 악보에도 없는 곡을 연주해 줍니다. 아아, 이 얼마나 설레도록 아름다운 것들입니까? 작자는 밝은 달빛과 고운 산 빛, 소나무가 연주하는 청아한 거문고 소리를 혼자 즐길 뿐 남에게 전해줄 수 없는 것이 안타깝습니다.

해동공자로 불린 최충(984~1068)은 고려시대 문신이며 문장과 서예에도 능하였습니다. 그는 문과에 장원급제한 뒤 국사수찬관으로 태조 왕건에서 목종까지 7대의 실록을 편찬하는 등 많은 업적을 이룩해 문하시중에까지 올랐으며, 문하시중에서 물러난 뒤에는 최초의 사립학교인 구재학당을 열고 젊은 인재들을 육성하였습니다.

눈 속의 매화를 보며 雪中賞梅
설중상매

누가 나를 찾아와 사립문을 두드려 줄까. 何人訪我叩柴扉
하인방아고시비

울타리 쓰러져 휑한데 흰 눈 흩날려도 籬落寥寥亂雪飛
리락요요란설비

홀로 찬 매화 마주하고 읊조리면 흐뭇하니 獨對寒梅吟詠足
독대한매음영족

남루한 늙은이 쉴 곳 이곳이 제격이네. 老夫褸息此中宜
노부루식차중의

작자는 울타리가 쓰러져 뜰이 휑뎅그렁한 초가집 방에 앉아 찾아올 사람이 없는 줄 알면서도 사립문에 눈길을 던진 채 흩날리는 눈을 바라봅니다. 그리고 눈 속에 핀 매화를 바라보며 지금은 고인이 된 정인情人매창梅窓(부안 기생)과 뜨겁게 사랑을 나누었던 추억을 떠올립니다. 그리고 자신이 살아온 날들에 대해 흐뭇해 합니다.

이 시는 유희경(1545~1636)이 늘그막에 쓴 것입니다. 유희경은 천민이었으나 시를 잘 써 이수광, 박순 등 당대의 시인이나 재상들과 교우했으며, 장례에 밝아 나라의 장례나 사대부가의 장례를 지도했습니다. 임진왜란 때는 의병을 일으켜 유성룡을 도왔으며, 전란 후에는 역신逆臣 이이첨이 인목대비를 폐비시키기 위해 상소를 올리도록 협박했으나 거절했습니다. 광해군을 몰아내고 왕위에 오른 인조는 유희경의 이런 절의를 높이 사 천민인 그를 사대부도 오르기 어려운 가선대부(종3품)와 가의대부(종2품)에 제수하였습니다.

서거정

홀로 앉아	獨坐 독 좌
찾아오는 손님 없어 홀로 앉았는데	獨坐無來客 독 좌 무 래 객
빈 뜰에 비 기운이 어둑하구나.	空庭雨氣昏 공 정 우 기 혼
물고기가 건드렸는지 연꽃이 흔들리고	魚搖荷葉動 어 요 하 엽 동
까치가 밟았는지 나뭇가지가 떨리네.	鵲踏樹梢飜 작 답 수 초 번
거문고는 줄이 젖어도 소리가 나고	琴潤絃猶響 금 윤 현 유 향
화로는 재가 식어도 불씨가 남아 있네.	爐寒火尙存 노 한 화 상 존
진흙길이 드나듦을 가로막으니	泥途妨出入 니 도 방 출 입
하루 종일 문을 닫아걸고 지내네.	終日可關門 종 일 가 관 문

순탄한 벼슬길에 경제적 풍요까지 누리던 작자도 나이가 들자 벼슬에서 물러나 앉은 뒷방 늙은이가 되었습니다. 고기 맛을 아는 사람이 고기를 끊지 못하듯이 벼슬 맛을 누구보다도 잘 아는 작자는 벼슬자리가 그립기만 합니다. 그러나 이제는 찾아주는 사람이 없으니 홀로 앉아 비 기운이 어둑한 빈 뜰을 내려다보고 있습니다.

그때 물고기가 건드렸는지 연꽃이 흔들리고, 까치가 밟았는지 나뭇가지가 떨립니다. 작자는 권력에서 점점 멀어지고 있다는 생각에 좀이 쑤십니다. 그래서 벌떡 일어나 습기로 줄이 느슨해진 거문고를 퉁겨 소리가 나는지 확인해 보고, 식은 화로를 뒤적여 불씨가 남아 있지 않나 살펴봅니다. 그리고 거문고에서 나는 소리를 듣고, 화로에 남아 있는 불씨를 보며 자신에게도 조정에 나아가 벼슬할 힘이 아직 남아 있다고 자위합니다.

그러나 젊은 후진들이 늙은 자신이 조정에 들어오는 것을 막고 있으니 하루 종일 문을 닫아걸고 지낼 수밖에 없습니다. 몸은 한가하나 다시 벼슬길에 나가고 싶은 욕망을 놓지 못했으니 작자에겐 안빈낙도安貧樂道란 말이 어울리지 않습니다.

비슬산으로 물러나 退去琵琶山
퇴거비슬산

벗들이 밥 짓는 불이 끊긴 나를 불쌍히 여겨	朋友憐吾絶火煙 붕우련오절화연
함께 낙동강 변에 누추한 집을 지어 주었네.	共成衡宇洛江邊 공성형우낙강변
굶주리지 않음은 먹을 솔잎이 있음이고	無饑只在啖松葉 무기지재담송엽
목마르지 않음은 마실 옥천이 있음이라.	不渴惟憑飮玉泉 불갈유빙음옥천
고요히 머물러 거문고를 타니 마음 담담하고	守靜彈琴心淡淡 수정탄금심담담
창 닫고 호흡 고르니 뜻이 깊고 깊어지네.	杜窓調息意淵淵 두창조식의연연

임진왜란(1592~1597) 초기 부산에 상륙한 왜군은 파죽지세로 서울을 향해 진격하였으며 관군은 패배를 거듭하였습니다. 이런 누란의 위기에 곽재우(1552~1617)는 의령에서 의병을 일으켜 현풍, 창녕, 영산, 진주까지 진출하며 왜군의 후방을 교란함으로써 왜군의 북진 속도를 늦추는 혁혁한 전공을 세웠습니다. 그러자 여차하면 명나라로 피신하기 위해 의주로 피난 가 있던 선조는 곽재우를 비롯해 전국 각지에서 일어난 의병들의 활동을 높이 치하하고 선양하였습니다.

그러나 명나라 지원군이 들어와 평양성과 서울의 도성을 수복하게 되고 왜군이 남해안으로 물러나 임금의 지위가 안전해지자 의병에 대한 선조의 생각은 180도 바뀌었습니다. 왜냐하면 서울의 도성을 버리고 의주로 도망친 자신의 권위는 땅에 떨어진 반면 목숨 걸고 왜군과 맞서 싸운 의병장들의 인기는 하늘을 찔렀기 때문입니다.

이에 선조는 의병장들에게 의병을 해체하고 관군에 복속하라는 명령을 내림과 동시에 의병장들에게는 관군의 직함을 내렸습니다. 의병장들은 왕의 명령을 거역할 수 없어 관군의 직함을 받았습니다. 그러나 관군 수뇌들은 의병장 출신들을 탐탁하게 여기지 않고 홀대하거나 심지어 모함까지 하자 의병장들은 이를 견디지 못하고 벼슬을 내놓고 귀향하는 경우가 많았습니다.

이런 분위기 속에서 곽재우도 임진왜란이 끝난 다음해 경상좌도 병마절도사직에 부임했으나 곧 병을 핑계로 사임하고 고향으로 돌아왔습니다. 그러자 사헌부가 이를 문제 삼았으며 선조는 곽재우를 영암으로 귀양 보냈습니다. 2년 뒤, 귀양에서 풀려난 곽재우는 고향 현풍의 비슬산 속으로 들어가 솔잎과 샘물로 연명하며 숨어살았습니다.

목숨 바쳐 나라를 구하고 사직을 보존한 것이 영예가 아닌 멍에가 되어 비슬산 속 깊은 곳에 숨어 솔잎과 샘물로 연명하는 곽재우를 본 벗들은 그의 처지를 안타깝게 여겨 영산현(지금의 창녕) 남쪽 창암진에 초막을 지어 주었는데, 이 시는 그곳에서 은거할 때 쓴 것입니다.

용암사에 머물며

寓龍巖寺
우용암사

속박이 이르지 않는 곳이라
흰 구름 속 스님은 절로 한가롭네.
안개는 저물녘 나무를 시름겹게 하고
소나무 푸른빛은 가을 산을 보호하네.
석양에 쓰르라미 시끄럽게 울고
먼 하늘에 지친 새가 돌아오네.
병중이라 손님 올까 심히 두려워
대낮에도 솔문을 닫아걸고 있네.

羈紲不到處 기설부도처
白雲僧自閑 백운승자한
烟光愁暮樹 연광수모수
松色護秋山 송색호추산
落日寒蟬噪 낙일한선조
長天倦鳥還 장천권조환
病中深畏客 병중심외객
白日鎖松關 백일쇄송관

작자는 용암사에 와 있습니다. 이곳 스님은 흘러가는 구름처럼 한가롭습니다. 그러나 작자는 나무 사이로 피어오르는 저녁안개와 소나무 푸른빛 사이로 서서히 물드는 가을빛과 석양에 시끄럽게 울어대는 쓰르라미 소리와 먼 하늘에서 돌아오는 지친 새를 바라보며 권력욕에 불탔던 속세의 병이 도질까 봐 솔문을 닫아걸고 지냅니다.

작자 이규보(1168~1241)는 문신이라면 시골의 훈장까지도 내쫓던 엄혹한 무신정권 시대에 태어나 자신의 뛰어난 학문과 문장으로도 출세할 길이 없자 시와 술과 거문고(삼혹선생이라 불림)를 벗 삼아 시대적 울분을 달래며 민족영웅에 대한 서사시인 〈동명왕편〉 등 문란한 정치와 사회적 혼란을 비판하는 시를 쓰며 세월을 보냈습니다.

그러다가 28세 때 자신의 능력을 보이려고 무신정권의 집권자이던 최충헌에게 시를 지어 보냈고, 이 시를 본 최충헌이 그의 재능을 인정해 벼슬을 내렸습니다. 그 후 이규보는 무신정권 아래서 승승장구하여 환갑이 될 무렵엔 문하시랑평장사라는 고위직까지 올랐습니다. 이러한 그의 전력을 두고 후세 사람들은 그가 교언영색巧言令色(윗사람의 환심을 사려고 말을 교묘히 꾸미고 얼굴빛을 좋게 바꾸는 것)하고 협견첨소脅肩諂笑(어깨를 옹송그리고 아첨하며 웃는 것)하며 권력에 빌붙은 입신출세자이자 보신주의자라며 폄하하기도 합니다.

이 시는 그가 벼슬살이를 끝내고 노쇠하고 병든 몸을 치료하기 위해 용암사(충북 옥천 소재)에서 요양할 때 쓴 것입니다.

종남산 기슭에서

終南山別業 ● 왕유
종남산별업

중년에 접어들어 자못 도를 좋아해	中歲頗好道 중세파호도
뒤늦게 집을 종남산 기슭에 잡았네.	晩家南山陲 만가남산수
흥이 오르면 매번 혼자서 나다니니	興來每獨往 흥래매독왕
빼어난 경치를 그저 나만 알 뿐이네.	勝事空自知 승사공자지
발걸음 다다르니 물이 끝난 곳이요	行到水窮處 행도수궁처
앉아서 바라보니 뭉게구름 일고 있네.	坐看雲起時 좌간운기시
우연히 숲속에서 늙은이를 만나면	偶然値林叟 우연치림수
웃고 얘기하느라 돌아갈 줄 모르지.	談笑無還期 담소무환기

작자는 흥이 오를 때마다 혼자 나다니면서 은거하고 있는 종남산 망천의 경치를 감상합니다. 그는 물길이 끝나는 곳까지 걸어가 보기도 하고, 바위에 걸터앉아 뭉게구름이 일어나는 것을 바라보기도 하고, 숲속에서 늙은이와 만나 시간 가는 줄 모르고 이야기를 나누기도 하며 속세의 번잡한 일을 잊고 평화롭게 살아갑니다.

한가한 가운데 閑中偶書 한중우서

평생 동안 고독을 즐겨서	平生嗜幽獨 평생기유독
궁벽한 산골에 쇠약한 몸을 맡겼네.	窮谷寄衰羸 궁곡기쇠리
땅이 후미지니 꽃은 늦게 피고	地僻花開晚 지벽화개만
산이 높으니 해 돋음이 더디네.	山高日出遲 산고일출지
파초 순은 쉼 없이 돋아 나오고	蕉心抽不盡 초심추부진
시냇물은 때 없이 주절거리네.	溪舌吼無時 계설후무시
이런 즐거움 아는 사람 적어	此樂少人會 차락소인회
나 혼자서 넋을 놓고 즐긴다네.	嗒然空自怡 탑연공자이

작자는 평생을 수행자로서 고독을 즐기며 살았습니다. 그가 쇠약해진 몸을 맡기고 수행하는 곳은 다른 곳보다 골이 깊어 꽃은 늦게 피고 해는 더디게 뜹니다. 그렇지만 그 후미진 산골에서 파초 순이 쑥쑥 자라나고 시냇물이 쉬지 않고 주절거리며 흘러가는 것을 바라보는 작자의 마음속에선 형언할 수 없는 열락이 솟구칩니다. 이렇듯 행복은 욕망을 버리고 순박하게 사는 데서 오나 봅니다.

작자 원감충지(1226~1293)는 고려 후기의 승려로 속가의 성은 위魏씨이고 이름은 원개元凱입니다. 그는 19세 때 과거에 급제하여 일본에 사신으로 가는 등 벼슬이 금직옥당에 이르렀으나 29세 때 원오국사 문하로 들어가 승려가 되었습니다. 그는 조계산 수선사(지금의 송광사)에 머물며 열심히 수행 정진하여 후에 수선사 제6세가 되었으며 충렬왕은 그에게 원감국사란 시호를 내렸습니다.

그의 시와 글은 조선의 선비들로부터도 높이 평가받아 성종의 명으로 서거정이 중심이 되어 편찬한 우리나라 역대 시문선집인 《동문선》에 시 19수와 문 29편이 수록되어 있습니다.

나그네 有客(유객)

청평사에 들른 나그네	有客淸平寺 유객청평사
봄 산을 마음껏 노니네.	春山任意遊 춘산임의유
산새 우짖어도 외로운 탑은 고요하고	鳥啼孤塔靜 조제고탑정
꽃잎 떨어져도 작은 시내는 흐르네.	花落小溪流 화락소계류
좋은 산나물은 때를 알아서 자라고	佳菜知時秀 가채지시수
향기로운 버섯은 비온 뒤에 보드랍네.	香菌過雨柔 향균과우유
걸으며 노래하며 신선 마을 들어서니	行吟入仙洞 행음입선동
나의 백년 시름 사라져 버리네.	消我百年憂 소아백년우

이 시는 김시습이 세조의 왕위찬탈 소식을 들은 뒤, 스스로 머리를 깎고 승려가 되어 전국 방방곡곡을 방랑하다가 47세 때 머리를 기르고 환속하여 부인을 맞이해 살던 중 폐비윤씨사건(성종의 계비이자 연산군의 어머니인 윤씨가 질투심을 못 참고 성종의 얼굴을 할퀴어 손톱자국을 낸 죄로 왕비에서 쫓겨난 사건)이 일어나자 다시 관동지방으로의 방랑길에 올라 오봉산 청평사(춘천시 북산면 소재)에 이르러 쓴 것입니다.

작자는 산새가 우짖어도 탑은 고요하고, 꽃잎은 떨어져도 시냇물은 흐르며, 산나물과 버섯은 좋은 때를 알아 저절로 돋아나듯이 자연은 인간 세상에서 벌어지는 일엔 아랑곳하지 않고 오직 순리를 따를 뿐이라고 노래합니다. 그리고 부귀와 권력을 거머쥐기 위해 순리를 어그러뜨리고 이전투구泥田鬪狗하는 인간 세상을 떠나서 신선 마을인 자연 속으로 들어오니 백년 시름이 사라진다고 합니다.

번민을 떨치고자 遣悶
견민

누워서 청산을 사랑하느라 늘 늦게 일어나	臥愛靑山起每遲 와애청산기매지
뜬 구름 흐르는 물을 나의 시로 읊어도	浮雲流水亦吾詩 부운류수역오시
우습구나! 이 몸은 신선이 아니어서	此身却笑非仙骨 차신각소비선골
안개와 노을로 배를 채워도 배고픔을 못 푸네.	滿腹煙霞未解飢 만복연하미해기

작자는 누워서 청산을 사랑하느라 늘 늦게 일어나 뜬 구름과 흐르는 물을 시로 읊조리지만 신선이 아니니 노을이나 안개를 먹고는 배고픔을 해결할 수 없다고 합니다. 즉, 끼니를 잇지 못하면 지족知足할 수도 없고 한아閒雅하게 살아갈 수도 없다는 것입니다.

홍세태(1653~1725)는 조선 후기의 대표적 위항시인委巷詩人입니다. 그는 역과譯科에 합격하여 말직의 벼슬을 지냈으나 평생 가난하게 살았으며, 열 명의 자녀가 먼저 죽는 아픔을 겪었습니다.

이 시의 제목 견민遣悶(답답한 속을 풂)에는 고달팠던 작자의 삶이 투영되어 있습니다.

14장

꽃이 웃고 버들 잠드니

전역을 하고 둥지를 튼 곳은 용인시 수지 변두리였습니다. 집값이 싼 이유도 있었지만 아파트 앞에 낮은 구릉과 호수와 들판이 광활하게 펼쳐져 있어 전원의 정취가 물씬했기 때문입니다. 거실에 앉아 사계절의 변화를 볼 수 있고, 밤이면 창 너머로 뜨는 달과 별을 볼 수 있다는 것은 큰 행운이 아닐 수 없었습니다.

그런데 그런 행운은 5년 만에 끝이 났는데, 아파트 앞 구릉과 들판이 광교신도시로 개발되어 고층아파트가 즐비하게 들어섰기 때문입니다. 이처럼 도시 근교의 전원은 주택지나 공단으로 변해 버렸고, 시골마을은 폐교된 빈 운동장에 억새풀이 귀신손가락처럼 자라나 있고, 녹슨 양철지붕 위의 교회십자가는 기우듬히 서서 석양 빛에 외롭게 졸고 있습니다. 이제 그곳엔 싱그러운 희망이나 설레는 낭만은 사라졌고, 활기를 잃고 늘어진 창자처럼 살아가는 늙은이들의 고독만 켜켜이 쌓여 있습니다.

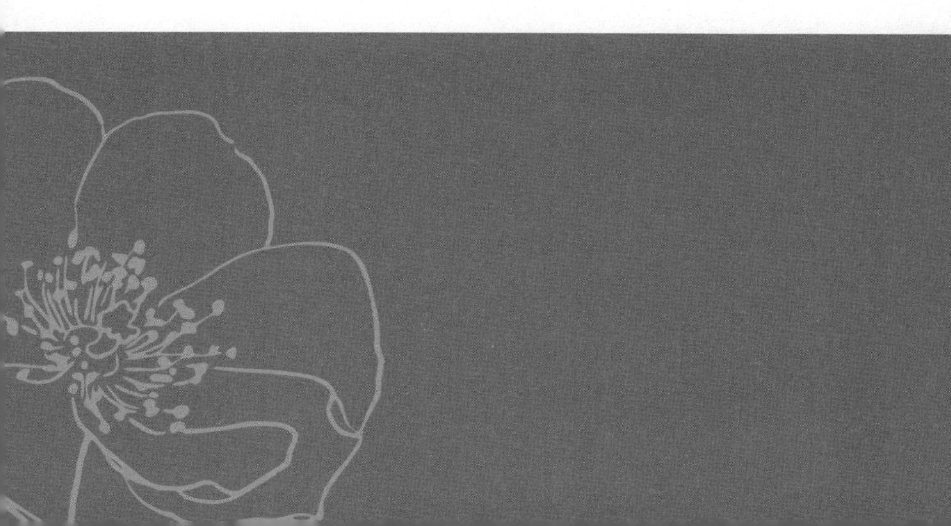

한가함 속의 기쁨

閑中自慶
한중자경

날마다 산을 보아도 보는 것이 모자라고	日日看山看不足 일일간산간부족
때 없이 물소리를 들어도 듣기가 싫지 않네.	時時聽水聽無厭 시시청수청무염
자연에서 사니 귀와 눈 모두 맑고 상쾌하여	自然耳目皆淸快 자연이목개청쾌
자연의 소리와 색깔 속에서 편안함을 기르네.	聲色中間好養恬 성색중간호양념

작자는 산속에서 살며 날마다 산을 보아도 보는 것이 모자라고 때 없이 물소리를 들어도 물소리가 싫증 나지 않는다고 합니다. 자연에서 살아 가니 귀와 눈이 모두 맑고 상쾌하여 자연의 소리와 색깔 속에서 마음의 편안함을 기른다고 합니다.

이렇듯 자연은 사람의 심성을 순박하게 합니다. 심성이 순박해지면 욕심이 적어지고 욕심이 적어지면 돋아나는 새싹, 피어나는 꽃봉오리, 지저귀는 새소리, 흐르는 물소리처럼 작은 것에서도 기쁨을 느낄 수 있습니다. 그리고 이 작은 기쁨들이 모여서 큰 행복으로 자라나게 됩니다.

● 도잠

전원에 돌아와 살며

歸園田居
귀원전거

남산 아래 콩을 심었더니	種豆南山下 종두남산하
풀만 무성하고 콩 싹은 드무네.	草盛豆苗稀 초성두묘희
새벽에 일어나 잡초를 뽑고	晨興理荒穢 신흥리황예
달빛 받으며 호미 들고 돌아오니	帶月荷鋤歸 대월하서귀
길은 좁고 풀이 무성하여	道狹草木長 도협초목장
저녁 이슬에 옷이 젖는구나.	夕露霑我衣 석로점아의
옷 젖는 것이야 아깝지 않지만	衣霑不足惜 의점부족석
오직 소원이 어긋나지 않길.	但使願無違 단사원무위

도잠(365~427, 호: 연명)은 중국 송나라 때 시인입니다. 그는 생계를 위해 몇몇 벼슬을 지냈으나 늘 고향으로 돌아가 살기를 원했습니다. 그러던 중 그의 나이 41세 때 누이가 죽자 그것을 핑계로 팽택현 현령에서 물러나 고향으로 돌아왔는데, 그때 그 유명한 〈귀거래사〉를 지었습니다. 그는 고향으로 돌아온 뒤 다시는 관직에 나가지 않고 농사를 지으며 살았는데, 이 시는 그때 쓴 것입니다.

작자는 남산 아래 콩을 심었으나 풀만 무성하고 콩 싹은 드물지만 그래도 새벽에 일찍 일어나 잡초를 뽑는다고 합니다. 그리고 저녁이 되면 달빛을 받으며 호미 들고 집으로 돌아오는데 길은 좁고 풀이 무성해 저녁 이슬에 옷이 다 젖는다고 합니다. 그러나 전원에서 살고 싶은 소원만 어긋나지 않는다면 옷 젖는 것은 아깝지 않다고 합니다. 전원에 살면서 들에 나가 일만 뼈 빠지게 한다면 무슨 흥취가 있겠습니까. 시원한 아침나절에 잠시 일을 한 뒤 낮에는 나무 그늘에서 잠도 자고, 개울에서 멱도 감고, 새소리를 들으면서 시도 읊다가 달이 뜨면 풀잎에 맺힌 이슬을 밟고 집으로 돌아오는 여유와 풍류가 있어야 전원에서 사는 맛이 나지 않겠습니까.

시골의 밤 村夜
촌 야

서리 맞은 풀 우거진 곳 벌레 소리 애절한데	霜草蒼蒼蟲切切 상 초 창 창 충 절 절
마을 남쪽에도 마을 북쪽에도 인적이 끊겼네.	村南村北行人切 촌 남 촌 북 행 인 절
홀로 사립문을 열고 나와 들밭을 바라다보니	獨出門前望野田 독 출 문 전 망 야 전
휘영청 밝은 달 아래 메밀꽃이 눈처럼 희네.	月明蕎麥花如雪 월 명 교 맥 화 여 설

작자는 풀숲에서 벌레들 애절하게 울어대는 인적 없는 깊은 밤에 홀로 사립문을 열고 나와 들밭에 핀 메밀꽃이 휘영청 밝은 달 아래 눈처럼 하얗게 빛나고 있는 장관壯觀을 홀린 듯 바라보고 있습니다.

백거이(772~846)는 중당中唐 때 시인으로 이백, 두보, 한유와 어깨를 나란히 하였습니다. 그는 일찍이 사회를 비판하는 시가를 쓴 적이 있는데 그 대상이 되었던 고관대작들의 미움을 사서 구강九江사마로 좌천되었습니다. 그곳에서 그는 삶과 문학에 대한 깊은 성찰을 거쳐 〈비파행〉을 지었습니다. 그는 구강사마의 임기를 마치고 장안으로 돌아오게 되자 권력다툼을 피해 자원하여 항주杭州자사로 나갔으며, 기교와 꾸밈이 없는 소박한 필치로 항주의 아름다운 풍광을 담은 시를 많이 남겼는데, 이 시는 그때 쓴 것입니다.

봄갈이 春耕
춘경

차 끓이는 연기 그치자 소와 닭이 울고	茶煙乍歇牛鷄鳴 다 연 사 헐 우 계 명
졸다 깨니 창틈엔 비 갠 햇살이 밝네.	睡罷閒窓霽景明 수 파 한 창 제 경 명
집 밖의 들엔 봄갈이가 늦지 않았는데도	野外春耕知不晩 야 외 춘 경 지 불 만
울타리 밖에선 소 꾸짖는 소리 들리네.	隔籬時聽叱牛聲 격 리 시 청 질 우 성

작자는 낮잠에 빠졌다가 소와 닭이 우는 소리에 퍼뜩 깨어납니다. 차를 끓이던 연기는 이미 그쳤고, 창틈으로 비 갠 뒤의 밝은 햇살이 새어 들어오고 있습니다. 또 봄갈이가 늦지 않았는데도 농부가 논을 갈면서 소를 꾸짖는 소리가 울타리 밖에서 들려옵니다. 작자는 이른 봄날의 나른함 속에서 느긋하게 봄의 흥취를 즐깁니다.

작자 조태채(1660~1722)는 권력에 취하면서 이 시의 목가적인 모습과는 전혀 다른 삶을 살게 됩니다. 그는 노론의 핵심인물이 되자 연잉군(영조)을 몸이 허약하고 아들이 없는 경종의 뒤를 이을 세제世弟로 책봉하는 데 성공하였고, 그 여세를 몰아 연잉군이 수렴청정까지 하도록 밀어붙였습니다. 그러자 반대파인 소론이 목호룡을 사주해 노론이 경종을 시해하려 한다고 고변하게 하였으며, 이 고변으로 조정의 정치를 쥐락펴락하던 그는 졸지에 역적으로 몰려 진도에 유배되었다가 그곳에서 사약을 받고 죽었습니다.

봄날 개울가에서

溪上春日
계상춘일

푸른 산속에서 살아온 지 어언 오십 년 — 五十年來臥碧山 (오십년래와벽산)
인간세상 시비에 어찌 휘말리겠는가. — 是非何事到人間 (시비하사도인간)
작은 집이지만 봄바람이 그치지 않는 곳 — 小堂無限春風地 (소당무한춘풍지)
꽃이 웃고 버들 잠드니 더욱 한가하네. — 花笑柳眠閒又閒 (화소류면한우한)

성혼(1535~1598)은 조선 중기의 문신이자 학자입니다. 그는 조정이 동인과 서인으로 갈라져 치열하게 다투던 때 서인이던 이이, 정철과 정치노선을 같이했으나 벼슬에는 별 뜻이 없어 선조가 여러 차례 불러도 계속 사양하였습니다. 하는 수 없이 관직을 받게 되면 오래지 않아 사직상소를 올리고 벼슬에서 물러났고, 또다시 선조가 부르면 마지못해 출사했다가 사직하기를 반복했습니다. 그는 벼슬을 하는 것보다는 향리에서 후학을 양성하는 게 훨씬 더 좋았던 것입니다.

이 시에도 그의 그러한 성향이 잘 드러나 있습니다. 그는 시비에 휘말리는 벼슬보다는 봄바람 그치지 않는 작은 집에서 꽃이 웃고 버들이 잠드는 것을 보며 한가하게 사는 것이 행복합니다.

빗속의 냇가마을

溪村雨中
계 촌 우 중

시냇가에는 복숭아꽃 두세 가지 피어 있고	溪上桃花三兩枝 계 상 도 화 삼 양 지
비바람에 쓰러진 울타리 사이 초가가 있네.	雨中籬落隔茅茨 우 중 리 락 격 모 자
누런 소는 쟁기질 끝내고 푸른 풀을 뜯는데	黃牛耕罷在靑草 황 우 경 파 재 청 초
농부가 귀가할 땐 서로 말을 나누며 오겠지.	田父歸時相語隨 전 부 귀 시 상 어 수

시냇가에는 복숭아꽃 두세 가지 붉게 피어 있고, 비바람에 쓰러진 울타리 사이로 낡은 초가집이 보입니다. 또 밭둑에는 쟁기질을 끝낸 누런 소가 한가롭게 푸른 풀을 뜯고 있습니다.

농부가 일을 끝내고 소를 몰고 귀가할 때는 소와 두런두런 말을 나누며 다정하게 오겠지요. 조용하고 한가한 시골 풍경이 더없이 평화롭습니다.

● 권만

소 타는 재미

騎牛
기 우

소 타는 재미 모르고 있다가	不識騎牛好 불 식 기 우 호
말이 없으니 이제야 알겠구나.	今因無馬知 금 인 무 마 지
십리 먼 들판 나들이 길에	長郊十里路 장 교 십 리 로
봄빛과 더불어 느릿느릿 가네.	春日共遲遲 춘 일 공 지 지

빨리 달리는 말을 타면 사람이 조급해집니다. 그러나 느린 소를 타고 다니면 마음이 느긋해집니다. 그래서 노자는 청우靑牛를 타고 다녔습니다. 이 시를 쓴 시인도 말이 없어져 소를 타게 된 뒤에야 비로소 소타는 재미를 알게 되어 십리 먼 들판을 따뜻한 소등에 올라 앉아 느릿느릿 가며 봄의 흥취를 만끽하고 있습니다. 소 등에 앉아 유유자적 통소를 불며 가는 상상을 해보십시오. 무슨 시름이 있겠습니까? 작자는 벼슬하며 말을 타고 다니던 시절엔 몰랐던 행복을 벼슬에서 물러나 소를 타고 다니면서 비로소 알게 되었습니다.

권만(1688~?)은 영조 4년에 이인좌의 난(이인좌가 청주에서 반란을 일으켜 주변 고을을 점령한 뒤 서울로 북상하던 중 안성 상당산성에서 관군에게 궤멸됨)이 일어나자 의병장 유승현을 도와 역도를 진압하는 데 큰 공을 세워 병조정랑에 제수除授되었으며, 병조정랑의 자리에서 물러난 뒤에는 고향마을로 돌아와 유유자적하며 여생을 보냈습니다.

농촌의 한 풍경

次韻金太守詠田家
차운김태수영전가

물이 졸졸 흐르는 진흙에 말굽이 빠지는데	流水涓涓泥沒蹄 유수연연니몰제
아지랑이 따스한 뽕밭에서 비둘기가 우네.	暖煙桑柘鵓鳩啼 난연상자발구제
할아버지가 일머리를 이르자 손자가 따라 하며	阿翁解事阿童健 아옹해사아동건
홈통을 통해 샘물을 서쪽 언덕 너머로 보내네.	刳竹通泉過岸西 고죽통천과안서

작자는 말을 타고 시골길을 유유히 가고 있습니다. 물이 졸졸 흐르는 좁은 길은 진창이 되어 말굽이 푹푹 빠지고 아지랑이 피어오르는 양지바른 뽕밭에선 비둘기가 구구 웁니다. 그때 할아버지와 손자가 대나무를 쪼개 만든 홈통으로 샘물을 끌어들여 서쪽 언덕 너머로 보내는 작업을 하는 광경이 눈에 들어옵니다. 백발의 할아버지는 일하는 노하우를 손자에게 알려주고, 젊은 손자는 할아버지가 일러주는 대로 대나무 홈통을 갖다 놓고 돌로 굅니다. 할아버지와 손자가 호흡을 맞춰 오순도순 일하는 광경이 정겹지 않습니까.

강희맹(1424~1483)은 세종대왕의 이종사촌으로 예조판서와 형조판서, 좌참찬까지 지낸 문신이자 뛰어난 문장가였으며, 농민의 애환을 이해하고 농민을 대변하는 시 〈농구14장〉을 지었습니다.

평릉역 정자에서

題平陵驛亭
제평릉역정

벼꽃은 바람결에 하얗게 나부끼고 — 稻花風際白 (도화풍제백)

콩 꼬투리는 비온 뒤에 파랗게 맺었네. — 豆莢雨餘靑 (두협우여청)

사물이 다 제자리를 얻었으니 — 物物得其情 (물물득기정)

나는 냇가 정자에서 노래나 불러야지. — 我歌溪上亭 (아가계상정)

초가을입니다. 작자는 들판에 하얗게 핀 벼꽃이 바람결에 나부끼고, 비탈 밭에 콩 꼬투리가 파랗게 맺은 것을 보니 가슴이 뿌듯해집니다. 자연은 때가 되면 때에 맞게 꽃을 피우고 열매를 맺을 뿐 천시天時를 어기는 일이 없습니다. 그래서 작자도 인위적으로 무엇을 하려는 생각을 버리고 정자에 앉아 노래나 부르려고 합니다.

세상엔 끊임없이 일을 꾸미는 사람이 있습니다. 그런 사람은 탐욕이 많은 사람입니다. 권력을 잡고, 재물을 모으고, 이름을 얻으려고 안달하는 사람은 불법적이고 부도덕한 일을 꾸미려는 유혹에 빠지기 쉽고, 끝내 그런 일을 저지르다 불행의 나락으로 떨어집니다.

벼 익을 때

禾熟
화 숙

백리 서풍에 벼와 기장 익는 향기 풍기고	百里西風禾黍香 백 리 서 풍 화 서 향
솟는 샘물 돌린 마당에 타작할 곡식이 나오네.	鳴泉落竇穀登場 명 천 낙 두 곡 등 장
늙은 소는 이것으로 제가 할 일 대충 다 했다고	老牛粗了耕耘債 노 우 조 료 경 운 채
꼴을 씹으며 노을진 언덕배기에 누워 있네.	齧草坡頭臥夕陽 설 초 파 두 와 석 양

백리 넓은 들판으로 불어오는 서풍에 벼와 기장 익는 향기가 풍기는 가을날입니다. 마당 가장자리를 빙 둘러 도랑을 파고 땅속에서 배어 나오는 물이 도랑을 따라 졸졸 흘러 밖으로 빠지게 하여 뽀송뽀송 마른 마당으로 농부들이 볏단을 분주히 가져다 놓고 있습니다. 그리고 마당 뒤편의 노을진 언덕배기에는 늙은 소가 이젠 제 할 일을 다 했다는 듯 한가롭게 되새김질하며 누워 있습니다.

공평중(생몰연대 미상)은 북송 때 문신이자 문학가로 벼슬길에 나섰으나 순탄하지 못했습니다. 그는 형 문중, 동생 무중과 더불어 강서江西에서 시와 글로 이름을 떨쳐 삼공三孔이라 불렸습니다.

벼를 베며 穫歸
확 귀

구월에 찬 서리 내리자	九月寒霜至 구 월 한 상 지
남으로 기러기 차츰차츰 날아오네.	南鴻稍稍飛 남 홍 초 초 비
나는 무논에서 벼를 베고	我收水田稻 아 수 수 전 도
아내는 무명옷을 짓네.	妻織木綿衣 처 직 목 면 의
막걸리를 많이 빚어 놓아야지	白酒須多釀 백 주 수 다 양
노란 국화꽃 적지 아니 피어날 테니.	黃花自不稀 황 화 자 불 희
어느새 숨어 살 만해졌으니	於焉聊可隱 어 언 료 가 은
백년 인생 이곳에 의탁해야지.	且作百年歸 차 작 백 년 귀

작자는 기러기가 차츰차츰 남쪽으로 날아오고 찬 서리가 내리자 겨울옷을 지을 아내를 집에 두고 혼자 무논으로 나가 벼를 벱니다. 무논가 논두렁에는 들국화가 꽃망울을 맺기 시작했습니다. 작자는 벤 벼를 타작해 막걸리를 많이 빚어 두었다가 국화가 노랗게 피어나면 맑은 국화 향기 속에서 지인들과 함께 빚은 술을 나누어 마실 생각을 합니다. 작자는 서울에서 시골로 왔는데 어느새 시골생활에 적응이 되어 백년 인생을 이곳에 맡길 결심을 합니다.

정민교(1697~1731)는 형이자 시인인 내교에게 글을 배워 진사시에 합격, 성균관에 들어갔으나 곧 그만두고 여항시인 홍세태의 문하로 들어가 시를 배웠는데, 시에 뛰어난 재능을 드러냈습니다. 그러나 집안이 너무 가난하여 호남의 한천으로 내려가 농사를 지었으며 그곳에서 농민들의 애환을 담은 시를 많이 남겼습니다. 그 후 그는 영남으로 가 관찰사이던 조현명의 객사에 머물며 조현명의 수창酬唱(시가를 서로 주고받음) 상대가 되어 주는 한편 그의 자녀들을 가르치던 중 학질에 걸려 35세의 아까운 나이로 요절하였습니다.

이덕무

농사꾼 집	題田舍 제 전 사
콩깍지 더미 곁으로 오솔길 나뉘었는데	荳穀堆邊細逕分 두 곡 퇴 변 세 경 분
붉은 아침햇살 점차 퍼지자 소떼가 흩어지네.	紅暾稍遍散牛群 홍 돈 초 편 산 우 군
곱고 푸른 하늘은 가을 산을 물들이려 하고	娟靑欲染秋來岫 연 청 욕 염 추 래 수
비 갠 뒤 구름은 너무 깨끗해 먹고 싶네.	秀潔堪餐霽後雲 수 결 감 찬 제 후 운
갈대밭에 햇빛 반짝거리니 기러기가 놀라고	葦景皤皤奴雁駭 위 경 번 번 노 안 해
볏잎 소리 쏴하니 물고기 어지럽게 노네.	禾聲瑟瑟婢魚紛 화 성 슬 슬 비 어 분
산 남쪽 볕 드는 땅에 초가 짓고 살고 싶으니	山南欲遂誅茅計 산 남 욕 수 주 모 계
늙은 농부에게 반만 빌려달라고 해봐야지.	願向田翁許半分 원 향 전 옹 허 반 분

작자는 콩깍지 더미 사이로 난 오솔길, 퍼지는 아침햇살 속으로 흩어지는 소떼, 가을 산을 물들인 곱고 푸른 하늘, 먹고 싶을 정도로 깨끗한 구름, 갈대밭에서 반짝거리는 햇빛에 놀라 날아오르는 기러기, 어지럽게 헤엄치는 물고기 떼에 흔들리는 볏잎 등의 표현으로 시에 사실감과 생동감을 불어 넣었을 뿐 아니라 시풍이 매우 낭만적이게 하였습니다. 그리고 이 낭만적인 분위기 속에서 살고 싶어 늙은 농부에게 초가집 지을 땅을 빌려달라고 부탁할 작정입니다.

이덕무(1741~1793)는 조선 후기의 실학자입니다. 그는 서자로 태어났고 집안이 가난하여 정규교육을 받지 못하고 집에서 혼자 공부하였지만 박학다식하고 문장에도 뛰어났습니다. 그러나 서자인 그는 크게 등용되지 못했습니다. 그는 당시 이름난 실학자 박지원, 홍대용, 박제가 등과 깊이 교유하며 실학에 대한 안목을 넓혀 나갔으며, 특히 정조 2년에 청나라로 가는 사은겸진주사 심염조의 서장관書狀官이 되어 연경으로 들어갔을 때 그곳 고증학 석학들과 교류하며 많은 고증학 책들을 모아 귀국해 북학론 발전에 기여하였습니다.

낙지론 이후 題樂志論後 제낙지론후

가난한 선비의 살림살이라 궁색할지라도	貧士生涯本隘窮 빈사생애본애궁
하늘의 조화에 맡겨 놓고 사니 즐겁다네.	卜居惟喜任天工 복거유희임천공
숲과 꽃을 굳이 힘들여 가꿀 일도 없고	林花不費栽培力 임화불비재배력
못을 파고 폭포를 만들어야 할 일도 없네.	潭瀑元無築鑿功 담폭원무축착공
물고기 새 스스로 찾아와 벗이 되어 주고	魚鳥自來爲伴侶 어조자래위반려
시내와 산이 집을 에워싸고 문을 지켜 주네.	溪山環擁護窓櫳 계산환옹호창롱
그 속에서 참 기쁨은 천 권의 책에 있으니	箇中眞樂書千卷 개중진락서천권
손 가는 대로 뽑아보면 온갖 잡념 사라지네.	隨手抽看萬慮空 수수추간만려공

이 시는 중국 후한 시대 학자인 중장통(仲長統: 조조를 섬겼으며, 유학사상을 바탕으로 직언을 서슴지 않았음)이 전원에서 사는 즐거움을 쓴 시 〈낙지론樂志論〉을 인용한 것입니다. 이 시가 우리나라에서 유명해진 것은 김홍도가 이 시를 우리나라의 풍속에 맞도록 바꾸어 〈삼공불환도三公不換圖〉란 제목의 8폭 병풍을 그린 뒤부터입니다.

작자는 전원에서 살기 때문에 굳이 숲과 꽃을 힘들어 가꾸지 않아도 사방이 숲과 꽃이며, 못을 파고 폭포를 만들지 않아도 눈을 들고 바라보면 폭포와 못이라고 즐거워합니다. 또 물고기와 새들이 스스로 찾아와 놀아 주고, 시내와 산이 집을 에워싸고 지켜 주니 근심할 일이 없습니다. 거기에다 천 권의 책이 있어 손 가는 대로 뽑아 읽으면 온갖 잡념이 사라지니 바로 이곳이 낙원인 것입니다.

안정복(1712~1791)은 조선 후기의 실학자이자 역사학자입니다. 그는 단군조선으로부터 고려 말까지의 역사를 자주적인 관점에서 기술한 《동사강목》을 저술하였는데, 이 책은 후에 민족사학자인 박은식, 장지연, 신채호 등에게 커다란 영향을 끼쳤습니다.

강마을에서 살며 江村 강촌

맑은 강 한 줄기 마을을 감싸 흐르는데	淸江一曲抱村流 청강일곡포촌류
긴긴 여름 강마을엔 일마다 한가롭네.	長夏江村事事幽 장하강촌사사유
마루 위 제비들은 스스로 날아서 오가고	自去自來堂上燕 자거자래당상연
물 가운데 갈매기는 끼리끼리 어울리네.	相親相近水中鷗 상친상근수중구
늙은 아내는 종이에다 바둑판을 그리고	老妻畵紙爲碁局 노처화지위기국
어린 아들은 침을 두드려 낚시 바늘 만드네.	稚子敲針作釣鉤 치자고침작조구
병이 많아 바라는 것은 오직 약물일 뿐	多病所須唯藥物 다병소수유약물
미천한 몸이 이것 말고 무엇을 더 구하리.	微軀此外更何求 미구차외갱하구

이 시는 두보가 좌습유(황제의 비서)에서 좌천되어 광동성 화주의 지방관을 하던 중 대기근을 만나 벼슬을 그만두고 가족과 함께 식량을 구하기 위해 고향인 하남성 정주로 향하다가 고향이 안녹산의 반란군 수중에 들어 있음을 알고 발길을 돌려 친구 엄무가 자사로 있는 사천성 성도로 와서 완화계에 자리 잡고 살 때 쓴 것입니다.

작자는 맑은 강 한줄기가 마을을 감싸고 흐르는 곳에 지은 초당에서 마루 위로 날아드는 제비와 물 가운데 모래톱에서 끼리끼리 모여 노는 갈매기 떼와 종이 위에 바둑판을 그리고 있는 늙은 아내와 강에 나가 낚시질을 하려고 침을 두드려 낚시 바늘을 만들고 있는 어린 아들의 모습을 바라보고 있자니 마음이 너무나 평온합니다. 그래서 병을 고칠 약물 말고는 더 바랄 것이 없습니다. 이때가 두보의 생애에 있어서 가장 안정된 삶을 누린 시기입니다.

● 도잠

국화 꽃잎을 따다가 飮酒 음주

마을 안에 오두막집을 짓고 살아도	結廬在人境 결려재인경
수레와 말들의 떠들썩한 소리 들리지 않네.	而無車馬喧 이무차마훤
그대는 어찌 그럴 수 있냐고 묻겠지만	問君何能爾 문군하능이
마음이 속세와 멀어지면 사는 곳도 외져지네.	心遠地自偏 심원지자편
동쪽 울밑에서 국화 꽃잎을 따다가	採菊東籬下 채국동리하
아득히 저 멀리 남산을 바라보니	悠然見南山 유연견남산
해가 기울어 산기운은 더욱 아름답고	山氣日夕佳 산기일석가
날던 새들도 짝을 지어 돌아오네.	飛鳥相與還 비조상여환

작자는 마을 안에서 살아도 떠들썩한 수레소리와 말울음소리가 들리지 않는다고 합니다. 어째서 그럴 수 있느냐 하면 마음이 속세로부터 멀어지면 사는 곳이 어디든 선경仙境이 되기 때문입니다. 그래서 작자는 좁은 마당에 국화를 심어 가꾸고, 멀리 있는 남산과 그 위를 나는 새들을 바라보며 선경에서 살듯 살아갑니다. 이 시의 작자처럼 산다면 서울 한복판에선들 전원생활을 못하겠습니까.

봄바람 서울로 분다고

寄東岳臺山別墅
기동악대산별서

● 윤훤

듣자하니 그대 고향 양주로 돌아가 누웠다지.	聞君歸臥古楊州 문군귀와고양주
애기 풀 자라나는 교외라 일마다 그윽하겠네.	細草長郊事事幽 세초장교사사유
큰 삿갓 하늘을 가려 주고 소 등은 따스할 테니	大笠蔽天牛背穩 대립폐천우배온
봄바람 서울로 분다고 고개를 돌리지 말게나.	春風京洛不回頭 춘풍경락불회두

이 시는 광해군의 폭정으로 벼슬을 그만두고 고향인 양주로 돌아가 은거하는 동악 이안눌에게 윤훤이 써 보낸 것입니다.

작자는 서울에서 멀리 떨어진 고향 양주로 돌아간 벗에게 큰 삿갓으로 하늘을 가리고, 따스한 소 등에 올라 앉아 피리를 불며 마음 편하게 살라고 격려합니다. 그리고 봄바람(명리에 대한 미련)이 서울을 향해 불더라도 서울을 향해서는 고개조차 돌리지 말라고 합니다.

벗에게 명리를 탐하지 말라던 윤훤(1573~1627) 자신은 정작 벼슬길에 나가 정묘호란이 일어나자 부체찰사가 되어 안주에서 적을 맞아 싸우다가 패하고 평양을 거쳐 성천으로 철수하였습니다. 그리고 그 죄로 참형에 처해져 저자거리에 효시梟示되었습니다.

15장

오동잎에 떨어지는 빗소리

사물을 보고 느낀 감정이나 정서를 주관적으로 묘사한 서정시는 시인의 성향이나 경험 그리고 처한 환경에 따라 그 느낌과 맛이 다릅니다.

서부전선 최전방 일반전초(GOP)에서 대대장으로 근무하던 초겨울 어느 날, 북한쪽에서 일어난 불이 거센 바람을 타고 비무장지대를 가로질러 아군초소로 다가왔습니다. 그때 불길을 피해 달아나던 어미노루가 껑충껑충 뛰어 깊은 개울을 건너가자 아장아장 뒤따르던 두 마리 새끼노루 중 한 마리는 개울로 뛰어들었다가 거센 물살에 둥둥 떠내려 갔고, 나머지 한 마리는 개울 앞에서 망설이다가 세찬 불길에 휩싸였습니다. 개울 건너편에서 우두커니 이 광경을 지켜보던 어미노루는 잠시 후 그곳을 떠나 산그늘 짙어진 언덕 너머로 쓸쓸히 사라졌습니다. 나는 그때 본 광경이 뇌리에서 지워지지 않았습니다. 그래서 〈비무장지대의 노루〉란 제목으로 시를 썼는데, 마지막 연을 '돌아보는 어미노루 두 눈에선/ 분노의 파란 눈물이 흐른다.' 라고 썼습니다.

봄날

春日
춘 일

꾀꼬리 실버들에 날아들고 매화꽃은 지는데 金入垂楊玉謝梅
금 입 수 양 옥 사 매

작은 연못의 봄물은 이끼보다 더 푸르네. 小池新水碧於苔
소 지 신 수 벽 어 태

봄의 수심 봄의 흥취 어느 것이 깊고 얕을까. 春愁春興誰深淺
춘 수 춘 흥 수 심 천

제비가 오지 않으니 꽃도 피지 않는구나. 燕子不來花未開
연 자 불 래 화 미 개

꽃그늘 아래서 미녀와 함께 풍악을 울리고 좋은 술을 마시며 환락에 빠질 수 있는 가진 자의 봄은 마약 같겠지만 주린 배를 움켜쥐고 보릿고개를 넘어야 하는 가난한 자의 봄은 눈물 같겠지요.

서거정(1420~1488)은 세종 26년에 문과에 급제한 후 육조의 판서를 모두 역임하는 등 45년간 여섯 왕을 모시며 순탄한 벼슬살이와 경제적으로 풍요로운 삶을 살았습니다. 이런 삶을 산 서거정의 눈에 비치는 봄의 풍경은 꾀꼬리 날아드는 실버들과 산들바람에 흩날리는 매화꽃잎과 이끼 빛보다 더 푸른 못물처럼 온통 아름다운 것들뿐입니다. 오직 수심이 있다면 어서 꽃이 피지 않는 것입니다. 어서 꽃이 피어야 경치 좋은 곳에 나가 대자리를 깔고 화전花煎을 안주 삼아 미주美酒를 마시며 봄의 흥취를 맘껏 누릴 수 있을 테니까요. 이 시에서는 가진 자의 여유로움과 호사스러움이 넘쳐납니다.

소식

봄밤 春夜
춘 야

봄밤의 짧은 시간은 천금과도 같으니 春宵一刻直千金
춘 소 일 각 직 천 금

꽃은 맑은 향기 풍기고 달은 그늘을 드리우네. 花有淸香月有陰
화 유 청 향 월 유 음

노래와 피리소리 들리던 누각이 고요해지자 歌管樓臺聲寂寂
가 관 루 대 성 적 적

그네 걸린 뜰도 밤이 깊어 쓸쓸하네. 鞦韆院落夜沈沈
추 천 원 락 야 심 심

소식(1037~1101, 호: 동파)은 북송 때 시인으로 일찍이 한림학사, 병부상서 등 고위직을 지냈으나 신법당의 급진개혁주의자 왕안석과 대립하다가 지방관으로 좌천된 뒤 유배되었습니다. 그는 철종이 즉위하고 구법당이 득세하자 예부상서가 되었으나 황태후의 죽음으로 신법당이 다시 권력을 잡자 7년간 중국 최남단 해남도海南島에 유배되었으며, 유배에서 풀려 돌아오던 길에 죽었습니다.

이 시는 봄밤의 경치를 묘사한 것이지만 그 속에는 소식의 삶에 대한 회한이 투영되어 있습니다. 꽃이 맑은 향기를 풍기고 밝은 달이 그늘을 드린 짧은 봄밤이 천금과도 같다는 것은 자신이 잘나가던 시절에 대한 회상입니다. 그리고 노래와 피리소리 들리던 누각이 고요해지고 그네 걸린 뜰도 쓸쓸해졌다는 것은 벼슬에서 쫓겨나 곤고困苦하게 살아가는 지금 자신의 처지를 빗댄 것입니다.

봄 산의 달밤

春山夜月
춘산야월

봄 산에는 좋은 일이 많아	春山多勝事 춘산다승사
즐기느라 밤이 와도 돌아갈 줄 모르네.	覺玩夜忘歸 각완야망귀
물을 움켜 뜨니 달이 손안에 들어와 있고	掬手月在水 국수월재수
꽃을 희롱하니 향기가 옷에서 진동하네.	弄花香滿衣 농화향만의
흥에 겨워 멀고 가까움 없이 싸돌아다니다가	興來無遠近 흥래무원근
향기로운 꽃을 두고 떠나려니 아쉽네.	欲去惜芳菲 욕거석방비
종소리 들려오는 남쪽을 바라보니	南望鳴鐘處 남망명종처
누대가 푸른 산기운 속 깊이 서있네.	樓臺深翠微 누대심취미

우량사는 당나라 현종과 숙종 때 감찰어사와 서사절도사를 지냈으며, 그의 시풍은 티 없이 맑고 아름다운 것이 특징입니다.

작자는 봄 산에는 좋은 일이 많다고 합니다. 그 좋은 일이란 온갖 꽃들이 저마다 꽃봉오리를 터트리기 시작하고, 산새들이 맑은 목소리로 지저귀며, 얼음이 녹아내리는 산골 물소리가 청량하고, 바람은 시원한 것입니다. 그래서 작자는 밤이 와도 돌아갈 줄 모르고 맑은 물을 두 손으로 움켜 떠봅니다. 그러자 밤하늘의 달이 손안에 들어와 있습니다. 또 탱탱하게 부풀어 오른 꽃봉오리를 건드리자 꽃망울이 터지면서 내뿜는 향기가 옷에 배어 진동합니다. 얼마나 흥겨운 일입니까. 작자는 멀고 가까움 따위는 따지지 않고 온 산을 싸돌아다니다가 밤이 깊어 집으로 돌아가려니 꽃들을 두고 떠나는 것이 너무나 아쉽습니다. 그때 삼경을 알리는 종소리가 들려와 남쪽을 바라보니 푸른 산기운 깊은 곳에 누대가 서있습니다. 이 시를 읽으면 진달래 먹고 물장구치며 놀던 어린 시절이 떠오릅니다.

영곡의 봄을 찾아

靈谷尋春
영곡심춘

● 이달

동쪽 산봉우리엔 구름 기운 푸르스레한데	東峯雲氣沈翠微 동봉운기침취미
산골길로 대지팡이 짚고 꽃향기 찾아가네.	澗道竹杖尋芳菲 간도죽장심방비
깊은 수풀 어느 곳에 이른 꽃이 피었는지	深林幾處早花發 심림기처조화발
이따금 산벌이 날아와 옷자락에 부딪치네.	時有山蜂來撲衣 시유산봉래박의

작자는 동쪽 산봉우리에 구름 기운 푸르스레한 봄날, 대나무 지팡이를 짚고 물이 졸졸 흐르는 산골길을 따라 꽃을 찾아 나섰습니다. 그러나 꽃은 보이지 않습니다. 그런데 깊은 수풀 어느 곳에 꽃이 피어 있는지 이따금 산벌이 날아와 옷자락에 부딪칩니다.

이달(1539~1612)은 선조 때 시인으로 최경창, 백광훈과 더불어 당시 유행하던 송나라풍의 시(사변적이고 철리적인 시)로는 산수자연의 묘사와 감정을 처리하는 데 한계가 있음을 느끼고, 당나라풍의 시(감성적이고 정서적인 시)를 쓰는 데 앞장섬으로써 조선의 시풍詩風을 혁신하는 데 공헌하였습니다. 그래서 이들 3인을 삼당시인이라 부릅니다.

● 두보

봄밤에 내린 기쁜 비 春夜喜雨
춘야희우

좋은 비는 내릴 때를 알아서	好雨知時節 호우지시절
봄이 되니 비로소 내리네.	當春乃發生 당춘내발생
바람 따라 몰래 밤에 들어와	隨風潛入夜 수풍잠입야
소리 없이 촉촉이 만물을 적셨네.	潤物細無聲 윤물세무성
들길엔 구름이 깔려 어둡고	野徑雲俱黑 야경운구흑
강에 뜬 배는 홀로 불을 밝혔네.	江船火獨明 강선화독명
새벽에 붉게 젖는 곳을 보니	曉看紅濕處 효간홍습처
금관성에 꽃들이 겹겹이 피었네.	花重錦官城 화중금관성

두보(712~770)는 중국 제일의 시인이며 시성詩聖으로 불립니다. 그가 이 시를 쓴 시기는 안녹산의 난 당시 반란군이 점령한 장안을 떠나 사천성四川省 성도成都로 가서 살 때였습니다.

당나라 제6대 황제 현종은 28세에 즉위하여 할머니인 측천무후 이후 50여 년 행해져온 황실 여인의 정치개입을 근절시키고, 민생안정과 국방강화를 꾀해 태평성대를 열었습니다. 그러나 노년에 접어들어 며느리이자 35세 연하인 양귀비에게 빠져 권신 이임보에게 정사를 맡기고 나랏일을 전혀 돌보지 않았으며, 이임보가 죽자 다시 양귀비의 오빠 양국충에게 정사를 맡겼습니다. 권력을 쥔 양국충이 변방을 지키는 이민족 출신의 장군 안녹산(국경방위군의 1/3을 장악)과 현종 사이를 벌려놓기 위해 이간질을 하자 이에 분개한 안녹산이 친구 사사명과 함께 간신 양국충을 토벌한다는 명분하에 반란을 일으켜 장안을 점령하였습니다. 그러자 현종은 사천으로 피난을 가던 중에 아들 숙종에게 황제의 자리를 물려주었으며, 양귀비는 호위병의 칼에 맞아 죽었습니다. 두보는 이처럼 혼란한 현실을 보고 새로 황제가 된 숙종에게 하고 싶은 말을 이 시에 담은 듯합니다.

작자는 좋은 비는 내릴 때를 알아 봄이 오니 비로소 내린다는 구절로 좋은 임금은 백성을 구제해야 할 때를 알아 제때에 백성을 구제해야 함을 암시하였습니다. 또 봄비가 바람 따라 몰래 밤에 들어와 만물을 촉촉이 적신다는 구절로 임금은 말로만 백성을 위한다고 떠들 것이 아니라 말없이 행동으로 백성을 위해야 함을 은유하였습니다. 그리고 들길엔 구름이 깔려 어둡고 강에 뜬 배는 홀로 불을 밝혔다는 구절로 임금은 밝은 정치를 펼쳐 나라가 혼돈에 빠지지 않게 해야 함을 은유하였습니다. 그래야 봄비가 금관성(성도의 다른 이름)에 꽃을 활짝 피우듯 나라가 융성하게 된다는 것입니다.

봄의 흥취 春興
춘 흥

봄비는 가늘어 빗방울을 짓지 않고 春雨細不滴
춘 우 세 부 적

밤중에야 희미하게 소리가 들리네. 夜中微有聲
야 중 미 유 성

눈이 녹아 남쪽 시냇물 불었을 테니 雪盡南溪漲
설 진 남 계 창

풀싹들은 얼마만큼 돋아 나왔을까. 草芽多少生
초 아 다 소 생

작자의 봄 흥취는 소박합니다. 대부분의 귀족 벼슬아치들은 봄이 오면 산해진미를 차려놓고 풍악을 울리며 춘흥에 취해서 질탕하게 놉니다. 그러나 작자는 빗방울도 짓지 못할 만큼 가는 봄비가 밤새 남쪽 산등성이와 계곡의 눈을 녹이고, 그래서 물이 불어난 시냇가에서 풀싹이 쑥쑥 자라나고 있을 것을 생각하며 춘흥을 느낍니다.

정몽주(1377~1392)는 온건개혁주의자였습니다. 그는 쓰러져 가는 고려를 일으켜 세우기 위해 빈민구제와 윤리교육의 진흥, 법령의 정비, 외교와 국방 강화 등에 힘을 쏟으며 점진적 개혁을 추진했으나 급진개혁을 주창하던 신흥 무장세력 이성계 일파에게 죽임을 당했습니다.

봄의 아픔 傷春 상춘

찻잔을 다 비우고 나니 졸음이 가시는데	茶甌飮罷睡初醒 다 구 음 파 수 초 성
건넛집에서 자옥생황 소리 들려오네.	隔屋聞吹紫玉笙 격 옥 문 취 자 옥 생
제비도 오지 않았는데 꾀꼬리가 떠나가니	燕子不來鶯又去 연 자 불 래 앵 우 거
뜰 안 가득 붉은 꽃비 소리 없이 내리네.	滿庭紅雨落無聲 만 정 홍 우 락 무 성

신종호(1456~1497)는 조선 전기의 문신으로 성균관 진사시와 식년 문과, 문과 중시에서 세 번을 모두 장원하여 과거를 시행한 역사상 전무후무한 기록을 세웠습니다. 그 때문에 그는 벼슬길이 순탄하여 병조·예조·이조 참판과 경기도관찰사를 지냈는데, 그런 연유로 그의 시에서는 여유롭고 감미로운 분위기가 물씬 풍깁니다.

작자는 너무 적막하고 심심해서 졸음이 왔던 모양입니다. 그래서 차를 끓여 한 잔 마시고 나니 졸음이 가시는데, 그때 건넛집에서 은은하게 들려오는 자옥생황紫玉笙篁(천상의 선녀들이 분다고 전해지는 자줏빛 대나무로 만든 생황) 소리가 마음을 애절하게 합니다. 작자는 아직 봄이 무르익지 않아 제비도 오지 않았는데 실버들 속에서 노래하던 꾀꼬리는 떠나가고, 뜰 안에 가득히 피어 있던 꽃들마저 꽃비가 되어 붉게 떨어지는 것을 바라보니 왠지 가슴이 아립니다.

이황

도산 달밤에 핀 매화

陶山月夜詠梅
도 산 월 야 영 매

홀로 산창에 기대 서니 밤빛이 차가운데	獨倚山窓夜色寒 독 의 산 창 야 색 한
매화 가지 끝에 둥근 달이 떠올랐네.	梅梢月上正團團 매 초 월 상 정 단 단
산들바람 불어오기를 기다리지 않아도	不須更喚微風至 불 수 갱 환 미 풍 지
서원 안엔 맑은 향기 절로 가득하네.	自有淸香滿院間 자 유 청 향 만 원 간

작자는 밤빛 차가운 밤에 산창에 홀로 기대 하얗게 핀 매화 가지 끝에 떠오른 둥근 달을 바라봅니다. 그리고 바람이 불지 않아도 서원 가득히 퍼지는 매화 향기를 맡으며, 가만히 집안에 머물러 있어도 인품의 향기가 멀리 퍼져 나가는 덕 높은 선비가 되길 염원합니다.

작자 퇴계 이황(1501~1570)은 조선 중기의 성리학자로 왕이 여러 차례 벼슬을 내리고 불렀지만 몇 번을 제외하고는 병을 핑계로 출사하지 않고 고향 예안에서 학문에 전념하는 한편, 서당(후에 도산서원이 됨)을 세우고 후진을 양성하는 데 힘썼습니다. 그가 선비의 품성을 닮은 매화를 얼마나 사랑했는가 하면 임종에 이르러서도 자신이 가꾸던 매화 화분에 물을 주라고 유언할 정도였습니다.

강마을 밤의 흥취

江村夜興
강촌야흥

● 임규

달빛 어둑한데 까마귀 물가를 날고
月黑烏飛渚
월흑조비저

안개 걷히니 물결이 절로 이네.
烟沈江自波
연침강자파

고깃배들은 이 밤을 어디 메서 쉴꼬
漁舟何處宿
어주하처숙

아련히 한 가락 노랫소리 들리네.
漠漠一聲歌
막막일성가

임규(1119~1187)는 고려 인종 때 문신이며 인종의 비 공예왕후의 남동생으로 풍요한 삶을 살았던 그답게 시에도 여유가 넘칩니다.

땅거미 내린 강가에 나와 물가를 날아가는 까마귀를 보고 있습니다. 까마귀 날갯짓으로 일어난 바람 때문일까요. 강에 낀 저녁안개가 걷힙니다. 그리고 안개 걷힌 강물 위를 바라보니 고깃배들이 모두 어디론가 사라지고 없습니다. 문득 그 많던 고깃배들이 어디로 가서 이 밤을 보낼지 궁금해집니다. 그때 막막한 강 저편 어디에서 한 가락 노랫소리가 아련하게 들려옵니다. 조용한 강가의 쓸쓸한 밤 흥취가 먼데서 들려오는 노랫소리에 더욱더 고양됩니다.

여름날에 있었던 일 夏日卽事
하일즉사

홑적삼에 대자리 깔고 바람 마루에 누웠다가 輕衫小簟臥風欞
경삼소점와풍령

꾀꼬리 두세 번 우는 소리에 꿈에서 깼네. 蒙斷啼鸎三兩聲
몽단제앵삼양성

빽빽한 잎에 가린 꽃은 봄이 가도 남았는데 密葉翳花春後在
밀엽예화춘후재

구름 틈으로 새어 나온 햇살이 빗속에 환하네. 薄雲漏日雨中明
박운루일우중명

장맛비가 오락가락하며 후텁지근한 날은 나른하고 졸음이 옵니다. 작자는 홑적삼 바람에 대청마루에 대자리를 깔고 누워 잠시 잠이 들었습니다. 얼마나 지났을까. 잠결에 꾀꼬리 우는 소리가 들려옵니다. 작자는 눈을 뜨고 일어나 정원을 내려다봅니다. 봄이 가고 여름이 와서 무성해진 나뭇잎 사이로 아직도 지지 않고 피어 있는 봄꽃들이 보입니다. 그리고 엷은 구름 틈서리로 새어 나오는 한 줄기 햇살이 여우비 내리는 뜰과 정원에 환하게 쏟아집니다. 이 얼마나 맑고 산뜻하며 한가롭고도 깨끔한 여름날의 풍경입니까?

여름날의 무료함

夏日卽事
하일즉사

잠깐 비가 개이자 주렴에 햇살이 반짝이고	小晴簾幕日暉暉 소청렴막일휘휘
짧은 모자 홑적삼에 더위가 싹 가시네.	短帽輕衫暑氣微 단모경삼서기미
껍질 벗은 죽순은 비를 맞아 웃자라고	解籜有心因雨長 해탁유심인우장
떨어지는 꽃잎은 힘없이 바람에 날려가네.	落花無力受風飛 낙화무력수풍비
오래도록 붓을 버리고 이름을 감추었으니	久拚翰墨藏名姓 구변한묵장명성
시비를 일으키는 벼슬살이 진작 싫었다네.	已厭簪纓惹是非 이염잠영야시비
오리 모양 향로에 향불 꺼져갈 때 잠을 깨니	寶鴨香殘初睡覺 보압향잔초수각
손님은 오지 않고 제비만 자주 날아드네.	客曾來少燕頻歸 객증래소연빈귀

작자는 주렴을 드리운 마루에서 짧은 모자와 홑적삼바람으로 더위를 식히고 앉아 가끔 쏟아지는 소나기에 웃자란 죽순과 꽃잎이 힘없이 떨어져 바람에 날려가는 모습을 바라보며 생각합니다. '시비를 일으키는 벼슬살이 진작 싫었는데 붓을 버리고 이름을 감춘 채 살기를 잘했다'고. 하지만 무료한 건 어쩔 수 없어서 낮잠이 들었다가 약초를 넣어 태우는 향로에 불이 꺼져 갈 무렵에 깨어나니 기다리는 손님은 찾아오지 않고 제비들만 분주히 드나들 뿐입니다.

작자 서거정은 조선의 개국공신인 권근의 외손자입니다. 그는 단종을 쫓아내고 왕위에 오른 세조로부터 각별한 총애를 받아 벼슬길이 활짝 열렸으며, 이후 성종 때까지 육조의 판서와 사헌부 대사헌, 경기관찰사 등 요직이란 요직은 다 거쳤으며, 특히 23년 동안이나 과거시험을 주관하는 막강한 문형文衡(대제학)의 자리에 있었습니다. 조선에서 이처럼 영화로운 삶을 산 사람은 없을 것입니다.

그런 그가 이 시에서 시비를 일으키는 벼슬살이가 진작 싫었다고 하니 의아스럽습니다. 기다리는 손님은 찾아오지 않고 제비만 자주 드나든다는 표현에서 보듯이 작자는 벼슬살이가 싫은 것이 아니라 오히려 임금이 자신에게 다시 벼슬자리를 내렸다는 소식을 가지고 올 사람을 기다리고 있는 듯합니다.

낮잠에서 깨니

睡起
수 기

발의 그림자 점점 깊이 옮아 오고
연꽃 향기 잇달아 풍겨 오더니
선잠 자다 꿈을 깬 외로운 베갯머리 맡에서
오동잎에 떨어지는 빗소리 요란하네.

簾影深深轉
염 영 심 심 전
荷香續續來
하 향 속 속 래
夢回高枕上
몽 회 고 침 상
桐葉雨聲催
동 엽 우 성 최

작자는 여름날 오후 발을 드려 햇볕을 차단한 마루에서 베개를 높이 괴고 누워 있습니다. 시간이 지날수록 해가 서쪽으로 기울며 발의 그림자를 마루 안쪽으로 밀어 넣습니다. 그러자 햇살이 점점 더 누워 있는 작자 가까이 다가옵니다. 또 연못에 피어 있는 연꽃에서 풍기는 맑은 향기가 산들바람에 실려와 코끝을 자극합니다. 작자는 온몸이 나른해지고 졸음이 옵니다. 작자는 깜빡 선잠이 들었다가 먼 우레소리에 눈을 뜹니다. 사위四圍가 고요한 적막감에 둘러싸여 살짝 외로워지려고 합니다. 그때 갑자기 쏴아 쏴 요란한 소리를 내며 정원의 오동나무 잎사귀에 소나기가 쏟아집니다.

매미 소리를 들으며 聽蟬 청 선

주렴을 걷고 높은 누각에서 매미 소리 들으니 捲簾高閣聽鳴蟬 권 렴 고 각 청 명 선
소리는 맑은 개울 푸른 숲가에서 나는구나. 鳴在淸溪綠樹邊 명 재 청 계 녹 수 변
비온 뒤 한 울음에 산 빛이 더욱 푸르러지니 雨後一聲山色碧 우 후 일 성 산 색 벽
가을바람에 이 몸을 노을진 하늘에 기대네. 西風人倚夕陽天 서 풍 인 의 석 양 천

주렴을 걷지 않아도 매미 소리야 들리겠지만 작자는 매미 소리가 주렴에 부딪쳐 방해 받는 것이 싫어 주렴을 걷어 올리고 매미 소리를 듣습니다. 한 차례 소나기가 지나간 뒤라 매미 소리는 더 시원하게 들리고, 개울물 소리는 더 크게 들리며, 소나기에 멱을 감은 산은 더욱 푸르게 보입니다. 작자는 한여름 비온 뒤의 상쾌함과 싱그러움을 마음껏 만끽합니다. 그리고 섬세한 여성의 감성으로 늦여름 매미 소리 속에 잉태된 가을바람을 느끼며 누각의 난간에 기대 노을진 하늘을 바라봅니다. 참으로 여유롭고 평화로운 한 때입니다.

초여름 관청에서

初夏省中作
초하성중작

전원이 묵었는데 언제 즈음 돌아갈까.	田園蕪沒幾時歸 전원무몰기시귀
지체 높으나 인간세상에서 벼슬할 뜻 없네.	頭白人間宦念微 두백인간환념미
적막한 상림원에 봄빛이 다하였으니	寂寞上林春事盡 적막상림춘사진
성긴 비에 젖은 장미를 보고 또 보네.	更看疎雨濕薔薇 갱간소우습장미
나른해 낮잠이 오려는데 비가 막 내리니	懨懨晝睡雨來初 염염주수우래초
전각에 남은 더운 바람이 베개를 스치네.	一枕薰風殿閣餘 일침훈풍전각여
아전은 점심 먹으라고 재촉하지 말게나.	小吏莫催嘗午飯 소리막최상오반
꿈속에서 무창 물고기 한창 먹고 있으니.	夢中方食武昌魚 몽중방식무창어

작자는 지체 높은 사대부이나 인간세상에서 벼슬할 뜻이 없고, 그저 전원으로 돌아가고 싶은 마음뿐입니다. 그래서 성긴 비에 젖은 장미를 보고 또 보지만 이곳은 전원이 아닌 관청이니 따분하고 졸립니다. 그때 소나기가 한 줄기 쏟아져 내리고 전각에서 일어난 후텁지근한 바람이 머리맡을 스치자 스르르 잠이 듭니다. 그리고 무창에서 잡아온 물고기로 끓인 어탕을 한창 맛있게 먹는 꿈을 꾸는데, 눈치 없는 아전이 다가와 점심을 먹으라고 깨웁니다.

이 시는 허균이 사복시정으로 근무하던 어느 초여름 날 상림원(창덕궁 요금문 밖에 있던 궁원)에 봄빛이 저무는 것을 보며 쓴 시입니다.

허균(1569~1618)은 조선 중기의 문신이자 문학가이며 천재적 여류

시인 허난설헌의 동생으로 조선사회의 모순을 고발한 소설 《홍길동전》과 《한정록》을 비롯한 많은 저술을 남겼습니다.

그는 정시문과에 장원급제한 뒤 벼슬길에 나갔으나 조선 최초의 천주교도(광해군 2년 진주부사로 명나라에 갔을 때)가 되는가 하면 양명학을 받아들여 성리학의 허구성을 비판하는 등 기행奇行을 서슴지 않았고, 기행으로 신변이 위태로워지자 거짓으로 정권실세이던 이이첨과 함께 인목대비(영창군의 어머니)의 폐모廢母를 주장함으로써 광해군의 환심을 사 좌찬성에 올랐습니다. 그러나 3년 뒤 자신의 조카사위 의창군을 왕으로 옹립하려 한다는 역모혐의를 받고 능지처참 당했습니다.

한 뜰 내린 보슬비

對雨題淸州東軒
대 우 제 청 주 동 헌

● 성현

그림 병풍에 베개 높이고 비단 휘장 가리니 畵屛高枕掩羅幃
화 병 고 침 엄 라 위

별원엔 인적 없고 거문고 소리 이미 끊겼네. 別院無人瑟已希
별 원 무 인 슬 이 희

상쾌한 기운이 주렴에 가득해 막 잠에서 깨니 爽氣滿簾新睡覺
상 기 만 렴 신 수 각

한 뜰 내린 보슬비에 장미꽃 함초롬 젖었네. 一庭微雨濕薔薇
일 정 미 우 습 장 미

서거정이 그랬듯이 성현(1439~1504)도 세종 시대에서 연산군 시대까지 조정의 중책을 두루 섭렵한 훈구관료 출신으로 풍요로운 삶을 살았으며, 음률에 정통하여 《악학궤범》을 편찬하였습니다. 그래서 그의 시에서는 가진 자의 여유로움과 풍류가 넘칩니다.

작자는 화려한 그림 병풍과 비단휘장을 두른 청주동헌에서 베개를 높이 괴고 낮잠에 빠졌습니다. 별원의 여인들도 낮잠에 떨어져 인기척이 없고 거문고 소리도 끊겼습니다. 땡볕 쏟아지는 한낮의 적막감! 모든 것이 정지된 듯합니다. 그때 상쾌한 바람이 주렴을 흔들며 작자를 잠에서 깨우고, 잠에서 깬 작자는 자신이 잠든 사이 한 뜰 내린 보슬비에 함초롬히 젖어 있는 장미꽃을 바라봅니다. 그 어디에서도 그늘이나 시름을 찾아볼 수 없는 밝고 평화로운 정경입니다.

최해

빗속의 연꽃

雨荷
우하

후추를 팔백 가마니나 쌓아 두다니 — 貯椒八百斛 (저초팔백곡)

천년을 두고 그 어리석음을 비웃으리라. — 千載笑其愚 (천재소기우)

어찌하여 푸른 옥으로 만든 됫박으로 — 如何碧玉頭 (여하벽옥두)

하루 종일 맑은 구슬을 퍼주고 있느냐. — 竟日量明珠 (경일량명주)

후추를 팔백 가마니나 쌓아 두는 부정을 저지른 사람은 당나라 때 정승을 지낸 원재元載라는 사람입니다. 그는 엄청난 부정축재로 처형되었는데, 그를 조사하는 관리가 그의 집 창고 문을 열어보니 당시엔 금보다도 더 비쌌던 후추가 팔백 가마니나 쌓여 있었다고 합니다. 작자는 이런 고사를 인용한 뒤, 하늘에서 쏟아지는 빗방울이 연 잎에 가득 고이면 연줄기가 무게를 이기지 못하고 휘어지면서 고인 물을 호수 바닥에 쏟아 붓는 움직임을 보배구슬을 됫박에 가득가득 담아 가난한 사람들에게 나누어 주는 행위에 빗댔습니다.

불의에 영합해 부귀영화를 누릴 것인가? 빈한하게 살더라도 불의를 배격하고 의롭게 살 것인가? 전자의 삶을 사는 사람이 열에 아홉이 넘던 고려 충숙왕(고려 제27대 왕) 때, 최해(1287~1340)는 후자의 길을 택한 몇 안 되는 사람이었습니다. 그 때문에 최해는 부패한 관료들에겐 두려움의 대상이자 기피와 배척의 대상이 되어 여러 번 귀양을 가는 등 벼슬살이가 순탄하지 못하였습니다.

부패한 관료사회에서 왕따가 된 그는 마침내 벼슬을 그만두고 사자갑사의 밭을 빌려 농사를 지으며 살았습니다. 그러나 그는 궁핍한 생활을 조금도 부끄러워하지 않았으며 오히려 떳떳하게 여겼습니다. 그는 찢어지는 가난 속에서도 학문을 게을리하지 않았고, 고려 명현들의 명시名詩를 뽑아 모은 《동인지문》 25권을 편찬하였습니다.

최해

바람 속의 연꽃 / 風荷
풍하

맑은 첫새벽에 겨우 목욕을 마치니	淸晨纔罷浴 청신재파욕
거울 앞에 서서 가눌 힘조차 없네.	臨鏡力不持 임경역부지
천연 그대로의 무한한 아름다움이란	天然無限美 천연무한미
아무런 화장도 하지 않았을 때이네.	摠在未粧時 총재미장시

연꽃은 밤새 이슬에 목욕하고 새벽에 제 모습을 물에 비춰 봅니다. 밤새 이슬에 목욕하느라 꽃잎과 잎사귀와 줄기는 파죽음이 되어 몸을 가눌 힘조차 없습니다. 이런 모습을 보고 작자는 화장으로 꾸미지 않은 천연 그대로의 모습이 가장 아름답다고 말합니다.

참미인이 되는 길은 얼굴을 성형하고 겉모습을 치장하는 것이 아닙니다. 참미인은 독서를 통해 교양미를 갖추고, 운동을 통해 건강미를 갖추며, 자기 자신만의 장점을 살려서 개성미를 갖추는 것입니다. 이렇게 하여 아름다운 마음씨와 말씨를 가지고, 자기만의 독특한 취향과 솜씨를 가져야 평생 미인이 될 수 있는 것이지 얼굴만 반반한 미인은 나이 마흔 이전에 시든 꽃이 되고 맙니다.

소나기 驟雨 (취우)

나무마다 훈풍 불어 잎사귀들 일제히 흔들리고	樹樹薰風葉欲齊 (수수훈풍엽욕제)
서쪽 몇몇 봉우리에서 검은 비 짙게 몰려오니	正濃黑雨數峯西 (정농흑우수봉서)
쑥빛보다 더 파랗게 질린 조그만 청개구리가	小蛙一種青於艾 (소와일종청어애)
파초 잎에 뛰어올라 까치가 우짖듯이 우네.	跳上蕉梢效鵲啼 (도상초초효작제)

여름철 소나기가 쏟아지려고 하면 먼저 후텁지근한 바람이 불어오고, 이어 하늘이 컴컴해지면서 서쪽 산봉우리에서부터 시커먼 소나기가 몰려옵니다. 그리고 어김없이 개구리들이 울어대기 시작합니다. 이 시는 소나기가 몰려오자 겁에 질려 몸빛이 쑥빛보다 더 파랗게 변한 청개구리가 파초 잎 위에 뛰어올라가 까치가 우짖듯이 시끄럽게 울어대는 다급함을 실감나게 묘사하였습니다.

헌종 6년, 안동 김씨 세도정치의 중심인물 중 한 사람이던 대사헌 김홍근이 10년 전 안동 김씨의 정치적 모략에 의해 자행된 윤상도옥사사건(1840년 윤상도가 호조판서 박종훈 등을 탐관오리라며 왕에게 상소를 올렸다가 오히려 군신을 이간질 했다는 이유로 추자도에 위리안치된 사건)을 다시 들추어내 추자도에서 귀양살이를 하던 윤상도를 서울로 불러올려 재조사하였습니다. 그 과정에서 국문을 받던 김양순이란 자가 윤상도가 올린 상소문의 초안을 김정희가 작성했다고 허위로 자백하였습니다. 그러자 김정희는 국문하는 장소에 끌려 나가 혹독한 고문을 당했습니다.

그런데 김양순이 국문 중에 고문 후유증으로 죽어버리자 김정희는 자신의 결백을 밝힐 길이 없어졌습니다. 김정희는 기가 막혔습니다. 그는 누명을 쓰고 제주도(현재의 서귀포시 대정읍)로 귀양을 가게 되었습니다. 김정희는 국문 과정에서 누명을 벗을 길 없어 두려움에 떨던 자신의 모습을 소나기 오는 날 하늘을 가르는 번갯불과 땅을 뒤흔드는 천둥소리에 놀라 파초 잎 위로 뛰어올라가 자지러지게 울어대는 청개구리에 비유하였습니다.

가을밤 빗속에서

秋夜雨中
추야우중

● 최치원

가을바람에 애써 시를 읊노니 — 秋風惟苦吟 (추풍유고음)

인생길에 마음을 알아주는 이 없네. — 世路少知音 (세로소지음)

창 밖엔 밤 늦도록 비가 내리고 — 窓外三更雨 (창외삼경우)

등불 앞 마음은 만 리 밖을 내닫네. — 燈前萬里心 (등전만리심)

작자는 소슬한 가을바람에 애써 시를 읊으며 지음知音(백아가 거문고를 타면 그의 벗 종자기가 그 소리를 듣고 백아가 연주하는 곡이 무엇을 뜻하는지 모두 알았다는 고사에서 유래한 말로 서로 뜻이 통하는 벗을 이름)이 없음을 한탄합니다. 그리고 밤 늦도록 창 밖에 내리는 빗소리를 들으며 등불 앞에 앉아 만 리 밖으로 내닫는 마음을 추스르고 있습니다.

작자 최치원은 신라 말 12살의 나이로 당나라에 유학하여 18세에 과거에 급제해 도통순관이란 벼슬과 자금어대를 하사받았으나 이방인의 한계를 절감하고 17년 만에 귀국하였습니다.

최치원이 귀국했을 때 신라는 지방 호족세력의 발호로 조정의 권위는 약화되고, 귀족들의 부패로 재정난은 심각했으며, 민란이 끊이지 않았습니다. 최치원은 당시 진성여왕에게 시무책을 올려 부패한 정치를 개혁하려 했지만 강한 반발에 부딪쳤는데, 이 시는 최치원이 정치개혁을 함께 도모할 동지가 없음을 안타까워하며 쓴 것입니다.

정철

송강정에서

松江亭
송강정

텅 빈 뜰에 달빛이 넘실거리는데	明月在空庭 명월재공정
주인은 어디에 가고 없는가.	主人何處去 주인하처거
낙엽이 사립문을 가리었어도	落葉掩柴門 낙엽엄시문
솔바람은 밤 깊도록 주절거리네.	風松夜深語 풍송야심어

작자는 이런저런 생각에 잠 못 이루다가 밤이 깊어 밖으로 나와 봅니다. 주인 없는 집 빈 뜰엔 달빛만 넘실넘실 섬돌까지 차올라 있고, 수북이 쌓인 낙엽이 사립문을 가리고 있습니다. 그러나 솔바람은 친절하게도 낙엽이 가리고 있는 사립문 안으로 들어와 밤이 깊도록 주절거리며 외로운 작자의 말동무가 되어 줍니다.

가사문학의 대가인 정철(1536~1593)은 이이, 성혼 등과 정치노선을 같이한 서인이었습니다. 성품이 강직했던 그는 선조 17년 동인의 탄핵을 받고 대사헌에서 물러난 뒤 전라남도 담양군 고서면 원강리에 송강정을 짓고 4년 동안 은거하면서 〈사미인곡〉과 〈속사미인곡〉을 썼는데 이 시도 그 무렵에 쓴 것입니다.

비 내리는 밤

雨夜
우 야

● 정철

산비가 밤에 대나무 숲을 울리니
가을 풀벌레가 침상 밑으로 기어들어 오네.
흘러가는 세월을 어찌 붙잡을 수 있으랴.
백발이 자라나는 것은 막을 수 없네.

山雨夜鳴竹
산 우 야 명 죽
草蟲秋近床
초 충 추 근 상
流年那可駐
유 년 나 가 주
白髮不禁長
백 발 불 금 장

작자는 탄핵을 받고 관직에서 쫓겨나 홀로 은거하는 날들이 무척 외롭습니다. 그래서 밤에도 잠들지 못하고 대나무 잎에 쏴르르 산비 내리는 소리와 비를 피해 침상 밑으로 기어 들어온 풀벌레들이 찌르륵 찌르륵 우는 소리를 들으며 세월의 덧없음을 탄식합니다. 뉘라서 흐르는 세월을 붙잡을 수 있으며, 백발이 자라 나오는 것을 막을 수 있겠습니까. 인생도 결국은 된서리에 풀잎이 시들고 찬바람에 꽃대가 꺾어지듯 하건만 무엇 때문에 처절하게 다투는지요?

정철은 담양에서 은거한 지 4년 만에 우의정이 되어 정여립모반사건(전주에서 전국적인 대동계를 조직한 정여립이 선조 22년 겨울에 역성혁명을 일으키려다 발각되자 죽도로 도망가 자결한 사건)을 다스리면서 철저하게 동인을 숙청하여 그 세력을 약화시킨 뒤 좌의정이 됩니다. 그러나 광해군의 세자책봉을 건의했다가 선조의 진노로 다시 유배를 갔으니 세월만 무상한 것이 아니라 권력도 무상한 것입니다.

비오는 밤 雨夜
우 야

강비 부슬부슬 내리고 밤은 아직 멀었는데	江雨蕭蕭夜未央 강 우 소 소 야 미 앙
고기잡이 등 깜빡거리고 물억새 꽃 처량하네.	漁燈明滅荻花凉 어 등 명 멸 적 화 량
작은 정자엔 누군가 술병과 함께 나뒹굴고	小亭人與甁俱臥 소 정 인 여 병 구 와
하늘 너머로 돌아가는 기러기 외로워 보이네.	天外歸鴻意獨長 천 외 귀 홍 의 독 장

강에는 부슬부슬 가을비가 내립니다. 아직 캄캄한 밤이 되진 않았지만 고기잡이배에선 등불이 깜빡거리고, 강가의 물억새 꽃은 비에 젖어 처량해 보입니다. 그리고 강 언덕 작은 정자에는 고독한 누군가가 술을 마시고 술병과 함께 나뒹굴어져 잠이 들었는데, 하늘 너머로 돌아가는 큰 기러기 한 마리가 무척 외로워 보입니다.

이하진(1628~1682)은 조선 현종 때 문신으로 도승지를 지냈으며, 숙종이 즉위하자 대사간이 되었습니다. 그는 경신환국(현종 때 정권을 장악한 남인의 영수 허적의 아들 허견이 숙종이 즉위하여 서인을 중용하자 숙종의 5촌인 복창군 등과 역모를 꾸미다가 발각되어 남인이 완전히 몰락한 사건) 때 남인을 두둔하는 상소를 올린 죄로 진주목사로 좌천되었다가 운산으로 귀양 가 그곳에서 죽었습니다. 고독감이 물씬한 이 시는 귀양살이를 하며 실의 빠져 있던 작자 자신의 처지를 그린 듯합니다.

인기척인 줄 알고

卽事
즉 사

빈산에 성긴 비가 지나가고 나니	空山踈雨過 공 산 소 우 과
띳집은 차가운 별들을 맞이하네.	茅屋對寒星 모 옥 대 한 성
날리는 가랑잎 소리 인기척인 줄 알고	風葉欺人跡 풍 엽 기 인 적
창문을 열어보니 달빛만 가득하네.	開窓月滿庭 개 창 월 만 정

작자는 가을비가 지나간 고요한 산속의 띳집에서 외로움을 느낍니다. 그리고 그 외로움은 이내 그리움으로 바뀝니다. 그래서 바람에 가랑잎 부스럭거리는 소리를 인기척으로 착각하고 방문을 열어봅니다. 그런데 텅 빈 뜰엔 달빛만 가득할 뿐입니다. 서경덕의 다음 시조와 닮았지요. '마음이 어린 후니 하는 일이 다 어리다./ 만중운산에 어느 임 오랴마는/ 지는 잎 부는 바람에 행여 귄가 하노라.'

이 시의 작자 윤정기(1814~1879)는 정약용의 외손자입니다. 정약용은 강진에서 귀양살이를 할 때 그의 외가 쪽 해남 윤씨 윤서유의 아들과 자신의 외동딸을 혼인시켰는데 윤정기는 그들 사이에서 태어났습니다. 정약용이 역적으로 몰려 폐족廢族이 되었는데도 윤서유는 친구인 정약용의 딸을 기꺼이 며느리로 맞아 주었습니다.

한산도의 밤에

閑山島夜吟
한 산 도 야 음

물로 둘러싸인 섬에 가을빛 완연하니 　水國秋光暮 (수 국 추 광 모)

추위에 놀란 기러기 떼 높이 날아오르네. 　驚寒雁陣高 (경 한 안 진 고)

나라 걱정에 잠 못 들어 뒤척이는 밤 　憂心轉輾夜 (우 심 전 전 야)

새벽 달빛 창에 들어 활과 칼을 비추네. 　殘月照弓刀 (잔 월 조 궁 도)

임진왜란 초기까지 조선의 수군은 충청도, 전라좌우도, 경상좌우도의 5개 수영水營으로 나뉘어 있었습니다. 그런데 임진왜란이 일어나자 수군을 효율적으로 통제하고 운영할 수 없음이 드러났습니다. 그래서 삼도수군통제부를 신설하고, 전략과 전술에 뛰어난 전라좌수사 이순신에게 삼도수군통제사를 겸직토록 하였습니다.

이 시는 이순신 장군이 삼도수군통제사가 된 그 해 가을에 쓴 것입니다. 쌀쌀해진 날씨에 놀란 기러기 떼가 하늘 높이 날아가고, 모든 병사들이 곤히 잠든 깊은 밤에 장군은 우국충정으로 잠을 이루지 못합니다. 이윽고 새벽녘이 되어 창틈으로 스며든 서기瑞氣 어린 달빛이 활과 칼을 비춥니다. 장군은 그 달빛을 바라보며 일본 수군을 괴멸시키고 나라를 누란의 위기에서 구할 결의를 다집니다.

겨울밤

冬夜
동 야

● 황경인

빈 집에 밤이 드니 더욱 썰렁해져
마당의 서리라도 쓸어볼까 하다가
서리는 쓸어도 달빛은 쓸 수 없어
달빛이 얹힌 서리를 그냥 두었네.

空堂夜深冷
공 당 야 심 랭
欲掃庭中霜
욕 소 정 중 상
掃霜難掃月
소 상 난 소 월
留取伴月光
유 취 반 월 광

스산하고 쓸쓸한 겨울밤입니다. 작자는 빈집에 덩그러니 혼자 앉아 있자니 더욱 썰렁함을 느낍니다. 그래서 마당에 하얗게 내린 서리라도 쓸어볼까 생각합니다. 그때 문득 서리는 쓸어낼 수 있지만 서리 위에 얹힌 달빛은 쓸어낼 수 없다는 생각이 듭니다. 작자는 서리 쓸어내기를 그만두고 서리 위에서 서리보다 더 하얗게 빛나는 달빛을 물끄러미 바라보며 뼛속까지 스며드는 외로움을 느낍니다.

황경인(1749~1783)은 청나라 때 시인으로 이 시에서 보는 것처럼 감상적이면서도 청신한 취향의 시를 많이 남겼습니다.

이제현

눈 내리는 산속의 밤

山中雪夜
산중설야

종이 이불에 한기 돌고 불등은 어둑한데	紙被生寒佛燈暗 지피생한불등암
사미승은 한밤 내내 종을 치지 않는구나.	沙彌一夜不鳴鍾 사미일야불명종
자던 손님 일찍 문 연다고 짜증을 내겠지만	應嗔宿客開門早 응진숙객개문조
암자 앞 눈에 덮인 소나무는 꼭 보아야겠네.	要看庵前雪壓松 요간암전설압송

작자는 눈 내리는 밤 고적한 암자에서 종이처럼 얇은 이불을 덮고 추위에 떨며 잠 못 들고 있는데, 법당 안 불등의 불빛마저 어둠침침합니다. 사미승도 추워서 꼼짝하기 싫은지 어슴 새벽에 쳐야 할 도량석道場釋을 치지 않고 게으름을 부립니다. 그러니 새벽에 일찍 일어나 삐거덕 문 여는 소리를 내면 사미승이 짜증낼 것이 분명합니다. 그렇더라도 작자는 새벽 일찍 문을 열고 나가 소나무들이 밤새 내린 눈을 하얗게 이고 늘어서 있는 장관壯觀을 보고 싶은 것입니다.

심미審美의식이 배어 있고 한아閒雅한 분위기를 자아내는 이 시의 작자 이제현(1287~1367)은 고려시대 이름난 문장가이자 정주학의 기초를 확립한 학자이며, 최고 관직인 문하시중을 지냈습니다.

눈 덮인 밤

縣齋雪夜
현 재 설 야

● 최해

삼 년 귀양살이에 병까지 들고 보니
한 칸 집에 사는 꼴이 스님과 비슷하네.
사방 산이 눈에 덮여 오는 사람 없으니
파도소리 속에서 등불 심지나 돋우네.

三年竄逐病相仍
삼 년 찬 축 병 상 잉
一室生涯轉似僧
일 실 생 애 전 사 승
雪滿四山人不到
설 만 사 산 인 부 도
海濤聲裏坐挑燈
해 도 성 리 좌 도 등

왕에게 직간을 한 죄로 작자가 귀양을 간 곳은 사방이 높은 산으로 둘러싸여 있고 겨우 한쪽이 버름하게 벌어져 바다가 살짝 보이는 매우 후미지고 으슥한 곳입니다. 그런 곳에 눈까지 내려 사방 산이 온통 흰 눈으로 뒤덮여 있으니 찾아올 사람이 없습니다.

작자가 이토록 황량한 곳에서 삼 년 동안 거친 음식과 옷으로 살았으니 어찌 병이 나지 않겠습니까? 사람은 병이 났을 때 가장 외롭습니다. 작자는 외로움이 골수에 파고들어도 파도소리를 들으며 타들어 가는 등잔불 심지나 돋우는 일 말고는 할 일이 없습니다.

눈이 내린 뒤 雪後
설 후

집 뒤 숲의 까마귀들은 추워서 날지 않고	屋後林鴉凍不飛 옥 후 림 아 동 불 비
저녁이 되자 흰 옥가루 청솔 사립문에 쌓였네.	晩來瓊屑壓松扉 만 래 경 설 압 송 비
아마도 어젯밤에 산신령이 죽었는가 보다.	應知昨夜山靈死 응 지 작 야 산 령 사
푸른 봉우리들이 모두 흰옷을 입었으니.	多少靑峰盡白衣 다 소 청 봉 진 백 의

눈이 내리니 까마귀들도 추워서 둥지에 들어앉아 있을 뿐 밖으로 나와 날지 않습니다. 낮 동안 쉬지 않고 내리던 흰 옥가루 같은 눈은 저녁이 되자 청솔가지를 엮어서 만든 사립문 위에 수북이 쌓였습니다. 작자는 눈이 이렇게 많이 내리는 이유를 어젯밤에 산신령이 죽었기 때문이라고 합니다. 그래서 푸른 산들이 흰옷으로 갈아입고 산신령의 죽음을 조상弔喪하도록 하늘이 흰 눈을 내렸다고 합니다. 얼마나 기발한 착상입니까? 좋은 시와 그렇지 않은 시는 그 시가 참신한 맛을 가지고 있느냐 아니냐에 달려 있습니다.

이 시의 작자 신의화(1637~1662)는 영의정을 지낸 신흠의 증손자입니다. 그는 글씨를 잘 썼고, 그림도 잘 그렸으며, 사부詞賦(운자를 달아 짓는 한시)에도 능했으나 26세의 나이로 요절했습니다.

무흘계곡의 밤

武屹夜詠
무 흘 야 영

● 정구

산마루 위로 저무는 달 찬 냇물에 어리고	峯頭殘月點寒溪 봉 두 잔 월 점 한 계
아무도 없이 혼자 있으니 밤기운 싸늘하네.	獨坐無人夜氣凄 독 좌 무 인 야 기 처
친한 벗들 나막신 신고 오지 말라고 해야지.	爲謝親朋休理屐 위 사 친 붕 휴 리 극
구름 어지럽고 눈이 쌓여 길이 헷갈릴 테니.	亂雲層雪逕全迷 난 운 층 설 경 전 미

싸늘한 밤기운만 감돌 뿐 아무도 없는 깊은 계곡에서 작자는 산마루 위로 저무는 달이 찬 냇물에 얼비친 것을 보며 진한 외로움에 잠깁니다. 그리고 '구름 어지럽고 눈이 쌓여 이곳으로 오는 길을 찾기가 어려울 테니 친한 벗들 나막신 신고 눈 속을 헤매며 이곳으로 오지 말도록 해야겠다'고 혼잣말을 합니다. 이 말 속에는 오히려 너무나 외로워서 친구들이 찾아와 주기를 바라는 마음이 스며 있습니다.

무흘은 경북 김천시 증산면 수도리에서 성주군 수륜면에 이르는 길이 35km의 대가천 계곡을 말합니다. 작자 정구는 기묘사화(중종 14년에 남곤, 홍경주 등 훈구파가 조광조 등 신진사류들을 숙청한 사건)가 일어나자 정치에 염증을 느끼고 고향인 성주로 낙향하여 이 계곡에서 18년 동안 은거하였는데, 이 시는 그 때 쓴 것입니다.

혹독한 추위

極寒
극한

북악은 깎아지른 듯 우뚝 솟아 있고	北岳高戌削 북악고술삭
남산의 소나무는 검푸른 빛이네.	南山松黑色 남산송흑색
새매가 지나가니 숲이 숙연해지고	隼過林木肅 준과임목숙
학이 우니 넓은 하늘이 새파래지네.	鶴鳴昊天碧 학명호천벽

이 시는 '춥다'는 표현 한 마디 없이 날카롭게 우뚝 선 북악, 푸르다 못해 검게 보이는 남산의 소나무, 숲 위를 맴도는 굶주린 솔개, 짙푸른 겨울 하늘을 향해 우는 학의 모습만으로 서울의 추위가 얼마나 극심한지를 느낄 수 있게 하는 보기 드문 수작秀作입니다.

작자 박지원(1737~1805)은 조선 후기의 실학자입니다. 그는 정조 4년에 청나라로 가는 사신을 따라 북경으로 가서 청나라의 앞선 문물을 취재하여 귀국한 뒤 《열하일기》를 썼습니다. 그리고 홍대용, 박제가와 더불어 청나라의 선진문물을 도입할 것을 주장하는 북학파를 만들었으며, 이덕무, 유득공, 이서구 등 많은 제자들을 길러 조선의 개화에 앞장서게 하였습니다. 이 시는 낡은 성리학에 갇혀 우물 안 개구리가 된 유생들이 사사건건 나라의 발전을 가로막는 행태를 '극심한 추위'에 빗댄 것으로 보입니다.

16장

까치둥지가 있는 마을

성진腥塵이 자욱한 변방이나 긴장감이 흐르는 진중에서 주변풍광을 시로 읊는 장수는 멋져 보일까요? 유약해 보일까요? 김종서 장군은 삭풍이 부는 변방의 달밤에 시조를 읊었고, 이순신 장군은 수루水樓에 홀로 앉아 시조를 읊거나 한시를 읊었습니다. 전투가 벌어질 긴박한 상황에서도 시를 읊을 수 있는 장수는 어떤 극한상황에서도 평정심을 유지할 수 있어 전투를 승리로 이끌게 됩니다. 그래서 나도 시를 쓰는 장수가 되고 싶었습니다. 그런데 눈에 보이는 것을 느낀 대로 써서는 좋은 시가 되지 않았습니다. 군인에서 시인이 되는 데는 시작詩作에 대한 공부와 수많은 습작이 필요했습니다.

김춘수 시인은 시란 시의 소재를 정밀하게 조직한 언어로 가공하고 조작하여 새롭게 창조한 것이라고 했습니다. 그는 시를 '꽃'에 빗대 '내가 그의 이름을 불러주기 전에는/ 그는 다만/ 하나의 몸짓에 지나지 않았다.// 내가 그의 이름을 불러주었을 때/ 그는 나에게로 와서/ 꽃이 되었다.' 라고 했습니다.

눈 내리는 강

江雪
강 설

온 산 어디에도 새 한 마리 날지 않고 — 千山鳥飛絶 천 산 조 비 절

길이란 길에는 사람 자취 사라졌는데 — 萬徑人蹤滅 만 경 인 종 멸

도롱이 입고 삿갓 쓴 늙은이 외딴 배 위에 앉아 — 孤舟蓑笠翁 고 주 사 립 옹

눈 내리는 추운 강에서 홀로 낚시를 하네. — 獨釣寒江雪 독 조 한 강 설

작자는 눈 내리는 강가에 나와 있습니다. 눈을 피해 새들은 모두 둥지 속으로 들어가 온 산 어디에도 새 한 마리 날지 않고, 사람들은 모두 집으로 돌아가 길에는 사람 자취 하나 없습니다. 오로지 보이는 것은 강물 위에 외로이 떠있는 배 한 척과 그 배 위에 도롱이 입고 삿갓 쓴 늙은이가 홀로 앉아 차가운 강물에 낚싯대를 드리우고 있는 모습입니다. 그지없이 적막하고 고독한 풍경을 그림보다 더 그림같이 그려낸 이 시는 산수시山水詩의 백미로 꼽힙니다.

작자 유종원(773~819)은 혁신적 진보주의자로 당나라 순종 때 왕숙문의 영정혁신(부패한 지방군벌과 환관세력을 억제하려고 펼쳤던 개혁. 환관들의 계략으로 순종은 재위 1년 만에 물려나고 그의 아들 헌종이 황제로 즉위함)에 참여했다가 실패하자 호남성湖南省 영주사마로 좌천되어 13년 동안 변경에서 생활하였습니다. 이 시는 궁벽한 변경에서 고독한 나날을 살아가던 작자 자신의 모습을 그린 것입니다.

정온

바람 부는 길 長風路上

장풍로상

찬비가 부슬부슬 뿌리며 날은 저물고 凍雨霏霏灑晚天
동우비비쇄만천

앞산 구름안개 마을 연기와 만나는데 前山雲霧接村煙
전산운무접촌연

늙은 어부는 도롱이가 젖는 줄도 모른 채 漁翁不識蓑衣濕
어옹불식사의습

한가롭게 갈대꽃 곁에서 백로와 함께 조네. 閑傍蘆花共鷺眠
한방로화공로면

작자 정온(1569~1641)은 광해군이 영창대군을 강화도에 위리안치하자 그 부당함을 상소하였고, 강화부사 정항이 영창대군을 참혹하게 죽이자 정항을 참수해야 한다고 주장하다 제주도로 유배되어 10년간 귀양살이를 했는데, 이 시는 그때 쓴 것입니다.

가을 찬비가 부슬부슬 뿌리는 저문 하늘과 구름안개가 마을의 저녁밥 짓는 연기와 만나 뒤섞이는 앞산을 배경으로 갈대꽃 핀 강가에 앉아 낚싯대를 드리우고 도롱이가 젖는 줄도 모른 채 백로와 함께 한가로이 졸고 있는 늙은 어부의 모습은 유배에서 풀려날 날을 하염없이 기다리며 낚시로 소일하는 작자 자신의 모습입니다.

새로 내린 눈

新雪
신 설

아스라이 높은 세밑의 하늘 아래	蒼茫歲暮天 창 망 세 모 천
새로 내린 눈이 산천을 뒤덮었네.	新雪遍山川 신 설 편 산 천
산속 새들은 앉아 쉴 나무를 잃었고	鳥失山中木 조 실 산 중 목
스님은 돌 위의 샘물을 찾아가네.	僧尋石上泉 승 심 석 상 천
주린 까마귀는 들 너머에서 우짖고	飢烏啼野外 기 오 제 야 외
언 버드나무는 시냇가에 누워 있네.	凍柳臥溪邊 동 류 와 계 변
어느 곳에 인가가 있는 것일까?	何處人家在 하 처 인 가 재
멀리 숲속에서 흰 연기가 오르네.	遠林生白煙 원 림 생 백 연

세밑의 하늘 아래 새로 내린 눈이 산천을 뒤덮은 풍경을 사실감 있는 필치로 세밀하게 묘사한 걸작입니다. 작자 이숭인(1347~1392, 도은)은 당시 제일가는 문장가로 고려 말 부패한 사회를 개혁하는 데 있어서 급진적 입장을 취했던 이성계·정도전 일파와는 달리 온건적 입장을 취했던 정몽주와 노선을 같이했습니다.

작자는 깨질듯 언 하늘, 산천을 뒤덮은 눈, 나뭇가지에 쌓인 눈 때문에 쉴 곳을 잃은 산새들, 개울물이 모두 얼어붙어 돌구멍 샘을 찾아 나서는 스님, 들판이 눈으로 뒤덮여 먹이를 찾지 못해 굶주린 까마귀들이 먹이를 찾아 들 밖으로 날아가며 까악 깍 우짖는 소리, 가지에 얹힌 눈의 무게를 이기지 못하고 쓰러진 시냇가의 버드나무 등 을씨년스런 풍경을 열거해 놓았는데, 이것은 마치 쇠퇴해 가는 고려 조정의 모습을 암시한 것처럼 여겨집니다.

그리고 멀리 숲속에서 피어오르는 밥 짓는 연기를 시 속에 끌어들여 아궁이에서 활활 타오르는 불꽃과 김이 무럭무럭 나는 가마솥에서 밥이 익어 가는 모습을 연상하게 함으로써 을씨년스러운 분위기를 단숨에 따뜻하고 평화로운 분위기로 바꾸어 놓았는데, 이것은 개혁을 통해 병든 고려 사회를 치유할 수 있다는 작자의 신념을 은유한 것 같습니다.

이숭인은 정몽주, 정도전 등과 이색의 문하에서 함께 수학하였는데, 스승인 이색은 이숭인의 문장은 높이 평가하였으나 정도전의 문장은 대수롭지 않게 여겼습니다. 이에 정도전은 이숭인에 대해 열등감과 시기심을 느꼈는데, 그 후 조선이 건국되자 정도전은 정몽주 일파로 지목되어 순천에서 귀양살이하던 이숭인에게 심복 황거정을 보내 몽둥이로 때려죽이게 하였습니다.

용산에서 바라본 한강

龍山
용 산

고목은 찬 구름 속에 서 있고
가을 산에 내리는 희뿌연 소나기
강가로 밀려오니
저물녘 강에 풍랑이 일어나
어부가 급히 뱃머리를 돌리네.

古木寒雲裏
고 목 한 운 리
秋山白雨邊
추 산 백 우 변

暮江風浪起
모 강 풍 랑 기
漁子急回船
어 자 급 회 선

이 시는 소나기 내리는 한강의 모습을 용산 쪽에서 바라보며 쓴 것입니다. 강 건너에는 고목이 찬 구름 속에 서 있고, 고목 뒤 산등성이에는 희뿌옇게 소나기가 내리기 시작합니다. 곧이어 소나기가 바람을 타고 세차게 강으로 밀려오자 저물녘 강에선 풍랑이 거칠게 일어나고, 풍랑에 놀란 어부는 포구를 향해 황급히 뱃머리를 돌립니다. 이 시는 동시다발적으로 일어나는 순간적인 움직임을 포착하여 한 편의 동영상을 만들어 놓은 걸작 중의 걸작입니다.

작자 김득신(1604~1684)은 임진왜란 때 진주성 전투에서 3천 명의 군사로 2만 명의 일본군을 물리치고 대승을 거둔 진주목사 김시민의 손자입니다. 그는 어릴 때 천연두를 앓은 후유증으로 머리가 둔해졌으나 《백이전》을 1억 번이나 읽을 정도로 노력한 결과 마침내 문리文理가 트여 당대 제일의 시인이 되었습니다.

이백

여산폭포를 바라보며

望廬山瀑布
망여산폭포

향로봉에 햇살 비치니 자줏빛 안개 서리고	日照香爐生紫烟 일조향로생자연
멀리 보이는 폭포에는 긴 강이 매달렸네.	遼看瀑布卦長川 요간폭포괘장천
나는 듯 떨어지는 삼천 척의 저 물줄기는	飛流直下三千尺 비류직하삼천척
하늘에서 은하가 쏟아져 내리는 것일까?	疑是銀河落九天 의시은하락구천

시선詩仙으로 불리었던 이백(701~762)은 드높은 기개와 불타는 자부심으로 대붕大鵬의 꿈을 꾸었지만 그 꿈을 부패한 현실에서는 이룰 수 없음을 깨달았습니다. 그래서 그는 천하를 주유하며, 호방함과 강한 의협심과 신선세계에 대한 동경과 술과 우수가 녹아 있는 시를 쓰며 일생을 보냈는데, 이 시는 그가 강서성江西省 구강시九江市 여산에 있는 삼첩천폭포를 찾았을 때 쓴 것입니다.

작자는 자줏빛 안개가 서린 향로봉에 올라가 저 멀리 까마득히 높은 벼랑에 매달린 폭포를 바라보며 긴 강줄기를 매달아 놓은 것 같다고 부풀려 묘사하고, 삼천 척 높이에서 곧바로 떨어져 내리는 물줄기는 하늘에서 은하가 쏟아져 내리는 것 같다고 과장되게 표현함으로써 폭포의 위용이 눈앞에 보이는 듯 선명히 느껴지게 하였습니다.

외딴 바위	詠孤石 영고석
외딴 바위는 하늘로 곧추 솟았고	迥石直生空 형석직생공
잔잔한 호수는 사방으로 탁 트였네.	平湖四望通 평호사망통
바위뿌리는 언제나 물결에 씻기고	巖根恒灑浪 암근항쇄랑
나뭇가지는 항상 바람에 나부끼네.	樹杪鎭搖風 수초진요풍
수면 위에 쓰러지면 그림자로 잠기고	偃流還漬影 언류환지영
노을 속에 들어가면 붉은 물이 드네.	侵霞更上紅 침하갱상홍
뭇 봉우리 밖으로 홀로 우뚝 솟아	獨拔群峰外 독발군봉외
외로이 흰 구름 속에서 빼어나네.	孤秀白雲中 고수백운중

작자 정 법사定法師는 이름이 전해지지 않으며 다만 고구려의 승려라는 사실만 밝혀져 있습니다. 이 시는 우리나라에 한시가 처음 전래될 무렵에 쓰인 것이지만 본고장인 중국의 한시에 비교해 조금도 손색이 없는 우수한 작품으로 평가됩니다.

이 시는 수직과 수평이 대구對句를 이루도록 구도가 치밀하게 조직된 시입니다. 첫 구에서 하늘을 향해 수직으로 우뚝 솟은 바위와 사방이 탁 트인 수평의 호수를 대비시켜 전체 풍경이 한눈에 들어오도록 묘사한 뒤, 수직으로 서 있는 바위의 밑동이 수평으로 잔잔하게 밀려오는 물결에 씻기는 모습과 바위 꼭대기에 수직으로 서 있는 나무들이 가지를 수평으로 뻗고 바람에 흔들리는 모습, 그리고 바위의 그림자가 수면 위에 수평으로 드리워져 있는 모습과 수직으로 솟아오른 바위의 이마에 노을빛이 붉게 물든 모습까지 세밀하게 묘사한 뒤, 뭇 산봉우리 밖으로 홀로 우뚝 솟아 흰 구름 위로 빼어난 자태를 뽐내고 있는 바위의 원경을 그려 넣음으로써 고석孤石의 장엄하고 고고한 이미지를 확연히 느낄 수 있게 하였습니다.

사주 구산사에 들러

使宋過泗州龜山寺
사송과사주구산사

가파르고 험한 괴석들 겹겹이 산을 이루고	巉巖怪石疊成山 참암괴석첩성산
그 위에 절이 있고 강물이 사방을 둘렀네.	上有蓮坊水四環 상유련방수사환
탑 그림자 강물 속에 거꾸러져 일렁거리고	塔影倒江飜浪底 탑영도강번랑저
풍경소리 달을 흔들며 구름 사이로 떨어지네.	磬聲搖月落雲間 경성요월락운간
문 앞 나그네 노를 젓는데 큰 파도가 빠르고	門前客棹洪濤疾 문전객도홍도질
대숲에 바둑 두는 스님들 한낮에도 한가롭네.	竹下僧碁白日閑 죽하승기백일한
한 번 중화에 사신으로 왔다 떠남이 아쉬워	一奉皇華堪惜別 일봉황화감석별
시 한 구절 남겨 두고 다시 오길 기약하네.	更留詩句約重攀 경류시구약중반

이 시는 고려 문종 때 박인량(?~1096)이 송나라에 사신으로 가던 길에 사주(지금의 강소성)에 있는 구산사에 들러서 쓴 것입니다.

수련首聯에서는 절의 주변 풍경을 상세하게 서술하였고, 함련頷聯에서는 강물에 드리운 탑의 그림자와 달빛을 흔드는 풍경소리를 묘사하였으며, 경련頸聯에서는 다음날 밝은 낮에 배를 타고 노를 저어 물결이 높은 강을 따라가면서 바라본 풍경(대숲에서 한가롭게 바둑을 두는 스님들의 모습)을 서술하였고, 미련尾聯에서는 구산사를 떠나는 아쉬움에 시 한 수를 남겨 두고 다시 오길 기약하였습니다.

이 시의 백미는 청각 이미지인 '풍경소리'를 '달을 흔들며 구름 사이로 떨어진다'는 시각 이미지로 바꿈으로써 '풍경소리'가 눈에 보이는 것 같은 심상心象(감각에 의해 얻어진 현상이 마음속에서 재생된 것)을 만들어낸 것입니다.

이처럼 한 감각 이미지를 다른 감각 이미지로 바꾸면 서로 다른 감각 이미지가 공명현상을 일으켜 시의 느낌을 독특하게 합니다. 예를 들면 정지용 시인은 그의 시 〈향수〉에서 '얼룩백이 황소가/ 해설피 금빛 게으른 울음을 우는 곳'이라고 하여 청각 이미지인 '울음'을 '금빛 게으른 울음'이란 시각 이미지로 바꿈으로써 마치 황혼 녘 들판에서 길게 늘어지는 황소의 울음소리가 눈에 보이는 것처럼 느껴지게 하였습니다.

●

수련首聯: 한시漢詩의 율시律詩에서, 첫째 구와 둘째 구를 이르는 말. 기련起聯이라고도 한다.

함련頷聯: 율시의 앞 연구聯句로 제 3·4의 두 구.

有頷聯有頸聯有發端有落句
시의 구성에는 함련이 있고 경련이 있으며
발단이 있고 마지막 구인 낙구가 있다. 〈창랑시화滄浪詩話〉

아침 강가에서

湖亭朝起偶吟
호정조기우음

● 강극성

강에는 늦도록 해가 뜨지 않고
아득히 십 리에 흰 안개가 자욱한데
오직 노 젓는 소리 여리게 들릴 뿐
배가 가는 곳은 보이지 않네.

江日晩未生
강일만미생
蒼茫十里霧
창망십리무
但聞柔櫓聲
단문유노성
不見舟行處
불견주행처

강에는 늦도록 해가 보이지 않고, 십 리에 걸쳐 안개만 자욱합니다. 화가가 이런 풍경을 그린다면 흰 안개 말고는 아무것도 그릴 것이 없습니다. 그러나 작자는 짙은 안개 속에서 여리게 들려오는 노 젓는 소리를 시 속에 끌어들여 어부가 배를 저어 강물 위로 미끄러져 나가는 광경을 시각적으로 느낄 수 있게 하였습니다.

작자인 강극성(1526~1576)은 세종 때 좌찬성을 지낸 강희맹의 4대손으로 일찍이 과거에 급제하여 문명을 떨쳤으나 명종의 신임을 믿고 권력을 전횡하던 이량을 추종하다가 이량이 탄핵을 받고 파직되자 그도 벼슬에서 떨어졌습니다. 그 후 그는 사람들로부터 총신寵臣에게 빌붙었다는 비난을 받으며 살아야 했습니다.

● 최경창

고봉산재에서

高峯山齋
고봉산재

오래된 고을이라 성곽은 없어졌고	古郡無城郭 고군무성곽
산속 재실은 나무숲에 덮여 있네.	山齋有樹林 산재유수림
벼슬아치들 흩어진 거리는 쓸쓸한데	蕭條人吏散 소조인리산
개울 건너 다듬이질 소리 구슬프네.	隔水搗寒砧 격수도한침

최경창(1539~1583)은 오래도록 북쪽 변방을 전전하며 근무하였는데, 이 시는 변방의 어느 고을에 있던 고봉산재에서 쓴 것입니다.

아득한 옛날 어느 호족의 소왕국이었을 마을은 이제 성곽마저 사라지고 없습니다. 우거진 숲속 재실에 앉아 마을을 내려다보니 벼슬아치들과 사람들이 떠나고 없는 거리가 너무 쓸쓸하여 세월의 무상함과 인생의 덧없음에 가슴이 아립니다. 그때 개울 건너 다소곳이 엎드린 초가집에서 겨울옷을 손질하는 다듬이질 소리가 구슬프게 들립니다.

시는 여기까집니다. 그러나 들려오는 다듬이질 소리에 고향집의 늙으신 어머니가 호롱불 앞에 앉아 집 떠난 자식의 옷을 손질하고 있는 모습을 떠올리게 하는 여운이 긴 시입니다.

화석정에 올라

花石亭
화석정

● 이이

숲속 정자에 가을빛이 짙으니	林亭秋已晚 임정추이만
시인의 시상은 끝이 없네.	騷客意無窮 소객의무궁
먼 물줄기는 하늘에 잇닿아 푸르고	遠水連天碧 원수연천벽
서리 맞은 단풍은 해를 향해 붉네.	霜楓向日紅 상풍향일홍
산은 외로운 둥근 달을 토해 내고	山吐孤輪月 산토고륜월
강은 만 리에 바람을 머금었네.	江含萬里風 강함만리풍
변방의 기러기들 어디로 갔는가?	塞鴻何處去 새홍하처거
저녁구름 속에 소리가 끊겼네.	聲斷暮雲中 성단모운중

푸른 물줄기와 푸른 하늘빛을 붉은 단풍과 붉은 해에 대비시키고, 달을 토해 내는 산과 바람을 머금은 강을 대비시켜 화석정의 가을풍경을 도드라지게 묘사한 다음, 기러기들 먼 남쪽으로 날아가 그 울음소리가 구름 속에서 끊어졌다고 표현함으로써 깊어 가는 가을 분위기를 고조시킨 이 시는 이이가 여덟 살 때 쓴 것입니다.

화석정은 경기도 파주시 파평면 율곡리 임진강변의 벼랑 위에 있는 정자입니다. 이 정자는 율곡의 5대조 강평공 이명신이 세운 것으로 율곡은 어릴 때 자주 이곳에서 놀았고, 벼슬에서 물러나 쉬고 있을 때에도 이곳에서 소일消日하는 시간이 많았습니다.

율곡은 병조판서로 재직하던 때 〈시무육조時務六條〉를 선조에게 올리면서 북쪽의 여진족과 남쪽의 일본을 방비하기 위한 대비책으로 십만양병을 건의하였습니다. 그러나 반대파인 동인의 탄핵을 받아 관직에서 물러났으며 이듬해 49세를 일기로 타계하였습니다.

율곡의 예상대로 그가 타계한 지 8년째 되던 해 임진왜란이 일어났고, 부산에 상륙한 일본군은 파죽지세로 북상하여 한 달 만에 한양에 다다랐습니다. 그러자 선조는 백성과 도성을 버린 채 왕족과 대신들만 대동하고 북쪽으로 달아나다가 비가 내리는 한밤중에 임진강에 도착하였습니다. 그러나 칠흑 같은 어둠 때문에 강을 건널 수 없자 화석정에 불을 질렀습니다. 나라의 방비를 위해 십만의 군사를 양성해야 한다고 주장한 율곡에게 당쟁을 유발했다며 파직시킨 선조가 율곡의 넋이 어린 화석정에 불을 지르고 그 불빛을 밝으며 임진강을 건너갈 때의 심정이 어떠했을까요.

산중에서

山中絶句 산중절구 ● 이이

약초를 캐다 문득 길을 잃고 둘러보니	採藥忽迷路 채약홀미로
모든 산봉우리가 붉게 타오르는 단풍 속에 있네.	千峰秋葉裏 천봉추엽리
산승이 물을 길어 암자로 돌아가자	山僧汲水歸 산승급수귀
숲 끝에서 차 달이는 연기가 오르네.	林末茶烟起 임말다연기

작자는 약초 캐는 재미에 푹 빠져 산속을 헤매고 다니다가 그만 길을 잃었습니다. 이를 어쩌나! 고개를 들고 사방을 둘러보니 모든 산봉우리들이 새빨갛게 활활 타오르는 단풍 속에 서 있습니다. 아아, 단풍빛이 얼마나 뜨거운지 파란 하늘을 날아가는 까막까치들이 새까맣게 타버렸습니다.

다시 눈을 돌려 건너편 오솔길을 바라보니 스님이 물동이에 물을 길어 짊어지고 산모롱이를 막 돌아갑니다. 그리고 얼마 후 숲 끝에서 차 달이는 연기가 하얗게 피어 오릅니다.

산골 벗을 찾아가며 訪山歌

방산가

솔숲을 다 지나니 세 갈래 갈림길이 나와 松林穿盡路三丫
송림천진로삼아

언덕 가에 말을 세우고 이씨 집을 물으니 立馬坡邊訪李家
입마파변방이가

농부가 호미를 들고 동북쪽을 가리키는데 田夫擧鋤東北指
전부거서동북지

까치둥지가 있는 마을 안에 석류꽃이 붉네. 鵲巢村裏露榴花
작소촌리노류화

이 시는 남인으로 성호 이익의 조카이자 성호학파의 대표적 문인인 이용휴(1708~1782)가 산골 벗을 찾아가며 쓴 시입니다.

작자는 시골에 사는 벗의 집을 찾아가다 세 갈래 길이 나오자 어디로 가야할지 아리송합니다. 그래서 언덕 길가에 말을 세우고 밭에서 김을 매고 있는 농부에게 길을 묻습니다. 그러자 농부가 호미를 들고 동북쪽을 가리키며 느티나무에 까치둥지가 얹혀 있는 마을 안쪽 석류꽃이 붉게 피어 있는 집이라고 자세히 일러줍니다.

감정의 묘사 없이 눈에 보이는 광경의 이미지만을 명징明澄하게 드러낸 이 시는 마치 한 장의 천연색 사진을 보는 듯합니다.

김 거사 집을 찾아가며

訪金居士野居
방 김 거 사 야 거

가을 구름 아득히 높고 사방 산은 비었는데 秋陰漠漠四山空
추 음 막 막 사 산 공
소리 없이 지는 단풍에 땅바닥이 가득 붉네. 落葉無聲滿地紅
낙 엽 무 성 만 지 홍
시내 다리 위에 말을 세우고 길을 물으니 立馬溪邊問歸路
입 마 계 변 문 귀 로
내 몸이 그림 속에 들어 있는 줄도 모르겠네. 不知身在畵圖中
부 지 신 재 화 도 중

이 시는 정도전(1342~1398)이 시골에 숨어사는 김 거사를 찾아가는 길에 본 가을 경치를 노래한 것으로 그의 대표작입니다.

작자는 말을 타고 새털구름 아득히 높은 가을하늘과 나뭇잎이 모두 떨어지고 없는 사방의 산봉우리를 둘러보며 갑니다. 그러다가 아직도 가을의 꼬리가 남아 있는 개울가 오솔길에 붉게 깔린 단풍잎을 내려다 봅니다. 때마침 갈림길이 나옵니다.

작자는 다리 위에 말을 세우고 길을 물으며 '내 몸이 그림 속에 들어 있는 줄도 모르겠네'라고 감탄합니다. 그런데 이 구절은 광경의 묘사가 아닌 상황의 설명으로 군더더기가 되어 시의 격을 크게 떨어뜨렸습니다.

경포호에 배 띄우고

鏡浦泛舟
경 포 범 주

비 갠 뒤 가을 기운 강마을에 가득한데 | 雨晴秋氣滿江城 (우 청 추 기 만 강 성)
조각배를 띄우고 오니 시골 정취 물씬하네. | 來泛扁舟放野情 (내 범 편 주 방 야 정)
땅은 오목한 병 속이라 티끌이 이르지 못하고 | 地入壺中塵不到 (지 입 호 중 진 부 도)
사람은 거울 속에서 노니니 그리기 어렵네. | 人遊鏡裏畵難成 (인 유 경 리 화 난 성)
안개 낀 수면 위로 흰 갈매기 때때로 지나가고 | 煙波白鷗時時過 (연 파 백 구 시 시 과)
모랫길엔 털 푸른 노새 느릿느릿 걸어가네. | 沙路青驢緩緩行 (사 로 청 려 완 완 행)
급히 배를 몰던 늙은 사공이 삿대질을 멈추고 | 爲報長年休疾棹 (위 보 장 년 휴 질 도)
밤을 환히 밝혀줄 외로운 달을 기다리네. | 待看孤月夜深明 (대 간 고 월 야 심 명)

이 시는 고려 충숙왕 13년(1326)에 관동존무사였던 박숙정이 강릉시 저동의 경포호 북쪽 언덕에 경포대를 짓고 상량식에 즈음하여 〈관동별곡〉과 〈죽계별곡〉을 지어 이름을 떨치던 안축(1282~1348)에게 상량문을 부탁하자 안축이 상량문을 쓰기 전에 현장답사를 나왔다가 경포호의 빼어난 경치에 매료되어 쓴 시입니다.

작자는 경포호수에 조각배를 띄우고 가을 기운이 가득한 강마을로 오며 시골 정취를 물씬 느낍니다. 지형은 오목한 병 속 같아 속세의 티끌이 이르지 못하고, 사람들은 거울처럼 맑은 풍광 속에서 노닐어 영혼뿐 아니라 육신까지 투명하니 그리기가 어렵습니다. 또 안개 피어오르는 푸른 수면 위로 하얀 갈매기가 때때로 지나가고 호수가 하얀 모랫길에는 털 푸른 노새가 느릿느릿 걸어갑니다. 이윽고 해가 저물고 어둠이 내리기 시작하더니 호수 주변이 환히 밝아지며 달이 떠오르려고 합니다. 그러자 배를 몰아가던 늙은 사공이 급히 삿대질을 멈추고 배를 세운 뒤 떠오르는 달을 기다립니다.

이 시의 묘미는 시간이 흐르는 순서에 따라 한 장면 한 장면씩 묘사하여 슬라이드 영상을 보는 듯한 느낌을 주는 데 있습니다.

순풍에 맞추어 陪王明府泛舟 배왕명부범주

화현에서 한가롭게 거문고를 타다가	花縣彈琴暇 화현탄금가
순풍에 맞추어 술을 싣고 나서니	椎風載酒時 추풍재주시
산은 가을빛을 머금어 더욱 가깝고	山含秋色近 산함추색근
새들은 석양 속을 느릿느릿 날아가네.	鳥度夕陽遲 조도석양지
들고 나는 집오리는 물결을 일으키고	出沒鳧成浪 출몰부성랑
우거진 대나무 잎은 가지를 누르네.	蒙籠竹亞枝 몽롱죽아지
구름 낀 산봉우리에 마음 빼앗겼는데	雲峰逐人意 운봉축인의
배는 앞으로 산은 뒤로 서로 오가네.	來去解相隨 내거해상수

유장경(725~791)은 당나라 때 시인으로 오언시五言詩에 능하였으며, 관리로서도 강직하고 청렴하여 권력자의 불의와 부정을 눈감아 주지 못하고 직간하는 바람에 두 차례나 유배를 갔습니다.

이 시는 작자가 화현(지금의 하남성 맹현)의 명부(현령)로 있을 때 배를 타고 호수나들이를 하면서 주변 풍광을 읊은 시입니다.

한가롭게 거문고를 탄다는 구절은 공자의 제자인 복자천이 거문고를 타 고을 백성들을 교화했다는 고사에서 따온 것으로 작자 자신도 백성들을 잘 교화하고 있다는 자부심을 드러낸 것입니다.

이 시의 묘미는 가을 빛을 머금어 가까워진 산과 석양에 느릿느릿 날아 멀어져 가는 새들을 대비시켜 원근을 나타내고, 강에서 물결을 일으키며 헤엄치는 집오리와 무성한 잎이 가지를 누르며 서 있는 강둑의 대숲을 대비시켜 동정을 드러내며, 배가 앞으로 나아가자 산이 뒤로 물러나는 현상을 대비시켜 배의 속도감을 살린 것입니다.

거룻배가 매여 있는 풍경

漁舟圖
어주도

갈대밭에 바람 불고 눈발 허공에 흩날리는데 蘆州風颭雪漫空
노주풍점설만공

술을 사러 타고 갔다 온 거룻배가 매여 있네. 沽酒歸來繫短篷
고주귀래계단봉

비껴 부는 젓대 소리에 강물 위 달빛이 흰데 橫笛數聲江月白
횡적수성강월백

자던 새가 깨어 물가 안개 속으로 날아오르네. 宿禽飛起渚烟中
숙금비기저연중

이 시는 고경명(1533~1592)이 쓴 제화시題畫詩입니다. 제화시란 동양화의 여백에 써넣은 시를 말하는데, 이는 단순히 그림의 내용을 설명하는 것이 아닙니다. 제화시는 그림으로는 묘사할 수 없는 부분을 시로 표현하여 그림의 깊이와 폭을 더해 줌으로써 그림의 품격을 높여 주는 역할을 합니다. 그러므로 제화시는 한갓 그림에 딸린 시가 아니라 그 자체로 독립된 하나의 산수시인 것입니다.

작자는 바람 부는 갈대밭, 허공에 흩날리는 눈발, 강가 갈대 사이에 매어져 있는 거룻배, 술을 사러 갔다 온 사람이 거나하게 취해서 부는 젓대 소리, 강물 위 반짝이는 흰 달빛에 자던 새가 깨어나 푸드득 푸드득 안개 속으로 날아오르는 모습을 시로써 표현하여 단조롭고 정적이던 '고깃배 그림'에 생동감을 불어넣었습니다.

절집에서

題僧舍
제 승 사

산 남쪽 산 북쪽에도 오솔길이 나뉘어 있고	山北山南細路分 산 북 산 남 세 로 분
송홧가루 비를 머금어 어지러이 떨어지네.	松花含雨落繽紛 송 화 함 우 낙 빈 분
스님이 샘물을 길어 띳집으로 돌아간 뒤	道人汲井歸芽舍 도 인 급 정 귀 아 사
한 줄기 푸른 연기가 흰 구름을 물들이네.	一帶青烟染白雲 일 대 청 연 염 백 운

이 시는 절 그림에 덧붙인 제화시입니다. 산 남쪽과 산 북쪽에 오솔길이 나뉘어 있다고 함은 속세에서 정토에 이르는 길은 한 길만 있는 것이 아니고 여러 길이 있음을 뜻하고, 송홧가루 비를 머금어 어지러이 떨어진다는 것은 절이 있는 곳이 속세의 때가 묻지 않은 정토란 뜻이며, 푸른 연기가 흰 구름을 물들인다는 것은 스님은 아직도 연기처럼 일어나는 번뇌를 다 잠재우지 못했음을 뜻합니다.

이숭인은 시와 글씨와 그림에 두루 뛰어난 삼절三絶이었습니다. 삼절의 경지에 이르면 대상을 보고 감흥이 일어날 때 노래로 부르면 시가 되고, 글씨로 쓰면 서예가 되며, 그림으로 그리면 회화가 되는데, 이 방면에 특히 뛰어난 시인으로는 성당盛唐의 왕유를 들 수 있습니다. 북송의 소식(호:동파)은 왕유의 시를 평하여 '시 속에 그림이 있고(詩中有畵), 그림 속에 시가 있다(畵中有詩)'고 하였습니다.

소상의 밤비

瀟湘夜雨
소 상 야 우

푸른 물결 두른 양쪽 언덕 가을빛 완연한데 一帶滄波兩岸秋
일 대 창 파 양 안 추

부는 바람이 가랑비를 돌아가는 배에 뿌리네. 風吹細雨洒歸舟
풍 취 세 우 쇄 귀 주

밤이 와 강가 대숲 가까이에 배를 대고 자니 夜來泊近江邊竹
야 래 박 근 강 변 죽

잎사귀마다 찬비 소리 모두가 다 시름이네. 葉葉寒聲摠是愁
엽 엽 한 성 총 시 수

소상瀟湘은 중국 호남성에 있는 소수瀟水와 상강湘江을 말하며 이 두 강이 만나는 곳에 그 유명한 동정호洞庭湖가 있습니다.

이 시는 '소상야우'라는 그림을 보고 쓴 제화시입니다. 소수와 상강의 물결은 푸르고 강 양쪽 언덕에는 단풍이 붉게 물들어 가을빛이 완연한데, 소슬한 바람이 부슬부슬 내리는 가랑비를 돌아가는 배 위에 뿌립니다. 이윽고 밤이 되자 사공이 강가의 대나무 숲 가까이에 배를 대고 잡니다. 그러나 사공은 대나무 숲에 후드득 후드득 떨어지는 빗소리에 온갖 시름이 일어나 잠이 오지 않습니다.

이 시는 화가가 그린 그림 속에 화가는 그릴 수 없는 대나무 숲에 떨어지는 차가운 빗소리와 그 빗소리에 시름겨워하는 사공의 마음을 그려 넣음으로써 그림의 맛과 깊이를 더했습니다.

봄비 내리는 빈산

空山春雨圖
공산춘우도

빈산에 봄비가 흠뻑 내리고
빨갛게 핀 복사꽃 사이로 살구꽃도 붉게 피었네.
꽃은 피어도 보는 이가 없으니
저 혼자 시냇물에 그림자를 드렸네.

空山足春雨
공산족춘우
緋桃間丹杏
비도간단행
花發不逢人
화발불봉인
自照溪中影
자조계중영

이 시는 청나라의 군인이자 화가이며 시인인 대희(1801~1860)가 자신이 그린 〈공산춘우도〉에 써넣은 제화시題畫詩입니다.

빈산에 봄비가 내리자 복사꽃이 빨갛게 피어났고, 그 빨간 복사꽃 사이로 살구꽃도 붉게 피어났습니다. 그러나 빈산이라 보아줄 사람이 없습니다. 그렇지만 꽃들은 개의치 않고 고운 자태를 맑은 시냇물에 비추고 은은한 향기를 빈산 가득히 풍기고 있습니다.

이 시는 '수신을 통해 훌륭한 인품을 닦은 사람은 비록 세상이 알아주지 않더라도 그것에 연연하지 않고 유유자적하며 살아가야 한다'는 시인의 신념을 드러낸 것으로 이 제화시가 없었다면 〈공산춘우도〉는 흔하디흔한 한갓 꽃 그림에 불과했을 것입니다.

17장

우물 속의 달을 길어

충남 서산시 운산면 용현리에 있는 '마애삼존불' 을 본 것은 35년간의 군대 생활을 마감한 뒤 유홍준 교수가 쓴《나의 문화유산답사기》에서 뽑은 지역을 여행하고 있을 때였는데, 마애삼존불의 미소를 보는 순간 '아아! 저것이 극락의 경지로구나!' 하는 생각과 더불어 온몸에 전율을 느꼈습니다.

마애삼존불은 꽃구름 위에 결가부좌하고 비천飛天하는 모습이 아니라 차디찬 이슬에 젖은 사바의 풀잎을 밟고 중생들 곁으로 다가오며 열락悅樂에 젖은 미소로 중생들의 아픔을 녹여주는 자비 무량한 모습이었습니다. 그래서 기원했습니다. 암벽이 된 내 가슴에도 눈물이 배어 나는 미소 가득히 머금은 살아 있는 마애불 하나 새겨달라고. 그날 나는 삶에 대하여 깊이 고뇌해본 적도 없었고, 인생의 벽 앞에서 고독에 몸부림쳐 본 적도 없었으며, 그래서 영혼이 맑은 삶을 살기를 염원해 본 적도 없었던 것이 너무나 부끄러웠습니다.

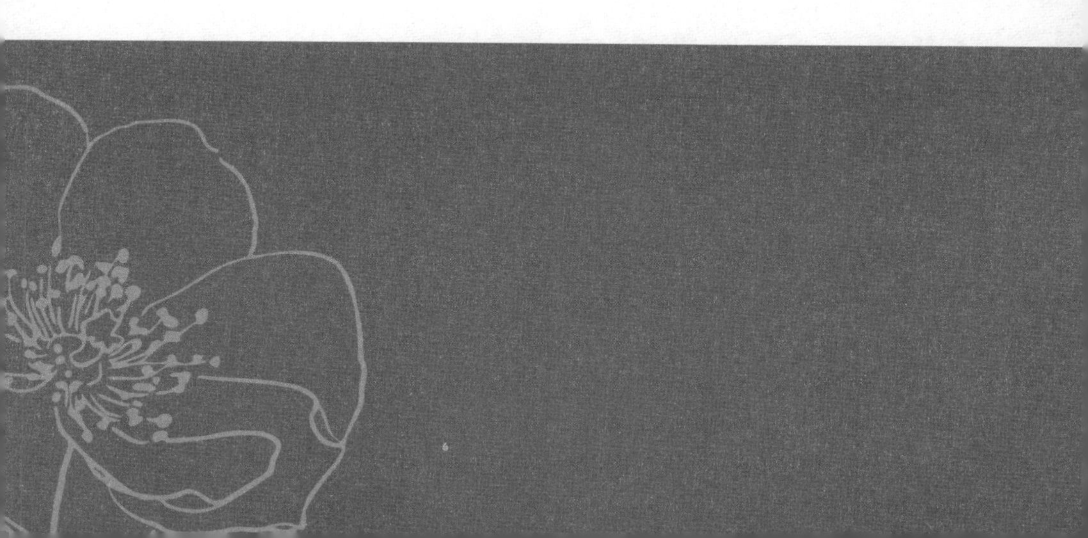

우물 속의 달을 길어

山夕詠井中月
산석영정중월

● 이규보

산승은 희고 밝은 달빛을 탐내어	山僧貪月色 산승탐월색
물과 함께 달빛을 항아리 속에 길어 담았네.	竝汲一瓶中 병급일병중
절에 이르면 응당 깨닫게 되겠지.	到寺方應覺 도사방응각
항아리 물을 따르면 달빛도 없어짐을.	瓶傾月亦空 병경월역공

스님은 우물 속에서 빛나는 달빛이 탐나서 물과 함께 달빛을 항아리에 담아 절로 가져 왔습니다. 그리고 항아리를 기울여서 물을 따릅니다. 그런데 항아리 속에 담아온 달빛이 온데간데없습니다.

이 시는 《반야심경》의 공사상을 쉽고도 명료하게 표현하였습니다. 우주만물이 공하다는 것은 만물은 자성自性이 없다는 뜻입니다. 만물에 자성이 없다는 것은 항일성恒一性(항상 일정하여 변함이 없는 것)과 주재성主宰性(자신이 자신을 마음대로 할 수 있는 것)이 없다는 뜻입니다. 즉, 모든 존재의 실상實相(참모습)은 고정불변하지 않고 시시각각 변화하고 있으며, 그 때문에 모든 존재는 자신을 자신이 원하는 대로 할 수 없다는 것입니다.

그러므로 존재의 이러한 실상을 바로 알면 온갖 고통과 불행으로부터 벗어날 수 있지만 존재의 이러한 실상을 바로 보지 못하고 자신과 자신이 가지고 있는 것들이 영원불변하기를 바라고, 나아가 모든 것이 자신이 마음먹은 대로 되기를 바라면 괴로움과 불행이 따르게 된다는 것입니다.

생각해 봅시다. 우리가 아무리 늙지 않기를 바라도 결국은 늙고 병들어 죽게 되며, 우리가 아무리 사랑하는 사람과 헤어지지 않기를 바라도 언젠가는 반드시 헤어지게 되는 것입니다. 그런데도 인간들은 무상無常함에 순응하길 거부하고, 세상만사를 자신이 원하는 대로 되게 만들려고 발버둥치며 스스로 고통과 불행을 부르고 있지 않습니까.

무상이란 허무한 것이 아닌 축복입니다. 존재가 무상하지 않고 영원불변하다면 어떻게 되겠습니까? 아이는 자라지 않아 영원히 아이일 테니 새로운 아이가 태어날 수 없고, 꽃은 떨어지지 않으니 새로운 꽃이 피어날 수 없는 정지된 세계, 죽은 세계가 될 것입니다. 그러나 다행히도 우리가 사는 세계는 무상하고 그래서 아이는 자라나 어른이 되고 또 새로운 생명인 아이를 낳으며 꽃은 지고 열매를 맺습니다. 이렇듯 무상하기 때문에 우주만물은 힘차게 살아 움직이고 사람들은 꿈과 희망을 가질 수 있는 것입니다.

강물 속의 달

作墨戱題其額 贈姜國鈞
작묵희제기액 증강국균

● 강희맹

강물 속의 달을 지팡이로 툭 치니	胡孫投江月 호손투강월
물결이 일렁이고 달그림자가 떨리네.	波動影凌亂 파동영릉란
문득 달이 깨졌나 싶어	飜疑月破碎 번의월파쇄
팔을 뻗어 달 조각을 어루만졌네.	引臂聊戱玩 인비료희완
물에 비친 달은 본래 실체가 없으니	水月性本空 수월성본공
우습게도 너는 헛것을 보았구나.	笑爾起幻觀 소이기환관
물결이 잔잔해지면 달은 다시 둥글어지니	波定月應圓 파정월응원
네가 품었던 의심도 끊어지리라.	爾亦疑思斷 이역의사단
길게 휘파람 부니 하늘이 더욱 넓어지고	長嘯天宇寬 장소천우관
소나무 늙은 등걸은 비스듬히 누웠구나.	松偃老龍幹 송언노룡간

작자는 강물 속에 비친 달을 지팡이로 툭 칩니다. 그러자 물결이 일어나며 물속에 비친 달이 떨립니다. 작자는 달이 깨졌나 싶어 손을 강물 속에 넣어 달 조각을 만져봅니다. 그러나 물에 비친 달은 실체가 아닌 헛것이니 달 조각이 만져지지 않습니다. 작자는 물이 잔잔해지면 물속에 비친 달이 다시 둥글어질 것이며 그러면 품었던 의심도 끊어질 것이라고 말합니다.

눈에 보이는 것! 그것은 실상이 아닌 우리 마음이 지어낸 허상虛想이라는 것입니다. 똥을 예로 들어봅시다. 사람들은 누구나 다 똥을 더러워합니다. 그러나 구더기에게는 어떨까요. 똥은 맛있는 음식입니다. 이렇듯 모든 존재는 가치중립적입니다. 그런데 인간의 분별심이 똥을 더러운 것으로 왜곡하기 때문에 사람들은 똥을 기피의 대상으로 삼는 것입니다. 그러므로 마음속 분별심을 없애야 사물의 실상이 바로 보입니다. 분별심은 보고 싶은 것만 보게 하고, 좋아하는 것만 사랑하게 하는 편견과 편애를 낳고 이것은 갈등과 투쟁을 부르는 불행의 씨앗이 됩니다.

환영을 보다 觀幻(관환)

백거이

생겨난 것은 모두 사라지게 되어 있고 有起皆因滅(유기개인멸)

달라지지 않고 똑같을 때가 잠시도 없네. 無暌不暫同(무규부잠동)

즐거움을 좇으면 슬픔으로 끝나게 되고 從歡終作戚(종환종작척)

괴로움은 바뀌고 이룬 것은 없어지며 轉苦又成空(전고우성공)

꽃은 피었다 거품처럼 사라지고 次第花生眼(차제화생안)

촛불은 바람이 지나가면 금방 꺼지니 須臾燭過風(수유촉과풍)

다시 찾아도 찾을 곳이 없어 更無尋覓處(갱무심멱처)

새가 날며 허공에 남긴 흔적과 같네. 鳥迹印空中(조적인공중)

작자는 생겨난 것은 모두 사라지게 되어 있고, 달라지지 않고 똑같을 때가 잠시도 없다고 합니다. 그래서 인생은 한갓 환영에 불과하며 삶에서 겪는 희로애락이란 것은 새가 날며 허공에 남긴 날개 자국처럼 흔적 없이 사라지고 마는 것이라고 했습니다.

《금강경》에서도 인생을 "꿈과 같고, 환영과 같고, 물거품과 같고, 그림자와 같고, 이슬과 같고, 또 번개와 같다"고 했습니다. 이백도 〈봄밤 도리원에서의 연회(春夜宴桃李園序)〉란 글에서 "무릇 천지는 만물이 쉬어가는 여관이요, 시간은 영원한 나그네라. 인생은 한바탕 꿈처럼 덧없으니 이 세상에서 기쁨을 누린 듯 그 얼마나 되리오"라고 했습니다. 이 말은 인생의 허무를 부추기는 말이 아닙니다. 오히려 언젠가는 죽고 말 인생을 보람 있고 가치 있게 살아갈 것을 강조하는 말입니다.

그럼 어떻게 사는 것이 가치 있는 삶일까요? 그것은 인간 본성을 저버리고 오로지 개인의 영달만을 추구하는 삶을 살지 않고 자신의 선한 본성을 지키며 사는 것입니다. 다시 말하면 탐욕을 쫓으며 사는 사람은 먹어도 먹어도 허기지고 마셔도 마셔도 목이 마르지만 선한 본성을 지키며 사는 사람은 맑은 영혼의 샘에서 충만감과 행복감이 끊임없이 솟아나오는 것입니다.

불일암 인운 스님에게

佛日庵贈因雲釋
불일암증인운석

● 이달

절은 흰 구름 속에 묻혀 있는데 — 寺在白雲中 (사재백운중)

스님은 흰 구름을 쓸지 않네. — 白雲僧不掃 (백운승불소)

길손이 와야 비로소 문이 열리련만 — 客來門始開 (객래문시개)

산골짜기마다 송화가 한물갔네. — 萬壑松花老 (만학송화노)

이 시는 선조 때 시인 이달(1539~1618)이 지리산의 천년고찰 쌍계사에 딸린 불일암에 주석하던 인운 스님에게 써준 것입니다.

1구의 '흰 구름'은 절을 속세와 격리시켜 주는 보호막이며, 2구의 '흰 구름'은 스님의 마음속에 있는 번뇌입니다. 그런데 스님은 마음속에 뭉게뭉게 일어나는 번뇌를 쓸어내지 않고 그냥 내버려두고 있습니다. 진정한 구도의 길은 속세와의 단절에 있는 것이 아니라 번뇌와 고통으로 몸부림치는 삶의 현장인 속세에 있다고 믿기 때문입니다.

3구는 한 소식 깨달음이 길손이 찾아오듯 홀연히 찾아와야 비로소 스님이 암자의 문을 열고 밖으로 나올 것이란 뜻이며, 4구는 스님이 수행하는 동안 어느덧 봄 한 철이 지나갔음을 말합니다.

작자는 스님에게 어서 깨달음을 얻어 암자의 문을 열고 사바세계로 나가 신음하는 중생을 제도하도록 격려하고 있습니다.

텅 빈산에 鹿柴 녹채

텅 빈산에 사람은 보이지 않고	空山不見人 공산불견인
사람의 말소리만 메아리로 들려오네.	但聞人語聲 단문인어성
석양빛이 깊은 숲속까지 들어와	返景入深林 반경입심림
다시 푸른 이끼 위를 비추네.	復照靑苔上 복조청태상

'텅 빈산'은 속세를 떠난 세계를 말하며, '사람의 말소리가 들려온다'는 것은 속세를 떠났지만 아직도 마음속엔 속세의 때가 남아 있음을 뜻합니다. '석양빛이 깊은 숲속으로 들어온다'는 것은 불성佛性은 누구에게나 어디에서나 빛나고 있음을 말하며, '다시 푸른 이끼 위를 비춘다'는 것은 마음의 때를 씻어내고 깨달음을 얻으면 속세에 있을지라도 지혜와 자비의 빛이 밝게 빛난다는 뜻입니다.

왕유(699~759)는 두보, 이백과 더불어 중국의 삼대시인으로 꼽히며, 중국 남종화의 개조開祖로 수묵산수화에도 뛰어났습니다.

그는 이부낭중과 급사중의 벼슬자리에 있을 때 안녹산의 포로가 되었는데, 숙종이 반란을 진압하고 장안을 수복하자 포로가 된 일로 그를 문책했습니다. 그러자 그는 벼슬에 염증을 느끼고 도교와 불교의 성지인 종남산 망천으로 들어가 별장을 짓고 숨어살며, 불교적 색채가 짙은 시를 많이 써서 시불詩佛이라 불렸습니다.

그윽한 대숲 속에서 竹里館 죽리관

나 홀로 그윽한 대숲 속에 앉아 獨坐幽篁裏 독좌유황리
거문고를 타다가 휘파람 길게 불어 보네. 彈琴復長嘯 탄금부장소
숲이 깊어 사람들은 모르는 곳에 深林人不知 심림인부지
밝은 달이 찾아와 비추어 주네. 明月來相照 명월래상조

작자는 세상과 완전히 격리된 대숲 속에 앉아 혼자 거문고를 타고 휘파람을 붑니다. 혼자 있어도 고독하거나 무료하지 않고, 오히려 하고 싶은 일을 아무 속박 없이 할 수 있어 자유롭고 여유롭습니다. 이런 경지가 해탈의 경지이고 이런 상태가 극락이겠지요.

작자는 다른 사람들은 이 깊은 해탈의 맛을 알지 못하고 이 끝없는 즐거움의 경지를 이해할 수 없을 것이라고 합니다. 오직 달만이 해탈의 경지와 그 즐거움을 알고 이 깊은 대숲 속까지 찾아와 자신과 더불어 열락悅樂을 나눈다고 합니다.

여기서 달은 무결점의 완전한 인격을 상징합니다. 완전한 인격을 태양에 비유하지 않고 달에 비유하는 까닭은 태양은 바라보는 눈동자를 상하게 하지만 달은 그렇지 않기 때문입니다. 태양과 같은 사람은 화광동진和光同塵을 모르는 도도하고 거만하고 교만한 사람으로 남을 상하게 합니다.

왕유

향적사를 지나며

過香積寺
과 향 적 사

향적사 어디인지 가늠하지 못하고 不知香積寺
부 지 향 적 사

구름 봉우리 속을 몇 리나 들어왔나? 數里入雲峰
수 리 입 운 봉

고목이 우거져 지름길이 없는데 古木無人徑
고 목 무 인 경

깊은 산속 어디서 종소리 들려오네. 深山何處鐘
심 산 하 처 종

샘이 흐르는 소리는 가파른 바위에서 들리고 泉聲咽危石
천 성 인 위 석

햇살은 푸른 소나무에서 시리도록 빛나네. 日色冷靑松
일 색 냉 청 송

해질녘 빈 마음에 법고 가락 들으며 薄暮空潭曲
박 모 공 담 곡

편안히 선정에 드니 번뇌가 가라앉네. 安禪制毒龍
안 선 제 독 룡

이 시는 해탈의 경지에 이르는 과정을 은유한 시입니다. 작자는 향적사(해탈의 경지)가 어디인지 가늠하지도 못하고 구름 봉우리(번뇌) 속으로 깊이 들어왔습니다. 고목 우거진 산길(구도의 길)에는 향적사로 가는 지름길이란 없습니다. 작자는 깊은 산속(사바세계)에서 반가운 종소리(붓다의 가르침)를 듣습니다. 그리고 가파른 바위를 씻으며 샘물이 흐르는 소리를 듣고(번뇌를 씻고 깨달음을 얻음), 푸른 소나무에서 햇살이 시리도록 빛나는 것(불성)을 봅니다. 이슥고 저물녘(늘그막)에 이르러 마음을 비우고 법고 소리를 들으며 편안히 선정에 드니 탐욕과 성냄과 어리석음의 삼독이 가라앉습니다.(해탈을 이룸)

천국은 장소를 일컫는 말입니다. 그러므로 천국에 가려면 불행한 이곳을 떠나 행복한 그곳으로 가야 하며 그곳으로 간다는 것은 현실도피의 의미가 담겨 있습니다. 그러나 극락은 상황을 일컫는 말입니다. 이 말에는 지금의 상황이 불행하다면 이를 행복한 상황으로 바꾸도록 적극 노력해야 한다는 뜻이 내포되어 있습니다. 즉, 천국은 타력에 의해 얻어지는 것이고, 극락은 자력으로 얻는 것입니다.

해탈! 그것은 자신을 불행하게 하는 속박의 껍질을 스스로 깨부수고 행복의 푸른 하늘로 훨훨 날아오르는 것입니다.

가도

은자를 찾아가도

尋隱者不遇
심은자불우

소나무 아래서 동자에게 물으니	松下問童子 송하문동자
스승은 약초를 캐러 갔다 하네.	言師採藥去 언사채약거
다만 이 산속 어디에 있겠지만	只在此山中 지재차산중
구름이 깊어 있는 곳 알 수 없네.	雲深不知處 운심부지처

작자 가도(779~843)는 한때 승려였으나 환속하였으며 퇴고推敲(승고월하문僧敲月下門이란 시구를 지을 때 '推'로 할 것인가 '敲'로 할 것인가 고민하다가 '敲'로 결정했다는 고사에서 유래된 말)란 말의 유래에서 보듯이 그는 시를 쓸 때 1자 1구를 깊이 생각하여 썼습니다.

도인을 찾아 나선 작자가 소나무 아래서 만난 동자에게 너의 스승은 어디 있느냐고 묻자 동자는 약초를 캐러 갔다고 합니다. 도인이 약초를 캐러 갔다는 말은 도인도 아직 도를 얻지 못해 산속 어디에서 수행 중임을 의미합니다. 또 도인이 이 산속 어디에 있겠지만 구름이 깊어 찾을 수 없다는 말은 작자의 마음이 아직 어둠에 가려 있어 도인을 만나더라도 그를 알아보지 못할 것이란 뜻입니다.

맑은 밤에

清夜吟
청야음

달은 하늘 한가운데에 떠 있고	月到天心處 월도천심처
바람이 수면에 잔물결을 일으키네.	風來水面時 풍래수면시
이토록 상큼하고 멋진 기분을	一般淸意味 일반청의미
헤아려 아는 사람 몇이나 될까.	料得少人知 요득소인지

소옹(1011~1077)은 북송 때 유학자로 시호는 강절康節입니다. 그는 《중용》 제33장(無聲無臭章)에 나오는 '자신의 내면을 살펴보아 한 점 허물이 없어야(內省不疚) 마음에 부끄러움이 없다(無惡於志)'라는 구절처럼 허심虛心과 내성內省으로 도덕성을 함양할 것을 주창하였는데, 이 시에는 소옹의 그런 사상이 잘 드러나 있습니다.

제1구의 하늘 가운데 떠 있는 밝은 달은 인간 본성(虛心)을 상징하고, 제2구의 맑은 호수를 스쳐 부는 바람은 수양을 통해 본성에 묻은 먼지를 떨어내는 과정(內省)을 뜻합니다. 그리고 제3, 4구는 맑은 본성을 회복하여 하늘을 우러러서도 한 점 부끄러움이 없고(仰不愧天) 사람을 굽어보아서도 아무런 부끄러움이 없게 된(俯不怍人) 상태에서 느끼는 작자의 상큼하고 멋진 기분을 드러낸 것입니다.

한가로움 속에서

閑中雜詠
한중잡영

발을 걷어 올려 산 빛을 끌어들이고 捲箔引山色
권박인산색

대통을 이어 시냇물 소리 나누어 가졌어도 連筒分澗聲
연통분간성

아침이 다 가도록 찾아오는 이 없고 終朝少人到
종조소인도

두견새만 지붕 위에서 제 이름을 불러대네. 杜宇自呼名
두우자호명

선사는 발을 걷어 올려 산 빛을 끌어들이고, 대통을 이어 시냇물 소리를 나누어 가졌어도 아침이 다 가도록 찾아오는 이 없고, 두견새만 지붕 위에서 제 이름을 불러대고 있다고 합니다.

선사가 깨닫고자 한 것은 무엇이었을까요? 혹시 '나는 무엇인가?'라는 자신의 존재에 대한 해답이 아니었을까요. 선사는 '나'는 우주의 모든 '너'와 연결된 존재로 '나' 안에는 우주의 모든 '너'가 들어 있고 '나'는 또 우주의 모든 '너' 속에 들어 있는 동체라는 사실은 이미 머리로는 알고 있지만, 그것을 아직 가슴으로는 깨닫지 못해 풀잎 하나가 앓아도 아픔을 느끼고, 벌레 한 마리가 울어도 슬픔을 느끼는 동체대비의 경지에는 이르지 못한 것이 아닐까요. 그래서 아침이 다 가도록 한 소식 깨달음이 찾아오길 기다린 것이 아닐까요.

한 잎 조각배

偶書
우서

한 잎 조각배가 바람 물결 위로 떠가는데	飄風一葉泛風濤 표풍일엽범풍도
높은 소용돌이에 천만 번도 더 흔들리네.	萬杭千搖浪轉高 만항천요랑전고
본래부터 배 안에는 아무것도 없었는데	本自舟中無一物 본자주중무일물
무엇 때문에 괴로워하며 고통을 겪느냐.	陽候惱殺也從勞 양후뇌쇄야종로

선사는 인생은 높은 파도와 소용돌이에 천만 번도 더 흔들리며 망망대해를 건너가는 조각배와 같다고 합니다. 그런데 고통을 안겨주는 파도와 소용돌이를 일으키는 것은 바로 자기 자신이라는 것입니다. 즉, 인생은 빈손으로 왔다가 빈손으로 가는데도 무엇을 가지려는 욕망에 사로잡혀 자신이 자신을 불행하게 만든다는 것입니다.

법정스님은 〈무소유〉란 글에서 "크게 버리는 사람만이 크게 얻을 수 있다는 말이 있다. 물건으로 인해 마음을 상하고 있는 사람들에게는 한 번쯤 생각해 볼 말씀이다. 아무것도 갖지 않을 때 비로소 온 세상을 갖게 된다는 것은 무소유의 또 다른 의미이다"라고 했습니다.

벼랑 끝에서 손을 놓아야　　大丈夫
대장부

가지 잡고 나무에 오르는 건 기이하지 않고	得樹攀枝未足奇 득수반지미족기
벼랑 끝에서 손을 놓아야 대장부라네.	顯崖徵手丈夫兒 현애징수장부아
물이 차고 밤공기 쌀쌀해 고기 찾기 어려우니	水寒夜冷魚難覓 수한야랭어난멱
빈 배에 달빛만 가득 싣고 돌아오는구나.	留得空般載月歸 유득공반재월귀

야보도천은 송나라 때 임제종 승려입니다. 그는 성이 적狄이며 이름은 삼三이었습니다. 그는 범인을 잡는 하급관리로 지내다가 재동齋東에 있는 도겸道謙선사를 찾아가 출가하였습니다. 도겸선사는 적삼이란 이름 대신에 도천道川이란 새로운 이름을 지어 주며 이렇게 말했습니다. "그대의 이전 이름인 삼三을 바로 세워 천川으로 했으니 그 의미를 새겨 부단히 정진하라." 삼三을 천川으로 세운 의미는 이전의 자신을 버리고 완전히 새로운 사람으로 태어나라는 뜻입니다.

작자는 가지를 잡고 나무에 오르는 것은 조금도 기이하지 않고, 천길 벼랑 끝에서 잡고 있는 나뭇가지를 놓아 버릴 수 있어야 대장부라는 것입니다. 꽃은 꽃을 버려야 열매를 얻을 수 있고, 나비는 번데기를 찢고 나와야 훨훨 날개를 치며 날 수 있는 것처럼 사람도 지금의 욕심 많고, 성 잘 내고, 게으른 자신을 과감하게 부숴 버리는 자기혁명을 이루어야 더 높은 경지로 도약할 수 있다는 것입니다.

달빛만 가득 싣고

滿船空載
만 선 공 재

길고 긴 낚싯줄을 곧게 드리우니 　　千尺絲綸直下水
천 척 사 륜 직 하 수

한 물결이 일자 만 물결이 따라 이네. 　　一派纔動萬波隨
일 파 재 동 만 파 수

밤은 고요하고 물이 차 고기가 입질 않으니 　　夜靜水寒魚不食
야 정 수 한 어 불 식

빈 배에 밝은 달빛만 가득 싣고 오네. 　　滿船空載月明歸
만 선 공 재 월 명 귀

천 길이나 되는 길고 긴 낚싯줄을 물에 드리웠다는 것은 아무리 먹어도 허기지는 탐욕을 안고 깊은 욕망의 바다에 뛰어들었음을 뜻합니다. 그리고 한 물결이 일어나니 만 물결이 따라서 일어난다는 것은 하나를 얻고 싶은 욕망이 일어나자 만 가지를 얻고 싶은 욕망이 뒤따라 일어남을 뜻합니다. 밤이 깊고 물이 차니 고기가 입질을 하지 않는다는 것은 세상일이 구한다고 해서 구하는 대로 다 얻어지는 것이 아님을 비유한 것이며, 빈 배에 밝은 달빛만 가득히 싣고 돌아온다는 것은 마음속에 가득 찬 욕망을 비우고 나니 황홀한 법열法悅이 가득히 차오른다는 뜻입니다. 즉, 욕심으로 가득 찬 가슴속에는 행복이 담길 자리가 없지만 가슴속의 욕심을 비우고 나면 그 빈자리에 희열에 겨운 행복이 가득히 담긴다는 것입니다.

실체 없는 그림자

月映竹影
월영죽영

정원의 꽃은 웃어도 소리가 들리지 않고	園中花笑聲未聽 원중화소성미청
숲속의 새는 울어도 눈물이 보이지 않네.	林中鳥涕淚難看 임중조체루난간
대 그림자 뜰을 쓸어도 먼지가 일지 않고	竹影掃階塵不動 죽영소계진부동
달이 연못에 빠져도 수면엔 흔적이 없네.	月穿潭底水無痕 월천담저수무흔

꽃은 웃어도 소리가 들리지 않고, 새는 울어도 눈물이 보이지 않는다는 것은 지금 여기 이곳에 현상으로 존재하는 모든 것은 그 실체가 없음을 은유한 것입니다. 웃고 있는 나, 울고 있는 너는 실체가 아닙니다. 지금은 웃고 있어도 어제는 울고 있었고, 지금은 울고 있어도 내일은 웃고 있을지도 모르는 것입니다.

또한 실체가 아닌 대나무 그림자로는 아무리 뜰을 쓸어도 먼지가 일어나지 않으며, 실체가 아닌 연못 속에 빠져 있는 달은 물속에 빠질 때의 흔적을 수면에 남길 수 없습니다. 그러므로 언제 바뀔지도 모르는 실체가 없는 현상에 이끌려 기뻐하거나 괴로워하지 말라는 것입니다. 다시 말하면 재물과 권력과 명예와 애정 같은 세속적인 가치는 다 실체가 없는 것이며, 그래서 그것은 언젠가는 허깨비처럼 사라지고 말 것이니 그런 것에 집착해서 기뻐하거나 슬퍼하지 말라는 것입니다.

행복을 찾아

悟道詩
오 도 시

온종일 봄을 찾아 헤맸지만 봄을 찾지 못하고 終日尋春不見春
종 일 심 춘 불 견 춘

짚신 신고 산꼭대기 구름 끝까지 가보았네. 芒鞋踏破嶺頭雲
망 혜 답 파 영 두 운

돌아오다 우연히 매화 가지 잡고 향기 맡으니 歸來偶把梅花臭
귀 래 우 파 매 화 취

봄은 이미 매화 가지 끝에서 무르익고 있었네. 春在枝上已十分
춘 재 지 상 이 십 분

이 시는 행복을 찾는 것을 봄을 찾아 헤매는 것에 빗대어 쓴 것입니다. 작자는 자기 바깥 어디에 행복이 있는 줄 알고 세상 끝까지 행복을 찾아 다녔지만 결국은 행복을 찾지 못했습니다. 그러던 어느 날 지친 몸을 이끌고 집으로 돌아오던 길에 문득 자기 내면을 들여다보니 거기에서 행복이 방긋 웃고 있었다는 겁니다.

소유욕에 사로잡힌 이기적인 사람은 아무리 많은 것을 소유해도 행복한 줄 모릅니다. 행복은 결코 많은 것을 소유하는 데 있지 않습니다. 행복은 자신이 가진 것에 만족할 줄 아는 마음에 있습니다.

단장 짚고 돌아가니

無題
무 제

온종일 짚신 신고 발길 닿는 대로 가는데	終日芒鞋信脚行 종 일 망 혜 신 각 행
산 하나를 다 지나오니 또 한 산이 푸르구나.	一山行盡一山靑 일 산 행 진 일 산 청
집착이 없거늘 어찌 육체의 노예가 되며	心非有想奚形役 심 비 유 상 해 형 역
도는 이름이 없거늘 어찌 빌려서 이루랴.	道本無名豈假成 도 본 무 명 기 가 성
밤이슬 마르지도 않아 산새들이 지저귀고	宿露未晞山鳥語 숙 로 미 희 산 조 어
봄바람이 그치지 않으니 들꽃이 환히 웃네.	春風不盡野花明 춘 풍 부 진 야 화 명
단장 짚고 돌아가니 일천 봉우리 고요하고	短笻歸去千峯靜 단 공 귀 거 천 봉 정
푸른 벼랑에 어지럽던 안개 저물녘에 걷히네.	翠壁亂煙生晚晴 취 벽 란 연 생 만 청

작자는 해진 짚신을 신고 발이 부르트게 산 하나를 넘으니 또 하나의 산이 앞을 가로막고 있다고 합니다. 인생도 첩첩의 산을 넘어가는 것으로 이제 고생이 끝났나 싶으면 또 다른 고생이 턱 앞에서 기다리지요.

작자는 삶이 고통스럽지 않으려면 마음속에 있는 권력이나 명예나 부에 대한 집착을 없애 육신의 노예가 되지 않도록 해야 하고, 마음이 번잡하고 괴롭지 않도록 하려면 남의 도를 빌려다가 억지로 깨달으려고 하지 않아야 한다고 했습니다. 그래서 작자는 밤이슬 마르지 않은 이른 아침의 새소리에 귀를 기울이고, 봄바람에 환히 웃고 있는 꽃들을 바라보며 행복감에 젖습니다.

이렇게 아무런 욕심 없이 살아가니 단장 짚고 일천 봉우리(인생길 굽이굽이)를 지나도 마음이 평온하고, 푸른 벼랑에 어지럽던 안개(젊은 시절을 괴롭히던 마음속의 번뇌)가 저물녘(늘그막)에 다 걷혔다고 합니다.

생육신의 한 사람인 작자 김시습(1435~1493)은 삼각산 중흥사에서 공부하던 중 수양대군이 어린 단종을 몰아내고 왕위를 찬탈했다는 소문을 듣고 통분痛憤하여 스스로 삭발하고 승려(법명: 설잠)가 되어 방랑길에 올라 정처 없이 떠돌아다녔습니다.

인생은 꿈과 같은 것

和吳蘭雪記夢詩
화오란설기몽시

인생은 꿈과 같은 것 헛되이 몸만 괴롭히고 人生如夢枉勞形
인생여몽왕로형

업보의 바다에 부침하는 고통 깨닫지 못하네. 業來浮沈苦未醒
업래부침고미성

장자는 '제물론'에서 나비였나 의심했는데 齊物莊周元蛾蝶
제물장주원아접

난설은 자신이 잠자리였다는 인연 깨우쳤네. 悟緣蘭雪卽蜻蜓
오연난설즉청정

누런 기장 익을 동안 공후의 즐거움 맛보아도 黃粱纔熟公侯樂
황량재숙공후락

백골은 땅강아지와 개미 밥으로 돌아가네. 白骨終歸螻蟻腥
백골종귀루의성

마음은 학식이 깊어도 찾아 밝힐 수 없고 到底徵心無覓處
도저징심무멱처

몸은 세상의 전송 받으며 떠나갈 것이네. 是身天地一長亭
시신천지일장정

이 시는 신위(1769~1847)가 청나라의 오숭량(호: 난설)이 보내준 〈기몽시〉를 읽고 답으로 쓴 것입니다. 오숭량은 〈기몽시〉에서 장자가 꿈속에서 나비가 되었듯이 자신도 꿈속에서 잠자리가 되어 꽃잎에 앉는 꿈을 꾸었으며, 그 꿈을 꾼 뒤 인생은 환상과 같고 모든 것은 일체유심조一切唯心造임을 알았다고 했습니다.

신위는 오숭량의 〈기몽시〉에 덧붙여 기장이 누렇게 익는 짧은 기간 동안 왕이나 제후의 영화를 누려봤자 결국 죽으면 몸뚱이는 땅강아지나 개미의 밥이 된다고 했습니다. 즉, 아무리 학식이 깊어도 마음이 무엇인지 밝혀 내거나 마음을 찾아낼 길이 없고, 몸은 결국 세상의 전송을 받으며 저승으로 떠나갈 뿐이니, 재물과 권력 따위 올무에 걸려서 괴로워하지 말고 유유자적 살아가라는 것입니다.

신위는 조선 후기의 시인이자 서예가이며 화가로 시와 글씨와 그림에 능통하여 삼절三絶이라 불렸습니다. 그는 사라져 가는 우리 고유의 악부樂府(인정이나 풍습을 읊은 시가의 하나)를 한역하여 보존하는 데 힘썼으며, 불교적 색체가 짙은 시를 써 조선의 시불詩佛이라 일컬어졌습니다. 또 그림에 있어선 산수화와 묵죽에 능했을 뿐 아니라 조선 남종화(학문과 교양을 갖춘 문인들이 비직업적으로 수묵과 담채를 써서 내면세계의 표현에 치중한 그림의 경향)의 발전에도 크게 공헌하였습니다.

한시 쥬빌라떼

빛깔과 향기와 울림이 있는 한시

초판 1쇄 인쇄 2016년 11월 10일
초판 1쇄 발행 2016년 11월 15일

지은이 최탁환
펴낸이 오세광

펴낸곳 나라연

출판신고번호 제 313-2006-000136호
신고일자 2006년 6월 26일
주소 서울 마포구 마포대로 12 한신빌딩 1813호
전화 02-706-0792
팩스 02-719-8198

ISBN 978-89-98388-04-1 03810